W0303857

IDA TANNERT

CRIME IM HEIM

IDA TANNERT

CRIME IM HEIM

EIN FALL FÜR DIE GRAUEN STARS

Roman

DUMONT

Ich danke all den lieben Menschen, die mit ihren Eigenheiten und Marotten meinen Figuren ihr besonderes Licht verliehen haben, aber nicht mit ihnen identisch sind, insbesondere Harald, Gertrud und Hans. Sie würden natürlich niemals stehlen, vermutlich nicht mal Cannabis, nie auf jemanden schießen, ganz sicher nicht auf ihre geliebten Ehegesponse, und keiner war je Mitglied einer terroristischen Vereinigung. Soweit ich weiß. Aber was weiß man schon voneinander? Nur dass man die Jahre gemeinsam verbracht hat. Und das zum Glück nicht schlecht. Dies hier ist für euch.

1

»Wetten, sie wird eine Federboa tragen.« Friedhelm Klemp behielt argwöhnisch die Tür im Auge. Noch war es still auf den Gängen von Haus Silberblick.

Katia Horenfeld, die bislang als Einzige neben ihm in dem leeren Stuhlkreis saß, musste ein Lächeln unterdrücken. Ihr Freund trug ein Jackett mit Seidenschal. Keine Macht der Welt hätte ihn je dazu gebracht, seinen Stock mit dem Elfenbeinknauf gegen eine orthopädische Gehhilfe einzutauschen. Und dann diese wunderbar verrückte Idee, hier im Heim ein Theaterstück aufzuführen. Den Wettbewerb um die kapriziöseste Persönlichkeit im Haus würde er sicherlich gewinnen.

»Lila oder absinthgrün?«, fragte sie. »Die Boa, meine ich.«

Er stieß seinen Stock auf den Boden. »Ich traue ihr eine Boa constrictor zu.«

»Sie sind ein Scheusal, Friedhelm«, sagte Katia milde.

Er lächelte geschmeichelt und deutete einen Handkuss an.

Ein Leben als Yogalehrerin hatte Katia schlank und beweglich bleiben lassen. Friedhelm behauptete gerne, sie schreite durch Haus Silberblick wie eine Königin. Ihr ungeschminktes Gesicht, das alle Alterszeichen würdevoll trug, lebte ganz von den sehr hellblauen Augen, die im Alter ein wenig milchig geworden waren, was ihnen ein zartes Strahlen verlieh. Sie blickten jedermann freundlich an. Was Katia dabei dachte, verrieten diese Augen freilich nicht.

Friedhelm Klemp hatte umgehend ihre Bekanntschaft gesucht,

als sie in Haus Silberblick eingezogen war, und verkündet, sie besäße »die schlichte, aber tiefe Schönheit einer zen-buddhistischen Teeschale«.

Katia, die nicht zu Übertreibungen neigte, hatte dies mit einem herzhaften Lachen beantwortet und dem Hinweis, dass er aber eindeutig ein passionierter Kaffeetrinker sei. Was ihn seinerzeit seufzen ließ.

Er seufzte noch immer, auch jetzt wieder, als sie ihm ihre Hand, die er nervös ergriffen hatte, sanft entzog. »Sie sitzen im Glashaus, mein Lieber«, meinte sie.

»Wegen des Schals?« Er betrachtete die seidene Webkante, dann warf er ihn sich mit schwungvollem Trotz über die Schulter. »Glauben Sie, ich weiß nicht, dass man mich den ›Impresario‹ nennt?«

»Und bald werden Sie einer sein.« Sie nickte zu der Ledermappe hin, die er auf seinen Knien abgelegt hatte und die, wie sie wusste, die fertig bearbeiteten Rollen des Stücks enthielt. »Der Hamlet.«

Er nahm die Mappe und schlug sie auf, um sein Werk zu studieren. »Der Hamlet«, bestätigte er, »ein Monster von einem Stück. Mein Gott. Was habe ich nur getan?«

»Sie haben uns von der Notwendigkeit befreit, dem Mensch-ärgere-dich-Nicht-Turnier beizuwohnen?«, schlug Katia vor. »Dem Schlager-Nachmittag?«

»Übermächtige Konkurrenz, fürwahr«, meinte Friedhelm. Er schaute sich in dem leeren Raum um. »Hoffentlich interessiert sich überhaupt jemand für unser kleines Projekt.«

Sie saßen im ehemaligen Musikzimmer, dunkel getäfelt, mit schwingendem Parkettboden und einer kleinen Bühne, die fast völlig von einem stoffverhüllten Klavier eingenommen wurde. Mit den Jahren war es ein wenig verstaubt. In der kleinen Nebenkammer hatte sich allerlei Krempel angesammelt. In einem Regal lagerten verwaiste Instrumentenkoffer. Es war einschüchternd still.

Früher hatte eine tapfere Gemeinschaft sich hier kammermusikalisch versucht; einige Notenständer trauerten noch in den Ecken;

manchmal kam die letzte Überlebende, Sieglinde, die Bassgeige, noch vorbei und raschelte ratlos durch die Noten. Danach sah man sie oft mit ihrem Instrument an der Bushaltestelle sitzen. Tatsächlich war es keine echte Haltestelle, nur eine Kulisse, die die Heimleitung gegenüber dem Eingang aufgebaut hatte, um reiselustige Demenzpatienten abzufangen.

Katia setzte sich manchmal an die Haltestelle zu Sieglinde, der Bassgeigenfrau. Die erzählte dann sehr hübsch, vielleicht von ihrem bevorstehenden Engagement an der königlichen Oper in Oslo. Und Katia erzählte von ihren eigenen Reisen, die nun lange hinter ihr lagen.

Wie auf ihr Stichwort betrat Sieglinde in diesem Moment den Raum. Sie wirkte fahriger als sonst, beinahe aufgewühlt. Ihre langen silbernen Haare waren aus dem Zopf gerutscht, den sie zu tragen pflegte, und standen in alle Richtungen ab. Raschen Schrittes ging sie zu dem Regal an der Rückseite des Raumes. Das große Behältnis der Bassgeige lag ganz zuunterst; Sieglinde zerrte vergeblich daran.

»Kann ich helfen?« Katia stand auf. »Steht wieder einmal ein Engagement an? Wo soll es denn hingehen, meine Liebe?«

Aufgeschreckt fuhr die alte Musikerin herum. »Ich muss doch …«, begann sie, schien dann aber vergessen zu haben, was sie musste. »Meine Enkelin. Sie ist in Gefahr. Sie braucht Geld, viel Geld, und ich …« Wieder brach sie ab und schaute sich ratlos um, als sähe sie das Musikzimmer zum ersten Mal.

»Aber liebe Sieglinde«, sagte Katia und legte ihr den Arm um die Schulter, um sie zu den Stühlen zu führen. »Sie haben doch gar keine Enkelin. Sie haben nicht einmal Kinder. Erinnern Sie sich?« Katia bemühte sich, viel Wärme in ihre Stimme zu legen. »Ihr ganzes Leben gehörte der Musik.«

Sieglindes Augen folgten Katias Hand, die durch die Luft fuhr, als entfaltete sie dort einen wunderbaren Bilderbogen. Ihr Blick wurde weicher. Sie lächelte. »Ja«, sagte sie. Ihre Atmung wurde ruhiger, ihre Augen klarer, ihre Stimme bekam wieder Festigkeit und einen ganz anderen Klang. »Sie sollten einmal ins Konzerthaus kommen und mich spielen hören. Wir geben Fauré, *Après un Rêve*. Ich lasse Ihnen gern Karten an die Kasse legen.« Huldvoll nickte sie Friedhelm und Katia zu. Dann schwebte sie, ihren Koffer fest im Griff, mit geübtem Bühnenschritt hinaus.

»Was für eine Ophelia sie wäre!«, rief Friedhelm bewundernd. »So wunderbar fragil, verwirrt, verloren ... wenn sie nur den Text behalten könnte.«

»Das war selbst für ihre Verhältnisse seltsam«, meinte Katia, die der Auftritt der Bassgeige berührt hatte. »Ob etwas geschehen ist?« Sie zuckte zusammen, als sie sich umdrehte und Friedhelm aufgerichtet hinter sich stehen sah, die kalte Pfeife wie einen Dolch in der Hand haltend. »Muss ich mir jetzt auch um Sie Sorgen machen?«, fragte sie.

»Entschuldigung.« Er steckte die Pfeife wieder ein. »Ich hatte nur kurz überlegt, wie es wäre, die Bassgeige als Geist von Hamlets Vater einzusetzen. Man könnte den Text ja zusammenstreichen: ›Es war Mord.‹ ›Dein Onkel wars.‹ Und: ›Deine Mutter ist eine treulose Hure, aber tu ihr nichts.‹ Das wären die wesentlichen Botschaften, denke ich. Ob Sieglinde das wohl behalten könnte?«

»Ach, Friedhelm.« Katia schüttelte den Kopf. »Es werden andere Schauspielaspiranten kommen.«

»Und wenn nicht?«, fragte er kläglich. Mit einem Mal sah er alt und müde aus.

Sie griff nach seiner Hand. »Mein Lieber, die Nachricht, dass wir eine Theatergruppe gründen wollen, hat in der Gemeinschaft der Lebenden wie eine Bombe eingeschlagen. Sie *werden* kommen.«

Im selben Moment wurden an der Tür, die sie einladend hatten offen stehen lassen, um die Interessenten willkommen zu heißen, Schritte hörbar.

2

»Das wird Herr Grünsteudl sein«, sagte Katia, und ihre milchblauen Augen leuchteten auf. »Ich habe gestern noch mit ihm gesprochen, und er wollte es sich auf keinen Fall entgehen lassen.«

»Der Viehzüchter?«, fragte Friedhelm, dem Katias Freundschaft mit dem Mann schon lange ein Dorn im Auge war. »Er hat sein Leben lang auf Weiden herumgestanden.«

»Und in seiner Freizeit spanische Lyrik gelesen«, ergänzte Katia. »Im Original, mein Lieber, ich kenne sein Bücherregal. Ein stiller, bescheidener Mann«, setzte sie hinzu, »an dem sehr viel mehr dran ist, als man meint.«

»Sehr viel mehr Kuhdung«, murmelte Friedhelm.

Katia hatte sich bereits mit erwartungsvollem Blick der Tür zugewandt. Hans Grünsteudl war Teetrinker, wie sie. Und ihre gelegentlichen Plauder- und Lektürestunden am Nachmittag bedeuteten Katia viel. Sie freute sich schon darauf, ihn in diesem Kreis zu sehen. Er hatte ein wenig Gesellschaft nötig. Sicher würde er aufblühen. Das zu erleben, würde genauso ein Vergnügen sein, wie es auf der anderen Seite Spaß machte, Friedhelms wild wuchernde Exzentrizitäten zurückzuschneiden.

Es waren langsame Schritte, die da näher kamen. Schleppende. Es dauerte. Endlich kam ein Mitbewohner ins Bild: eine klapperdürre, weit nach vorne geneigte Gestalt, in teure Funktionskleidung gehüllt, an der zahllose Reißverschlusszipper baumelten. Sie schlurfte zur Mitte der Türöffnung. Und dann vorbei.

Katia und Friedhelm folgten ihr mit den Augen, bis sie verschwunden war.

»Gott sei Dank, der Möller geht weiter.« Katia stieß die angehaltene Luft aus.

»Wir hätten ihn als Polonius hinter den Vorhang stellen können«, meinte Friedhelm und ahmte mit seinem Stock den temperamentvollen Degenstoß nach, mit dem der alte Rat durch den Vorhangstoff hindurch ermordet wurde. »Er gäbe eine höchst überzeugende Leiche ab.«

»Gäbe er nicht, er würde sogar tot einen seiner ornithologischen Vorträge halten«, sagte Katia. Sie kicherten. Dann schämten sie sich ein wenig. Auf dem Gang herrschte wieder Grabesstille.

»Wo Hans Grünsteudl nur bleibt?«, wunderte Katia sich.

»Beim Frühstück habe ich ihn nicht gesehen«, sagte Friedhelm und inspizierte seine Fingernägel.

»Er wird doch nicht …?«, fragte Katia, plötzlich erschrocken.

»Ausgeschlossen«, meinte Friedhelm und verkniff sich das »leider«. Das aus seiner Sicht höchst wünschenswerte Ableben von Herrn Grünsteudl wäre vom Frühdienst unfehlbar bemerkt worden. »Es hätte eine Durchsage gegeben, sich in den Trauerfond einzutragen. Au.« Die letzte Bemerkung hatte ihm einen schmerzhaften Klaps von Katia eingetragen. Doch sie konnte die Richtigkeit der Bemerkung nicht leugnen.

Haus Silberblick vertrat die moderne Politik, den Tod nicht zu verdrängen, sondern aktiv zu gestalten. Das Verscheiden eines Bewohners wurde allen mitgeteilt, und es wurde von dem Toten in einer kleinen Feier Abschied genommen. Ein Gesprächskreis zur Trauerbewältigung war höchst beliebt wegen des attraktiven jungen Psychologen, der ihn abhielt. Seit Dennis Stürbichler hier arbeitete, war Trauern groß in Mode gekommen. Das Leben fand eben immer einen Weg.

»Seltsam«, sagte Katia. »Er hat es mir fest versprochen. Wo kann er nur stecken?«

Sie stand auf, trat auf den Flur und blickte nach rechts. Grünsteudls Tür war die letzte auf der rechten Seite, kurz bevor der Gang abbog. Ihr war, als stünde sie einen Spalt breit offen. Schon wollte Katia hingehen, da hörte sie Schritte und laut sich unterhaltende Stimmen.

»Sie kommen!«, rief Katia über ihre Schulter. »Ein ganzer Haufen, wie es aussieht. Ist das nicht großartig!« Schon sah sie die Ersten um die Ecke biegen und hob den Arm, um ihnen zuzuwinken.

Die Tür von Hans Grünsteudls Zimmer schloss sich rasch und lautlos. Katia hatte keine Zeit, sich darüber zu wundern, denn sie wurde umarmt und lautstark begrüßt.

»Gut«, meinte Friedhelm, erhob sich und zog sein Jackett glatt. »Thalias Kinder. Mögen sie eintreten.«

3

Elisabeth von Tzetwertyński hinkte herein, auf einen ganz ähnlichen Stock gestützt wie Friedhelm. Sie war eine imposante Erscheinung; ein Ölgemälde in ihrem Zimmer zeigte sie, mit starker Hand ihre geliebten Jagdhunde führend. Auf ihrer rüschenbesetzten Büste ruhte an einer Goldkette eine Brille, die selten zum Einsatz kam, um die Wirkung ihres Feldherrenblicks nicht zu verstellen. Im Moment, schätzte Katia, konnte die Gräfin keinen ihrer Mitstreiter zweifelsfrei erkennen. Doch ihre Aufmerksamkeit gehörte ohnehin eher der Vergangenheit, vor allem ihrer glücklichen Ehe mit einem polnischen Adligen, die seit dessen Tod vor einem Vierteljahrhundert noch an Qualität gewonnen hatte.

»Mein Gatte war ein Shakespeare-Enthusiast.« Mit dieser unumstößlichen Feststellung das ganze Unternehmen legitimierend, nahm die Gräfin Platz.

Ihr folgte ein dicker Herr mit aufgekrempelten Hemdsärmeln. »Das lasse ich mir doch nicht entgehen, das will ich sehen«, meinte er jovial, ehe er sich auf einen Stuhl fallen ließ. »Als Lehrer gehört man gewissermaßen von Haus aus zur darstellenden Zunft. Äh ...« Kilian Sorge hatte seit der Rente neben den obligaten Werken zur Heimatgeschichte auch eine fatale Anzahl von Bänden mit humoristischer Lyrik verfasst. Ein steter Schwall von Versen entquoll ihm, aus dem er bei keinem Bunten Abend zu schöpfen vergaß. Mit dem Reim auf »Zunft« allerdings schien er Mühe zu haben.

»Wenn er ›Brunft‹ sagt, bringe ich ihn um«, murmelte Friedhelm, während er so tat, als erstellte er eine Anwesenheitsliste.

Katia stieß ihn mit dem Fuß an und nickte ihrerseits einer Walküre mit flammend orangefarbenem Lockenkopf zu, die sich mit ihren Gehstützen in den Kreis schleppte. Dr. Anneliese Obrecht war Psychologin gewesen, damals in der DDR. In Bewohnerkreisen herrschte Gleichstand zwischen den Ansichten, es handle sich bei ihr um eine Dissidentin – »wegen dem Henna« – oder vielmehr um eine Folterknechtin der Stasi – »wegen der psychologischen Kriegsführung, da waren die führend«.

Die Psychologin selbst äußerte sich nicht zu diesen elaborierten Mutmaßungen. Sie äußerte sich überhaupt sehr selten. Stumm ruhte sie in ihren weiten, starkfarbigen Gewändern. Auf der Bühne würde sie so oder so eine Überraschung werden. Der Lehrer wurde wie stets noch ein Stück röter in ihrer Gegenwart. Vielleicht fürchtete er, sie könne ihm seinen ungelösten Vaterkonflikt direkt an der Nasenspitze ansehen.

Mit einem lauten »Tschuldigung auch« kam eine weitere Person in den Raum und steuerte einen der Stühle an, nahm Platz, streckte die Beine von sich und grinste unter einem gelblichen Raucherbart in die Runde. Katia erkannte das keckernde Lachen wieder, das sie schon auf dem Flur gehört hatte.

»Bemerkenswert«, murmelte sie, die noch nie derart schadhafte Zähne außerhalb eines Entwicklungslandes gesehen hatte.

»Das ist eine erbliche Erkrankung«, sagte eine kultivierte Stimme neben ihr. Dr. Werner Hänfling war ein schlanker, zierlicher Mann, der es vorzog, die Reste seines Haarbestandes abrasiert zu halten. »Man sollte es als Zahnarzt ja nicht zugeben, aber nicht in allen Fällen hilft regelmäßige Zahnpflege weiter.« Der Doktor hatte ein Leben lang brav Gebisse saniert, eine höhere Berufung im Dienst der Volksgesundheit allerdings nie verspürt. Seine nur an Wochenenden gelebte Passion war sein Motorrad gewesen. Geblieben war ihm eine seltsam mit seiner zarten Gestalt kontrastierende Vorliebe für schwarze Lederhosen und laute Metal-Musik.

»Wer ist das?«, fragte Katia ihn leise.

»Das wissen Sie nicht?«, fragte der Zahnarzt zurück. »Hat es sich noch nicht bis zu Ihnen herumgesprochen, dass wir einen waschechten Terroristen unter uns haben?«

»Ach«, machte Katia. Der Neue also. Sie hatte schon so etwas gehört. Uwe Spohn, angeblich ein ehemaliger Studentenrebell, Anarchist, APO-Aktivist, die Unterschiede waren nicht ganz klar geworden.

»Er soll Andreas Baader persönlich gekannt haben«, fügte Hänfling hinzu.

»Ach«, wiederholte Katia und riss die hellblauen Augen auf.

Als hätte er gespürt, dass sie über ihn redeten, meldete sich der Neue zu Wort: »Wird das hier eigentlich so ein progressives Ding? Haben wir früher laufend gemacht. Alle nackt. Und mit Farbe, die wir ins Publikum geschmissen haben. Die wollten uns damals verklagen.« Er lachte wieder.

Die anderen schwiegen. Ob überwältigt von der Vorstellung eines unbekleideten Anarchisten oder vom Gedanken an die eigene nackte, fortgeschrittene Leiblichkeit, war schwer zu entscheiden. Katia betrachtete ihre Mitstreiter: errötet, erstarrt, sich räuspernd. Es versprach interessant zu werden.

Aber wo steckte Grünsteudl?

4

»Gut«, sagte Friedhelm laut und stand auf. »Dann können wir jetzt beginnen.« Er breitete die Arme aus. »Sein oder Nichtsein! Das ist hier die Frage.« Er ließ die Worte nachhallen, dann erlaubte er sich ein Lächeln. »Wer wüsste das besser als wir?«

»Tschuldigung«, kam da eine Stimme von der Tür. Horst Möller ruckelte seinen Rollator über die Schwelle und ließ sich samt Funktionskleidung auf einen Stuhl fallen. »Ich musste nur noch mal zur Toilette.« Er nickte der Gräfin zu. »Ich habs nämlich mit dem Darm.«

»Der Hamlet«, setzte Friedhelm neu an, »ist kein Stück wie jedes andere. Niemand nähert sich diesem Werk ungestraft.« Er blickte seinen Mitstreitern einem nach dem anderen tief in die Augen. »Hamlet verhandelt die großen Fragen des Lebens, denen man sich früher oder später stellen muss: reden oder schweigen? Handeln oder erdulden? Welche Entscheidung in meinem Leben war richtig, welche falsch? Und wie lebe ich mit den Konsequenzen?«

Keiner regte sich. Wie es schien, lauschte jeder tief in sich dem Echo von Friedhelms Sätzen nach.

Zufrieden ließ Friedhelm diesen Zeit zu wirken. »Richtig angepackt, wird das Stück unser aller Leben verändern«, sagte er schließlich.

Veränderung! Das Wort fiel an einem Ort, an dem die einzige Veränderung aus Variationen im Wochenspeiseplan bestand. Für einen Moment herrschte ein beinahe feierliches, von Angst und Vorfreude erfülltes Schweigen.

Ja, dachte Katia, das war es, was Friedhelm, ihren lieben Friedhelm, von einem beliebigen Poseur unterschied: Es gelang ihm, andere wirklich zu begeistern. Sie konnte es in sich selbst spüren, den Aufbruch in etwas tatsächlich Neues, etwas Großes, Unvorhersehbares. Ihr Herz flatterte ein wenig. Aber das war wohl der Preis dafür, sich am Leben zu fühlen.

Sie schloss für einen Moment die Augen, um all dem nachzuspüren. All die Menschen um sie herum, die sich nun verbanden. Katia spürte die Energien. Und darunter Muster, die langsam entstanden, sich enthüllten, sich verknüpften. Zu ihrer eigenen Überraschung bemächtigte sich ihrer eine seltsame Vorahnung. Man veränderte nichts, ohne einen Preis dafür zu zahlen.

»Was tun Sie denn hier?« Die bedrohlich zwitschernde Frauenstimme ließ alle herumfahren. Agnes Vogeltanz stand in der Tür, die neue Leiterin von Haus Silberblick. Es ging das Gerücht, dass sie früher Kindergärtnerin gewesen war. Der Lärm in den Tagesstätten hatte ihr einen Tinnitus beschert, weshalb sie in die stilleren Gefilde der Altenbetreuung gewechselt war. Ihre persönliche Passion galt dem Herstellen von jahreszeitgemäßem Raumschmuck, vermutlich, wie Friedhelm zu sagen pflegte, eine »déformation professionnelle«. Ständig hatte man das Gefühl, dass sie es gerade noch schaffte, ihren Sätzen nicht ein »liebe Kinderchen« anzuhängen.

Selbstverständlich hätte das Vorhaben, eine Theatergruppe zu gründen, bei Agnes Vogeltanz angemeldet werden müssen.

Im Moment wechselten auf ihrem Gesicht aufgesetzte Freundlichkeit mit echter Strenge. Sie hatte die Hände in die Hüften gestützt. Friedhelm neigte sich zu Katia und flüsterte: »Gleich schickt sie uns zum Spielen nach draußen.«

Katia brachte ihn mit einem Ellenbogenstups zum Schweigen und stand auf. »Wir spielen«, sagte sie, »den Hamlet«.

Agnes Vogeltanz runzelte die Stirn. Ihr Blick musterte die Runde, schätzte die Möglichkeiten, erforschte die Winkel und Schatten des Raumes, erwog vermutlich die Risiken von Traumata, Herzinfarkten und Oberschenkelhalsbrüchen. Selbstverständlich hatte sie für alle nur das Beste im Sinn.

»Wie darf ich das verstehen?«, fragte sie, wie um Zeit zu gewinnen.

Jetzt war es Friedhelm, der sich erhob. »Wir folgen der Muse, wohin sie uns führt!«, rief er und hob die Arme, um prompt zu deklamieren: »Sei du ein Geist des Heils, sei Troll, verdammter, sei deine Absicht böse, sei sie gütig. Du kommst in so befragbarer Gestalt, dass ich jetzt sprech zu dir …«

»Danke, Friedhelm.« Ehe er fortfahren konnte, schob Katia sich vor ihn und erklärte der Heimleiterin, dass es sich im Moment lediglich um ein Vorgespräch handele, quasi um einen Lesekreis.

Die Heimleiterin überlegte. Ein Sitzkreis war eine Anordnung, die ihr Vertrauen einflößte. Dennoch blieb ihre Stirn gerunzelt. »Wie sind Sie überhaupt hier hereingekommen?«, überlegte sie laut.

»Es war offen«, sagte Katia. »Ist es eigentlich immer, seit die Bassg… seit Sieglinde den Schlüssel verloren hat.«

»Das ist versicherungsrechtlich bedenklich«, sagte die Heimleiterin. »Die Bühne hat kein Geländer, und damit besteht ein Sturzrisiko.«

»Jede Bühne birgt ein Risiko, jede Rolle hat ihre Fallhöhe«, verkündete Friedhelm volltönend.

Katia versetzte ihm einen sachten Stoß mit dem Ellenbogen. »Auf die Bühne gehen wir noch lange nicht«, versprach sie. Man würde sich ebenerdig bewegen, lesen und proben. Ob und wie das Geschehen auf die kleine Bühne des Heimes zu bringen sei, darüber könne man sich ja später den Kopf zerbrechen. Aber im Falle, man wäre so weit, käme man ganz gewiss auf Frau Vogeltanz zu, die ja in puncto Kulissenbastelei gewiss Erfahrungen hätte.

Das war die Stelle, an der Friedhelm sie mit dem Knauf seines Stockes am Rücken antippte; es war anerkennend gemeint. Die Frau liebte Bastelstunden, und sie war eine wandelnde Kulisse. Katia, die wusste, was er damit sagen wollte, verzog keine Miene.

Noch einmal ließ die Heimleiterin ihren Blick durch den gefahrvollen offenen Raum schweifen. Sie hatte in der Tat weitreichende Bühnenerfahrung. Ihre letzte Inszenierung der *Vogelhochzeit* im Kinderhort hatte zwei aufgeschlagene Knie, ein Nasenbluten, eine Gehirnerschütterung und eine zerbrochene Brille zur Folge gehabt, als der Specht, unter dem Gewicht des übergroßen Pappmaché-Kopfes taumelnd, von der Rampe fiel und das gesamte Ensemble mit sich riss. Das Geschrei war ohrenbetäubend gewesen und ihr Tinnitus lauter als eine Boeing beim Start. Frau Vogeltanz griff sich unwillkürlich ans Ohr. Damals hatte sie sich heimlich gewünscht, sie hätten sich alle den Hals gebrochen.

Rasch schaltete sie ihr Lächeln wieder ein. »Ich werde mir jedenfalls den Schlüssel besorgen und zwischen den Proben hier absperren. Damit nichts geschieht.« Und an Dr. Hänfling gewandt fügte sie hinzu: »Bogdan kommt gleich noch mal wegen Ihrem, Sie wissen schon, Magenmittel.« Dann machte sie eine Pause, um eventuell Verzagten eine letzte Chance zu geben, ehe sie resignierte. »Na dann, viel Vergnügen.«

Der Anarchist feixte: »Wir werden das hier schon überleben, hähä. Oder?« Er stupste die Gräfin an. »Wie viele sterben denn in dem Stück?«

Der Lehrer raunte ihm über die eisern schweigende Dame hinweg zu: »So gut wie alle, in diesem Falle.«

In der plötzlich entstandenen Stille nach Frau Vogeltanz' Abgang klang es wie ein Todesurteil.

5

»Zur Sache also«, sagte Friedhelm. Er klappte seine Mappe auf. »Die Verteilung der Rollen: Der Hamlet ist ein langes und personenreiches Stück, das wir mit unseren Mitteln hier nicht unbearbeitet aufführen können. Aber ich schmeichle mir, eine Lösung gefunden zu haben.« Er ließ seinen Blick demonstrativ schweifen. »Werte Frau Doktor Obrecht, würden Sie die Königin Gudrun auf sich nehmen?«

Die Gräfin räusperte sich vernehmlich. Katia gab Friedhelm einen sachten Tritt.

»Was denn?«, zischte er.

Katia winkte mit den Augen in Richtung Gräfin. Deren Arme waren verschränkt, ihr Kinn erhoben, die Brille bebte auf dem Busen. Ihr verstorbener Gatte war ein waschechter polnischer Graf gewesen, jedenfalls hatte er das immer behauptet und im Geschäftslogo seiner Privatdetektei ein sehr schönes Wappen geführt. Wenn jemand etwas von Adel verstand, dann ja wohl sie.

»Ach so«, sagte Friedhelm, der endlich begriff. Über sein Gesicht glitt ein Lächeln, das wuchs und wuchs und sich öffnete wie ausgebreitete Arme.

»Liebe Gräfin«, schmetterte er, gekonnt ihren konsonantenreichen Nachnamen vermeidend. »An Sie habe ich eine besondere Bitte.«

Die Miene der Dame hellte sich nicht auf, doch die Brille stellte das Beben ein.

»In Ihnen stecken die Tatkraft und Entschlossenheit eines ganzen Mannes. Und mit der Waffe können Sie ebenfalls umgehen, als geborene Waidfrau.«

Die Gräfin nickte geschmeichelt. »In der Tat habe ich meinen Mann des Öfteren auf der Jagd begleitet«, sagte sie. Dass sie die weit bessere Schützin gewesen war, ließ sie unerwähnt.

»Deshalb wage ich die Bitte, dass Sie, werte Gräfin, sich an die Rolle des Laertes machen, eines wahren Edelmannes und tapferen Kriegers, Ophelias Bruder. Wer, wenn nicht Sie, hätte ein wahres, tiefes Verständnis von diesen Tugenden? Außerdem gibt es am Ende eine grandiose Fechtszene.«

Mit königlicher Geste gewährte die Gräfin ihre Zustimmung.

Erleichtert atmete Katia auf.

Friedhelm fuhr fort und verteilte die weiteren Rollen: Der Anarchist bekam Rosencrantz & Guildenstern in Personalunion anvertraut, wegen eines, wie Friedhelm meinte, »gewissen komödiantischen Potenzials«. Der Lehrer wurde zum König ernannt und errötete mit einem Seitenblick auf die Psychologin noch tiefer.

Katia fragte sich, ob ihr Freund ahnte, welche Fülle verborgener Gefühle er da gerade für seine Inszenierung fruchtbar gemacht hatte.

Der Zahnarzt durfte sich in der Rolle des Horatio wiederfinden, Hamlets treuem Gefährten. Katia wollte etwas einwenden, weil sie sich diese Rolle für ihren Freund Grünsteudl erhofft hatte. Doch Friedhelms Blick war bereits weitergezogen. »Herr Möller, wie wäre es mit dem vertrottelten Rat Polonius?«

»Na endlich«, sagte der und zog sich ächzend hoch. »Ich bin nämlich eigentlich nur hier, um ein paar Infos zu geben. Zum Vogel des Jahres.« Er zog aus einer seiner vielen Taschen Prospekte, die er umgehend austeilte. »Dem Braunkehlchen.«

Sofort machte sich lähmende Stille im Kreis breit. Es war, als hätte jemand den Stecker herausgezogen.

Einzig der Vogelkundler schien nichts von seiner Wirkung zu

bemerken. »Das Braunkehlchen«, fuhr er fort, »ist ein Wiesenbrüter und in seinem Bestand stark gefährdet.«

»Wiesenbrüter«, zischte Friedhelm Klemp und sprang auf. »Wir versuchen hier einer Theaterlegende neues Leben einzuhauchen, und Sie kommen mir mit Wiesenbrütern? Wir beschäftigen uns hier mit einem *Kunstwerk*.«

Katia spürte, wie er alle Kraft und Bedeutung in dieses Wort legte, als wäre es ein Zauberspruch, ein Bann, unter dem, wie sie wusste, sein ganzes Leben gestanden hatte. Für Friedhelm wäre es anders nicht lebenswert gewesen.

Möller geriet nicht in Verlegenheit. »Die größten Kunstwerke schafft immer noch die Natur.«

»Ihre flügelschlagende Natur hat auf die Kunst doch allenfalls runtergeschissen, mit Verlaub.« Friedhelm wedelte mit dem Stock, als müsste er noch im Musikzimmer eine lästige Taube vertreiben. »Die Mona Lisa wurde nun einmal nicht von einem Braunkehlchen gemalt.«

»Von Ihnen aber auch nicht«, parierte Möller. »Wenn ich da nicht falsch unterrichtet bin.«

Die Köpfe der Runde fuhren in fasziniertem Grusel zu dem Impresario hinüber.

»Jungs, jetzt reicht es aber.« Katia stand entschlossen auf. Sie legte Friedhelm die Linke auf die Schulter und streckte die Rechte dem Ornithologen entgegen. »Geben Sie mir die Prospekte, ich bringe das im Gartenausschuss ein. Dort ist es gut aufgehoben. Und im Gegenzug geben Sie uns den Polonius. Der Umwelt zuliebe. Einverstanden?«

»Für die Umwelt tu ich alles«, sagte der Ornithologe, überließ ihr die Faltblätter und sank erleichtert wieder auf seinen Stuhl.

»Vielleicht«, meldete sich in dem Moment des fragilen Friedens der Anarchist zu Wort, der einen guten Streit offenbar anregend fand, »vielleicht könnten wir ja auch alles andersrum machen, auch so ein Ding, das wir mal ausprobiert haben, damals in Nicaragua.

Alle Männer spielen Frauenrollen, alle Frauen die Männerrollen. Ich als Ophelia zum Beispiel. Hähä!«

»Tjaaa, die Opheliaaa!« Der Lehrer zwinkerte in die Runde. »Wer wird denn nun erwählt, als berühmteste Wasserleiche der Welt?«

Friedhelm hatte schon den Mund geöffnet.

Da ertönte ein gellender Schrei von der Tür: »Sie ist tot!«

6

Da war sie endlich: Irma Blauhut. Nicht ohne Neid gestand Katia sich ein, dass die Gute bei aller Gekünsteltheit doch einen ausgeprägten Instinkt für einen guten Auftritt besaß.

Wie immer, wenn Irma einen Raum betrat, gab es Aufregung und Geflatter, wobei unklar war, wie so viel Unruhe von nur einer Person ausgehen konnte. Doch die Fülle an Schals, Umhängen und Ketten, die sie trug, ermöglichte ihr ein quasi multipersonales Agieren. Wenn Irma den Frühstücksraum durchquerte, hatte man leicht das Gefühl, einer Völkerwanderung beizuwohnen. Auch heute war die Gesamtwirkung überwältigend.

Keine Federboa, notierte Katia im Geiste. Dafür trug Irma ein unförmiges, in ihre Chiffonschals gewickeltes Paket in den Armen, so, wie eine Nymphe eine Zauberschale gehalten hätte. Oder Salome die Platte mit dem Kopf Johannes des Täufers. Sie trug das Paket hingebungsvoll und anklagend zugleich, trug es bis in die Mitte des Stuhlkreises und sank dort mit anmutiger Geste in einem Berg von Stoff zu Boden. Doch die Tränen auf ihrem Gesicht waren echt.

Alle neigten sich auf ihren Sitzen vor. Die Gräfin hielt es für nötig, ihre Brille aufzusetzen.

»Wer soll tot sein?«, fragte der Zahnarzt skeptisch.

»Na, sie!«, rief Irma mit brechender Stimme und wies auf das Paket, das in ihrem Schoß ruhte.

In dem Moment begriff Katia, dass ihre unguten Vorahnungen berechtigt gewesen waren. Was Irma auf ihre unnachahmliche

Weise in den Armen hielt, war ein echter, ein trauriger kleiner Leichnam.

»Aber das ist ja ein Köter! «, rief der Anarchist erstaunt aus, der noch nicht lange genug im Haus Silberblick lebte, um Irmas Mops zu kennen.

Der Mops war Teil einer weiteren Politik des Hauses, die besagte, dass das Halten von Haustieren förderlich für die geistige und seelische Gesundheit sei. Man hatte dabei an anschmiegsame Katzen gedacht, an kluge Papageien, pflichtbewusste Blindenhunde mit goldenem Herzen.

Nicht gerechnet hatte man mit einen misanthropischen Mopsmischling mit unheilbarer Flatulenz, dessen überdimensionales Ego ihn nach jedem schnappen ließ, der nicht die Flucht ergriff. Er war allgemein verhasst, doch Irma liebte ihn wie ein leibliches Kind.

»Meine Ophelia«, klagte sie und gab den runden Körper frei, der jetzt vor aller Augen dalag, auf der Seite, die kurzen Beine von sich gestreckt. Katia trat näher und betastete ihn. Er fühlte sich kalt an und steif wie ein schlecht gearbeitetes Stofftier. Offenbar hatte die Totenstarre bereits eingesetzt.

»Meine Güte!«, entfuhr es dem Lehrer, vor Schreck reimlos. »Das Tier ist tatsächlich hinüber.«

Irma heulte auf. »Niemand von euch hat sie geliebt.«

»Jetzt stehen Sie doch erst mal auf.« Katia gab sich Mühe, die Weinende auf die Beine zu bringen, und führte sie zu einem Stuhl. Dann kehrte sie zurück und deckte den Hund mit einem liegen gebliebenen Schal ab. »Es tut uns sehr leid«, sagte sie und setzte sich neben Irma. Ihr Blick ermahnte die anderen, bis sie schließlich widerwillig nickten.

»Ich wusste gar nicht, dass sie Ophelia hieß«, wunderte Friedhelm sich.

»Wieso«, fuhr Irma auf, »wieso sollte sie nicht Ophelia sein? Sie hat immer schon Ophelia geheißen. Immer.«

»Ich dachte nur, ich hätte Sie mal Fluffy rufen hören.« Friedhelm hob abwehrend die Hände.

»Floffy«, korrigierte Irma la Douce ihn. »Phloffy mit ph, um genau zu sein, die Kurzform von Ophelia eben.«

»Ach«, erwiderte Friedhelm Klemp.

Rasch fragte Katia: »Aber wie ist das denn nur passiert?«

Irma beruhigte sich nach einigen weiteren Schluchzern so weit, dass sie erklären konnte, sie habe Phloffy gestern wie immer kurz vor Mitternacht noch einmal in den Park hinausgelassen. Was gefahrlos möglich war, da ihn eine hohe Mauer umgab. »Ich hab mich einfach schlafen gelegt und die Terrassentür für sie offen gelassen, wie immer«, fuhr Irma fort. »Wenn ich morgens aufwache, liegt sie dann neben mir. Aber heute Morgen nicht.«

Irma berichtete von ihrer Suche im Park. »Ich sah unter den Rosen nach.« Sie stand auf und ging umher, mit klagender Miene unsichtbares Unterholz beiseiteschiebend. »Ich schaute unter die Vergissmeinnicht.«

Friedhelm kam das vertraut vor. Er blätterte im Manuskript; tatsächlich: vierter Akt, fünfte Szene: Ophelias Wahnsinn. Sie wandelt umher und verschenkt Blumen, erst Rosen, dann Vergissmeinnicht. Alle Achtung! Sollte Irma die Textstelle etwa zur Vorbereitung gelesen haben? Bei Shakespeare kämen als Nächstes Fenchel und Raute. Im Park nicht vorhanden, aber das wäre sicher kein Problem für ein von Shakespeares Genie animiertes Vorstellungsvermögen.

»Ich suchte zwischen den Dahlien.«

Doch nicht. Leicht enttäuscht klappte Friedhelm den Textband zu.

»Dann fand ich sie. Tot. Ermordet.« Für das letzte Wort hatte Irma ihre Stimme noch einmal dramatisch erhoben.

»Mord?« Jemand lachte unsicher.

Das war wieder einmal so eine Irma-typische Behauptung, dachte Katia verärgert. Gewiss, der Mops war alles andere als beliebt gewesen. Aber so eine Tat war doch niemandem im Heim zuzutrauen. Wenn man selbst dem Tod nahe war, neigte man nicht dazu, das Leben leichtfertig zu verkürzen, weder das eigene noch das der anderen. Oder?

»Unmöglich«, sagte die Gräfin und fasste damit die allgemeine Meinung in Worte. »Warum sollte jemand so etwas tun?«

»Und wie soll das gehen?«, fragte der Lehrer. »Ich meine, was ist nur geschehen?« Offenbar hatte er sich von seinem ersten Schreck erholt. »Sie wird wohl einen Herzinfarkt gehabt haben, oder nicht?« Er griff sich an das eigene Organ, an dem bereits vier Stents saßen.

»Sie war kerngesund.« Diesen einen Satz sprach Irma mit bodenständiger Sicherheit. »Außerdem war sie erst vier.«

»Meist ist der Mensch im Spiel, wenn ein Tier zu Schaden kommt«, erklärte der Vogelkundler. »Vor allem in kulturnahen Zonen. Sie sterben in Windrädern, vergiften sich auf pestizidgesättigten Äckern, verlieren ihr Brutgebiet.«

»Na, dann ist es ja gut, dass wir hier nicht allzu viel Kulturnähe zu bieten haben«, ätzte Friedhelm.

»Meine arme Ophelia!« Irma rief die Runde zum Thema zurück.

Wieder starrten alle auf die kleine Leiche. Mord oder Nichtmord?

Katja fasste einen Entschluss. Zu Irmas und ihrer aller Bestem musste dieser Fall möglichst rasch geklärt werden. Und sicher gab es eine ganz einfache Lösung. »Wenn Sie sich das Tier einfach mal anschauen würden, Herr Doktor Hänfling, bitte. Nur zur allgemeinen Beruhigung.«

»Was wollen Sie?«, sagte Hänfling und steckte die Hände in die Hosentaschen. »Ich bin Zahnarzt.«

»Das schließt doch anatomische Grundkenntnisse nicht aus«, meinte Katia.

Der Zahnarzt lachte ratlos. »Sie wissen aber schon, dass ich bestenfalls den Tod durch stumpfe Gewalteinwirkung bestätigen kann? Nicht aber, ob dieser zufällig, durch vorsätzliche Fremdeinwirkung oder in suizidaler Absicht geschah. Wenn's kein Herztod oder Rattengift war …«

Irma jaulte auf.

»Bitte«, wiederholte Katia tadelnd und hielt die Trauernde fest.

Der Zahnarzt zuckte mit den Schultern. »Ich wollte es nur gesagt haben.« Dennoch stand er auf und trat an die Leiche heran. Er drückte hier, presste dort. Nach einer Weile drehte er Ophelia herum.

Alle hielten den Atem an, niemand hatte den Blick gesenkt.

»Oha«, sagte er endlich. Und dann: »Hat jemand ein Skalpell? Oder ein Taschenmesser?«

Die Gräfin schüttelte den Kopf. »Mein Waidwerkzeug liegt auf dem Zimmer.«

Die Psychologin reichte wortlos ein Nagelpflegeset an.

»Niemand vergeht sich an meiner Phloffy!« Irma war aufgesprungen und starrte auf das ledergebundene Etui.

»Keine Sorge«, rief der Zahnarzt. »Es wird nicht wehtun. Wenn mir mal jemand …«

Der Neue sprang dem Zahnarzt bei. Gemeinsam hoben sie die Hundeleiche auf und legten sie auf das abgedeckte Klavier, wo der Zahnarzt im Stehen arbeiten konnte.

»Zieht doch mal die Vorhänge weiter auf«, bat er. »Ich benötige mehr Licht. Wenn ich jetzt meinen Spiegel hätte.«

Der Lehrer reckte sich, um die schweren alten Samtvorhänge so weit wie möglich zurückzuschieben. Der Vogelkundler fand in einer seiner vielen Funktionstaschen eine knisternde Thermodecke aus Folie, die entfaltet und unter den kleinen Leichnam gelegt wurde. Alle traten so nahe heran, wie es auf der schmalen Bühne möglich war.

»Ach, armer Yorick«, murmelte Friedhelm, der sich an die Grabszene im *Hamlet* erinnert fühlte. Der Leichnam eines Mopses, der Schädel eines Narren – erinnerten nicht beide an die lächerliche Sterblichkeit des Menschen, zumindest irgendwie?

Der Zahnarzt neigte sich vor, die aufgeklappte Nagelschere in der Hand, und näherte sie einem Schmutzfleck auf Phloffys Fell, der rot gerändert war. »Oha! Wenn mich nicht alles täuscht …«, begann er und versenkte vorsichtig das Metall in dem Fleck, der sich somit als Loch erwies, ziemlich kreisrund und von Blut umgeben. Katia überlief eine Gänsehaut.

»Die Feile bitte. Nein, das ist die Hornhautraspel. Ich meine das schlanke Gerät mit der Spitze.«

Der Anarchist reichte die Feile an, die ebenfalls in dem Kadaver verschwand, um darin hin und her zu rühren, unter Irma la Douce' gequälten Seufzern. Schließlich holte der Zahnarzt, zwischen Scheren- und Feilenspitze balancierend, ein kleines, konisches Objekt hervor, das dunkelgrau schimmerte. »Na bitte«, sagte er triumphierend.

Alle starrten das Ding an. »Eine Patrone«, stellte der Anarchist fest.

Das Wort zog Kreise wie ein Stein, der ins Wasser fiel. Es sprach vom Töten. Es sprach von vorsätzlicher Gewalt. Es sprach davon, dass jemand unter ihnen lebte, der eine Waffe besaß und bereit war, sie auf ein Lebewesen zu richten.

»Unglaublich«, murmelte Katia, und ihr Blick suchte den von Friedhelm. Er hatte ihnen ja versprochen, der Hamlet würde ihrer aller Leben verändern. Doch dass es so schnell geschehen würde …

»Ja, schnöder Mord, wie er aufs Beste ist. Doch dieser unerhört und unnatürlich!« Friedhelm strahlte. Sollte noch einmal jemand behaupten, dass der Kunst, dass Shakespeares Worten keine prophetische Kraft innewohnte. Als Nächstes verspürte er Schmerzen im linken Fuß. »Warum treten Sie mich?«

Ehe Katia die Frage beantworten konnte, trat die Gräfin vor. »Das nehme wohl am besten ich«, sagte sie und griff nach dem kleinen Objekt, um ihre gichtige Hand fest darum zu schließen. »Mit Munition kenne ich mich aus.«

7

Alle zuckten zusammen, als die Tür des Musikzimmers sich ohne Ankündigung öffnete. »Herr Dr. Hänfling, Ihr Magenmittel.«

Bogdan, einer der Tagespfleger, kam mit seinem Rollwagen herein. Der Anarchist war geistesgegenwärtig genug, den Schutzbezug des Klaviers zurückzuschlagen, sodass der Ophelias Leiche und das Obduktionsbesteck notdürftig verbarg. Die Theatergruppe stellte sich davor wie ein Mann. Ein donnernder Akkord ertönte. Die Psychologin war auf die Klavierbank geglitten, hatte die Abdeckung geöffnet und energisch in die Tasten gegriffen. Dann erklangen die ersten, melancholischen Töne von *Auferstanden aus Ruinen*. Die Truppe lächelte, so rasch und gut sie es vermochte.

»Geht es allen gut?«, fragte Bogdan und baute seine athletische Gestalt vor ihnen auf.

Sie nickten, einhellig und stumm.

»Prima, denn jetzt kommt der gute Stoff.«

Steifbeinig löste sich der Zahnarzt aus der Gruppe und stakste zum Stuhlkreis zurück, wo der Pfleger ihm ein Mundspray reichte, das er in einer kleinen Sprühflasche extra für ihn angemischt hatte. Der Anarchist war mitgekommen und verfolgte ungeniert die ganze Prozedur. Er nahm das Fläschchen vom Wagen, aus dem die Spraydose befüllt worden war, las das Etikett und grinste.

»Tetrahydrocannabinol. Für den Magen ist das aber nicht.« Bewundernd betrachtete er den Zahnarzt. »Reines Cannabis. Wie haben Sie das hingekriegt?«

Der Zahnarzt griente. »Ganz einfach, ich mach eine Chemo. Sonst hilft nichts gegen die Nebenwirkungen. Aber sagen Sie es den anderen nicht.«

»Alles klar.« Der Anarchist nickte und steckte die Hände in die Hosentaschen.

»Vergessen Sie's«, sagte Bogdan und streckte seinerseits die Hand aus.

Widerstrebend zog der Anarchist das Fläschchen aus der Hose und gab es zurück. »War nur Spaß«, meinte er und schlenderte zurück zu den anderen.

»Und Sie proben also hier den Hamlet?«, fragte Bogdan, während er seine Utensilien zusammensammelte.

Es dauerte eine Weile, bis die Truppe sich darauf besann, dass das in der Tat ihr ursprüngliches Anliegen gewesen war.

»Ähm, richtig«, antwortete Friedhelm stellvertretend für sie alle und trat einen Schritt vor. Als er merkte, dass er die Hornhautraspel noch in Händen hielt, versenkte er sie rasch in den Taschen seines Jacketts.

»Cool«, sagte Bogdan und zog seine Gummihandschuhe aus. »Ich glaub, ich hab das mal mit Mel Gibson in der Hauptrolle gesehen. Will den Mord an seinem Vater aufklären und hat was mit seiner Mutter. Voll freudmäßig.« Er löste die Bremse seines Wagens, ehe er ihn anschob. »Und?«, fragte er zum Abschied und ließ seinen Blick über den Raum gleiten. »Wer ist Ihr Hamlet?«

Die künftigen Schauspieler sahen einander an. Richtig, die Hauptrolle in ihrem Drama war noch gar nicht vergeben. Wer würde der Hamlet sein? Wer würde sich die entscheidenden Fragen stellen? Und am Ende den Mord aufklären?

»Wer sonst als unsere allseits geschätzte Katia«, sagte Friedhelm. Er trat vor und hob ihre Hand, um einen chevaleresken Kuss anzudeuten. »Sie ist wie geschaffen für die Rolle.«

Von den anderen setzte erst zögernder, dann zustimmender Applaus ein.

»Dann werde ich Sie also im Auge behalten«, sagte Bogdan.

Katia Horenfeld wurde endgültig klar, dass ihre seltsame Vorahnung sie nicht getrogen hatte. Etwas Neues war geschehen, etwas Aufregendes. Etwas Beunruhigendes, das sie in seiner Bedeutung noch nicht ganz zu fassen bekam. Aber nun, da es begonnen hatte, würde es für sie kein Zögern geben. Es sollte also sein. Das Nichtsein käme noch früh genug.

8

Als die erste Probe beendet war und alle den Raum verließen, um in Richtung des Speisesaales zu streben, nahm Friedhelm an der Tür die Parade ab. Schließlich zog er einen Schlüssel heraus und verschloss die Tür. Er zwinkerte Katia zu.

Die schnappte nach Luft. »Der Schlüssel zum Musikzimmer. Ich dachte, der wäre verschollen, seit die Bassgeige ihn verloren hat.«

»Ist er auch«, gab Friedhelm zu. »Dies hier ist der Zweitschlüssel. Hab ich aus der Portiersloge geklaut.« Sehr zufrieden steckte er ihn ein. »Ich erlaube doch nicht, dass jemand heimlich in unseren heiligen Proberäumen herumstöbert.«

Er wies mit dem Kinn zum Eingang des Speisesaals, wo Agnes Vogeltanz, die Heimleiterin, mit einigen ihrer Bewohnerschäfchen plauderte. »Sie mischt sich ohnehin in alles ein.«

»Und Bogdan hätte uns vorhin beinahe ertappt, als wir den Hund auf dem Klavier hatten!«

»Nun, wir hätten es als Method-Acting ausgeben können. Eine sehr wirkungsvolle Methode übrigens. Schauspieler werden dabei angehalten, sich den Situationen, die sie spielen sollen, möglichst real auszusetzen, um sie gut nachempfinden zu können.« Der Impresario hatte zu einem seiner Lieblingsthemen gefunden und kam in Fahrt. »Sie stammt von dem berühmten Stanislawski, doch es sind auch Einflüsse der besonderen Körperlichkeit der Commedia dell'arte zu verzeichnen, die wiederum …«

Katia war nicht ganz bei der Sache. Sie hielt Ausschau nach Hans

Grünsteudl, konnte ihn aber nirgends entdecken. Er konnte doch unmöglich schon wieder eine Mahlzeit überschlagen? Katia merkte, wie Unruhe sich in ihr ausbreitete.

»Die Stanislawskische Methode war übrigens auch in Hollywood sehr beliebt«, erklärte Friedhelm Klemp derweil. »James Dean und Marilyn Monroe haben Method Acting angewendet. Wenn auch nicht mit einem Mops.«

»Hehe! Wer redet hier über die Möpse der Monroe?« Der Anarchist quetschte sich zwinkernd an ihnen vorbei.

Wütend starrte Friedhelm ihm nach. Rosencrantz & Guildenstern, die Figuren, die der Anarchist verkörpern würde, starben im Stück einen raschen Tod. Gut so.

»Also, das Method-Acting ...«, wollte er fortfahren, doch Katia stand nicht mehr an seiner Seite. Zu seinem Erstaunen war sie zu der Heimleiterin hinübergegangen.

»Herr Grünsteudl?« Frau Vogeltanz blinzelte, offenbar überrascht von Katias Frage. »Aber der ist doch in den Urlaub gefahren. Er braucht Sonne, hat er gesagt. Er hat ja auch ganz bleich ausgesehen, wie er da gestern Abend mit seiner Reisetasche vor mir stand. Fast wie ein Gespenst, der Arme.« Jetzt schaute sie mit dem rundäugigen Ernst drein, den man sich zurechtlegte, um mit Kindern schwere Themen zu besprechen.

»In den Urlaub?«, fragte Katia ihrerseits verwundet nach. Hans war noch niemals in Urlaub gefahren. Er war Landwirt gewesen; die machten keinen Urlaub. So etwas war in deren Leben nicht vorgesehen. Sie konnte sich nicht einmal an die Erzählung von einem Ferienaufenthalt erinnern.

»Ja, Urlaub.« In der Stimme der Heimleiterin lag ein Seufzen, das Sehnsucht sein mochte. Sie versuchte zu lächeln, doch unter ihrem Auge zuckte es. »Wenn ich mich richtig erinnere, sprach er von der Costa Brava. Sie entschuldigen mich.«

»Na also, dann wäre das ja geklärt.« Friedhelm war hinter Katia getreten und klang sehr zufrieden. »Es gibt eben Menschen, denen ist ein überfüllter Strand wichtiger als die Kultur.« Er schnalzte mit der Zunge und bot ihr den Arm.

»Aber …«, sagte Katia und hängte sich ein. Es wollte ihr nicht einleuchten. Den ganzen Weg zu ihrem Tisch hinweg grübelte sie. Zu deutlich hatte sie die Zusage von Hans Grünsteudl im Ohr, zu offensichtlich war seine Freude gewesen bei dem Gedanken, er und sie könnten gemeinsam auf der Bühne stehen, sogar ein wenig errötet war er. Und sie hatte gedacht … weiß der Himmel, was sie geglaubt hatte. Fort ohne ein Wort, wie der Lehrer es wohl formuliert hätte. Offenbar hatte sie die Bedeutung, die ihre nachmittäglichen Teestunden für ihn besessen hatten, überschätzt.

Friedhelm schob ihr den Stuhl zurecht.

Sie nahm Platz und legte sich die Serviette über die Knie.

9

Das Getöse des allgemeinen Geplauders im Speisesaal setzte kurz aus, als Frau Vogeltanz vortrat, um Ruhe bat und an den Dia-Abend erinnerte, der auf all diejenigen wartete, die es schafften, länger als bis 19 Uhr wach zu bleiben.

»Es handelt sich um den beliebten ›offenen Projektor‹«, flötete die Vogeltanz. »Also bringen Sie ruhig alle Ihre Dias mit. Unser Herr Stürbichler wird sie gerne einlegen.« Applaus ertönte. Herr Stürbichler war ein erprobter Publikumsmagnet.

»Zwanzigmal Weihnachten mit Tante Frieda«, stichelte Friedhelm und nahm sich eine Scheibe Brot. »Und fünfzehnmal Entenfüttern am Gardasee.« Er bot ihr die Butter an.

»Das spart die Blutdrucksenker«, meinte Katia, nahm von der Butter und verdrängte das Bild eines blassen, kranken Hans Grünsteudl mit einem Koffer in der Hand.

»Sehen Sie das Zucken an ihrem unteren Augenlid?«, fragte Friedhelm und wies mit dem Messer in Richtung Heimleiterin. »Irgendwann werden wir die Frau antreffen, wie sie die Dekorationen von den Flurwänden abreißt, Tonpapier abfackelt und dazu Revolutionslieder singt, mit wild gelöstem Haar! Das ist doch eine verführerische Vision.«

Jetzt musste Katia doch lachen. »Vielleicht sollte man sie auf ein Glas Wein einladen und ihr eröffnen, dass wir alle nur Menschen sind.« Sie hob ihr Glas und prostete ihm zu. Einer der Vorteile, mit Friedhelm an einem Tisch zu sitzen, war es, dass dort stets eine Flasche guten Rotweins wartete. Das und eine lebhafte Konversation.

Auch Friedhelm hob seinen Kelch. »›Du weißt s'ist all'n gemein: was lebt, muss sterben‹«, zitierte er seinen geliebten Shakespeare. »›Kommt kurz zur Erd, um Ewiges zu erwerben.‹« Er schmeckte dem Wein nach. »Mmh, der Syrah ist nicht übel, nicht übel.«

Frau Vogeltanz, auf dem Weg nach draußen, kam gerade an ihrem Tisch vorbei, als sie stehen blieb. Ihr tadelnder Blick galt diesmal allerdings nicht der Weinflasche auf Friedhelms und Katias Tisch.

»Aber meine liebe Frau Wieprecht«, rief die Heimleiterin, gebannt auf die kleine alte Frau am Nebentisch starrend. »Sie haben da etwas auf dem Kopf.«

Frau Wieprecht, in beiger Dehnbundhose und Strickjacke über ihren Hagebuttentee gebeugt, schaute auf. Auf ihren weißen Dauerwellenlöckchen thronte ein glitzerndes Weißgold-Diadem. »Ich weiß«, sagte sie.

Fassungslos starrte Agnes Vogeltanz sie an.

Katia neigte sich vermittelnd hinüber: »Wofür soll sie es aufheben? Es werden nicht mehr viele Gelegenheiten kommen, bei denen es sich angemessen tragen ließe.«

»Sie meinen, das ist echt?« Agnes Vogeltanz schnappte nach Luft. »Aber das ist ja unverantwortlich!«

»Im Gegenteil«, erwiderte Katia. »Ich finde sogar, sie hat eine sehr verantwortungsvolle, gute Entscheidung für sich getroffen.«

»Ich werde mit dem Psychologen sprechen müssen.« Die Heimleiterin schüttelte vehement den Kopf. »Wir werden wohl den Demenztest wiederholen.«

Katia öffnete schon den Mund, aber Friedhelm legte ihr mahnend die Hand auf den Arm. »Das sind Posen, die leicht spielbar sind«, flüsterte er ihr ins Ohr. »Machen Sie's wie Hamlet. Tun Sie als ob.«

Also lächelte Katia nur, bis die Vogelsang weiterging. Friedhelm hatte recht: Ein Versuch, mit dieser Frau zu reden, wäre vergebens.

10

Den größten Teil der Mahlzeit verbrachte der Impresario mit Ausführungen darüber, wie herausfordernd es doch war, ein Stück von über vier Stunden auf 45 Minuten herunterzukürzen. Oder 23 Sprechrollen auf acht Schultern umzuverteilen, ganz abgesehen von all den Hofdamen, Soldaten, Matrosen, Boten, Schauspielern und natürlich: dem »Volk«. »Obwohl, davon haben wir ja jede Menge.«

Sie betrachteten die speisende Schar ihrer Mitbewohner. Ihr Volk. Wenig Schleppen und Hellebarden, dafür zahlreiche Krücken, Rollatoren und orthopädisches Schuhwerk. Keine üppigen Hauben, keine Kronen, von Frau Wieprechts trotzigem Diadem abgesehen. Die meisten der geneigten Köpfe waren karg, silbern und grau. Noch immer kamen Nachzügler. Und Hans Grünsteudl war nicht unter ihnen.

»Vergessen Sie es«, sagte Friedhelm, der ihren Blick auf die Menge missdeutete. »Da finden wir keine geeigneten Komparsen. Ich denke ohnehin an eine minimalistische Inszenierung: schwarze Bühne, kaum Requisiten.«

»Ich dachte eher daran«, unterbrach Katia ihn, die von *Hamlet* allmählich genug hatte, »dass womöglich einer von ihnen Irmas Hund erschossen hat.«

Die Bemerkung war ihr spontan entschlüpft. Sie erfüllte ihren Zweck. Für einen Augenblick war Friedhelm still. In dieser Stille geschah etwas Unheimliches: Über das Bild des verschwundenen

Hans Grünsteudl schob sich, blass wie ein überbelichtetes altes Dia, das Bild eines toten Hundes. Und einer Hand, die eine Waffe hielt.

»Einer von denen?«, fragte Friedhelm endlich. Er konnte ein Lachen nicht unterdrücken. »Ich bitte Sie: Die eine Hälfte ist zu blind, um zu zielen, und die andere zu zittrig, um zu treffen. So oder so hätten sie es alle inzwischen wieder vergessen.«

Katia zuckte zusammen. »Nun, jemand muss es gewesen sein. Jemand von hier, denn es geschah im Park.« Sie überlegte. »Ein wirklich beunruhigender Gedanke.«

»Grünsteudl«, sagte Friedhelm unvermittelt.

»Wie bitte?«, fragte Katia ertappt. Hatte Friedhelm die Bilder, die im ›offenen Projektor‹ ihrer Fantasie aufgetaucht waren, etwa sehen können? Wie einen Geist?

»Grünsteudl«, wiederholte Friedhelm und schob sich ein Stück Brot mit Gelbwurst in den Mund, das er sorgsam abgeschnitten und auf seine Gabel gespießt hatte. Anschließend zeigte er mit den Zinken auf Katia. »Er muss der Mörder sein, denn er ist geflüchtet.«

Katia schnappte nach Luft. »Er ist nicht geflüchtet. Er urlaubt an der Costa Brava.« Was sie nicht recht glauben konnte, wenn sie ehrlich war. Rasch fügte sie hinzu: »Hans ist ein viel zu sanfter Mann. Er könnte keiner Fliege etwas tun.«

Friedhelm zuckte fröhlich mit den Schultern. »Es gibt mehr Dinge zwischen Himmel und Erde, als unsere Schulweisheit sich träumen lässt.«

Sie wollte heftig etwas erwidern, da bemerkte sie das Funkeln in Friedhelms Augen. Er nahm sie bloß hoch. Vermutlich war es ein *Hamlet*-Zitat. »Damit macht man keine Scherze«, sagte sie.

Er grinste. »Ich hoffe doch, Sie denken ebenso gut von *mir*?«

»Oh, Sie hätten das Tier höchstens gemeuchelt, wenn es Ihr Manuskript gefressen hätte.«

Friedhelm erwog noch, ob das ein Kompliment war, als Katia

abrupt aufstand. »Ich habe keinen rechten Appetit«, sagte sie. »Ich werde mich hinlegen.«

»Nehmen Sie doch wenigstens etwas mit.« Er hielt ihr zwei Radieschen hin wie ein Friedensangebot.

Unfähig, seine Fürsorge abzulehnen, ließ Katia sich von Friedhelm einen Picknickteller zusammenstellen. So ausgerüstet trat sie den Heimweg zu ihrem Zimmer an. An Hans Grünsteudls Tür blieb sie stehen. Diese Tür, erinnerte sie sich, hatte am Morgen kurz offen gestanden, just in dem Moment, in dem die anderen zur Probe gekommen waren. Sie hatte es selbst gesehen. Wieso aber hätte Hans morgens noch hier sein sollen, wenn er, wie die Vogeltanz sagte, am Vorabend schon mit gepackter Tasche dagestanden hatte? Und wenn er am Morgen noch da war, warum um Himmels willen hatte er sich dann nicht von ihr verabschiedet? Das passte doch alles hinten und vorne nicht zusammen. Und anders als Hamlet war sie geneigt, den Dingen auf den Grund zu gehen. Am besten sofort.

Den Teller in der Linken balancierend, klopfte sie erst dreimal an Grünsteudls Tür, dann drückte sie mit der Rechten die Klinke. Halb und halb rechnete sie damit, dass die Tür aufginge und sie Hans Grünsteudl eine Standpauke halten könnte. Doch die Tür war verschlossen. Was hatte sie erwartet?

Katia überlegte, dann justierte sie das verrutschte Radieschen neu und ging weiter zu der großen Glastür, die in der Mitte des Korridors hinausführte in das Treppenhaus und von dort durch eine zweite Tür in den Park.

Kühle Luft umfing sie. Halb sechs, und es dämmerte bereits. Hier irgendwo hatte Ophelia gelegen. Katia fröstelte. Sie kam sich zunehmend albern vor, wie sie mit ihrem Teller in der Hand vor den düsteren Fichten stand. »›Abend mit Wurstbrot‹«, wie Friedhelm spotten würde, »nach einem Gemälde von Caspar David Friedrich«. Sie riss sich zusammen; schließlich stand sie hier nicht Modell. Einen Blick würde sie werfen, nur einen ganz kurzen. Durch die Fenster von Herrn Grünsteudl nämlich. Das war nicht verboten und außerdem für einen guten Zweck.

Sie tat einen vorsichtigen Schritt hinaus auf den dämmrigen Kiesweg, dann einen zweiten, und noch einen, als plötzlich ein Knall ertönte. Katia fuhr zusammen. Der Teller entglitt ihrer Hand und zersprang. Die roten Radieschen tropften ins Gras.

11

Die Gräfin hatte ihr Apartment den ganzen Tag nicht mehr verlassen. Sie war nicht beim Abendessen gewesen. Nicht mal beim Kaffeetrinken, obwohl ihr verstorbener Gatte ein großer Tortenenthusiast gewesen war, was in ihren Augen schwerer wog als jede Diabetesgefahr. Genau genommen war sie von dem Vorsprechen, das zu einer Hundeobduktion geriet, direkt in ihr Zimmer gegangen, die Faust fest um die Patrone geschlossen, die der Zahnarzt aus dem Mops geholt hatte. Dann hatte sie sich in den Sessel am Fenster gesetzt, ohne die Finger ein einziges Mal zu öffnen. Das Metall des Projektils hatte in ihrer Hand gebrannt, während sie ihr Gewissen befragte. Zwischendurch war sie eingeschlafen.

Dabei hatte sie von ihren Hunden geträumt. Nicht von Zeus und Ares, den beiden weichherzigen Weimaranern, mit denen zu Füßen ihr Mann sie hatte malen lassen. Sie hatten alle nicht lange gelebt, Ares, Zeus und ihr Joseph auch nicht; große Hunde waren noch weniger lang haltbar als Männer, wenn auch genauso leicht zu erziehen. Nein, die Gräfin träumte von der langen Reihe von Dackeln, mit denen sie ihr Leben hingebracht hatte, Jagdhunde auch sie allesamt, zähe, kluge, dickköpfige kleine Tiere von denkbar bösartigem Charakter. Sie hatte sie heiß geliebt, jeden Einzelnen von ihnen. Die Dackel waren ihre wahren Gefährten gewesen, und niemals hätte sie daran gedacht, gegen einen von ihnen die Hand zu erheben oder ihnen den geringsten Schaden zu tun, geschweige denn ihnen das Leben zu nehmen.

Der Graf hatte manchmal, wenn einer alt wurde und sein Geschäft nicht mehr halten konnte, davon geredet, ihn in den Wald zu führen und ihn »von seinen Schmerzen zu erlösen«. Die Antwort seiner Frau auf diesen prätentiösen Vorschlag war in einer Sprache erfolgt, die verriet, dass sie selbst nicht in einem Schloss aufgewachsen war. »Was, wenn du das Wasser mal nicht mehr hältst?«, hatte sie zurückgefragt. »Soll ich dich dann auch erschießen?«

Diese Frage hatte der Graf nicht zu beantworten versucht. Er hatte sich zurückgezogen, sehr nachdenklich. Und sie hatte ihre Hunde gepflegt. Wenn sie je eine Träne vergossen hatte, heimlich natürlich, dann bei diesen Gelegenheiten.

Am Grab ihres Gatten hatte sie sehr gefasst gestanden. Der Arzt, ein alter Freund der Familie, hatte einen einwandfreien Herztod attestiert, und so wird es wohl auch gewesen sein. Aber die Hunde …

»Fuß«, rief die Gräfin zärtlich im Schlaf und erwachte. Noch immer lag das Metall in ihrer Hand, fest umschlossen, warm wie Blut. Sie spürte es und konnte nicht glauben, was sie getan hatte.

Endlich stand sie auf und ging im Dunkeln zu einem schmalen Schrank hinter der Tür. Sie tastete über seine Oberkante, bekam den Schlüssel zu fassen und schloss auf. Zwei Gewehre in Halterungen wurden sichtbar, darunter Holzkästen mit Intarsienarbeit, die die Abzeichen einer polnischen Kavallerieeinheit zeigten. Sie enthielten Duellpistolen. Im Bauch des Schranks stapelten sich weniger beeindruckende Pappschachteln mit Munition. Sie hatte nichts daheim zurückgelassen, hatte nichts weggeworfen bei ihrem Umzug ins Heim. Das hier war Teil ihrer Geschichte. Wem hätte sie es auch hinterlassen sollen, ihrer Nichte Maja etwa, die Vegetarierin war und nicht einmal einen Spargelschäler so halten konnte, dass er dem Gemüse gefährlich wurde?

Sie legte das Projektil beiseite und griff sich eine der Flinten. Sie lag so gut in der Hand wie eh und je. Wie gestern Nacht. Die Gräfin trat ans Fenster. Sie bemerkte eine Gestalt, die aus der Tür trat, und setzte ihre Brille auf. Als das nicht genügte, hob sie die Waffe und blickte durch das Zielfernrohr. Ah, diese Yogalehrerin, die Horenfeld! Die Frau war auf der Jagd, sie war zäh, sie würde die Witterung aufnehmen. Die Gräfin musste dem zuvorkommen. Um ihrer selbst willen galt es, eine Entscheidung zu treffen.

Als es knallte, zuckte die Gräfin nicht einmal zusammen. Noch konnte sie einen defekten Auspuff von einem Gewehr unterscheiden, einen Freund von einem Feind, Richtig von Falsch. Sie setzte ein weiteres Mal zum Schuss an.

Dieses Mal kam ihr das Telefon zuvor. Und sie erstarrte. Mit einem Mal war die Nacht wieder da. Die Stimmen. Sie durfte denselben Fehler nicht zweimal machen! Sie ließ die Waffe sinken und nahm den Hörer ab. Sie besaß ein altes Modell mit Hörer und Brokatbezug, kalt und kratzig auf ihrer Haut. »Na«, fauchte sie hinein. »Willst du mich immer noch holen kommen?«

Es war still. Dann antwortete eine Frauenstimme leicht verwirrt: »Tante?«

»Ach so, du bist es, Maja«, sagte die Gräfin mit völlig veränderter Stimme, sonor und befehlsgewohnt wie immer. »Nein, nein, es bleibt bei Donnerstag. Und denk dran, dass wir in der Reinigung vorbeischauen.« Sie verabschiedete sich knapp, legte auf und atmete durch. Das lange Grübeln führte zu nichts. Sie hatte einen schweren Fehler begangen. Und sie musste sich der Sache stellen.

12

Haus Silberblick war angelegt als eine Gruppe von vier großen, zweigeschossigen Pavillons, die durch lange Korridore zu einem luftigen Quadrat verbunden waren, eine Anordnung, die sich avantgardistischer Nachkriegsarchitektur verdankte, die verspielt sein wollte, das Gegenteil der frisch vergangenen Nazimonumentalität. Und die noch nicht mit Platzmangel und hohen Grundstückspreisen zu kämpfen hatte.

An der Nordseite, der Eingangsseite, bestand der Verbindungskorridor im Erdgeschoss beidseitig aus Glaswänden. Sie umfassten die Halle, die Portiersloge und ein Café, in dem man wie in einem Aquarium saß. Links, am Westende dieses Glaskorridors, lag der Verwaltungspavillon, am Ostende die »Kapelle«, wie sie den Komplex aus Andachts-, Meditations- und darüberliegenden Therapieräumen nannten. Die anderen Korridore waren jeweils an der Außenseite von Bewohnerzimmern gesäumt und öffneten sich innen mit ihren Glasflächen zu einem gepflegten Garten mit Sitzbänken und einem Teich.

Am Westende des Südkorridors lag der Speisepavillon samt Küche, am Ostende der Veranstaltungspavillon, in dem sich auch das Musikzimmer befand, darüber Kursräume und eine Art Fitnesscenter. In der Mitte jedes Korridors gab es ein Treppenhaus mit Lift. Das Treppenhaus im Ostkorridor hatte zudem eine Außentür, die in den Park führte.

Bei diesem sogenannten Park handelte sich um eine große Grünfläche mit alten Bäumen, die allerdings weniger an eine englische Parklandschaft erinnerte als an einen stehen gebliebenen Rest von Wald. Eine Mauer umschloss ihn, ausgehend vom Ende der Kapelle, endend am Veranstaltungspavillon. Alles wirkte ein wenig düster und ungepflegt, frei von Beeten und gärtnerischen Ambitionen, wenn auch von Wegen durchzogen, die kurze Spaziergänge erlaubten. Die meisten Bewohner des Heims waren in der Ära der sehr kurzen Spaziergänge angekommen. Vielen genügte die Strecke zur nächstgelegenen Bank. Der Park wurde daher wenig besucht.

Im hinteren Bereich, zwischen Brombeerranken, gab es eine halb verfallene Gärtnerhütte, die sich an die hohe Ziegelmauer lehnte. Kaum jemand drang je bis hierher vor. Eine einsame Laterne abseits der Wege beleuchtete nichts Bestimmtes.

Katia stand inmitten des einfallenden Dunkels, im Kreis der Scherben ihres Tellers, und zitterte noch immer. Irgendwann kam sie zu dem Schluss, dass der Knall von draußen gekommen sein musste, von der Straße. Eine Fehlzündung vielleicht, eine zuschlagende Tür. Ihr war nichts geschehen; diese Angst war einfach lächerlich. Unter den Bäumen des Parks blieb alles ruhig, auch hinter ihr im Gebäude regte sich nichts. Kein Flintenlauf ragte aus dem Laub, kein Mörder trat hervor. Sie lebte.

Nur ihr Herz schlug schmerzhaft schnell, wie ein aufgeregtes Tierchen. Katia atmete, wie sie es gelernt hatte, bis ihr Herzschlag sich endlich beruhigte. Kein Schuss, sagte sie sich noch einmal. Nur ganz alltäglicher Lärm und dazu meine Fantasie. Nach einer Weile schaffte sie es, in die Knie zu gehen und die größten Scherben aufzusammeln, die Brote, sogar die Radieschen fand sie wieder und dankte im Stillen ihrer lebenslangen Yogaerfahrung. Es bestand eine mehr als fünfzigprozentige Chance, dass sie sich wieder würde aufrichten können. Endlich war alles bereinigt und sie erinnerte sich ihres Vorhabens.

Wie sich zeigte, hatte Hans Grünsteudl seine Vorhänge fest vorgezogen, auch den vor der Terrassentür. Das Ganze wirkte so abweisend, dass es schon einer missbilligenden Anwesenheit gleichkam. Bleib bloß weg, schien irgendetwas hinter diesen Scheiben zu sagen. Es gab nichts zu tun und nichts zu sehen. Was habe ich denn erwartet, sagte Katia sich, als sie sich abwandte, und musste sich gestehen: alles. Noch immer klopfte die Furcht leise in ihr. Es würde sie nicht einmal wundern, wenn sie hier im ungepflegten Gras über Grünsteudls Leiche stolperte. Herrgott noch mal, rief sie sich selbst zur Ordnung. Nur, weil er sich nicht von mir verabschiedet hat, muss ich ihn doch nicht gleich für tot erklären. Er sonnte sich in diesem Moment an einem spanischen Strand, basta.

Katia war schon beinahe wieder am Eingang zum Treppenhaus, als die Tür des übernächsten Zimmers aufging und Irma Blauhut heraustrat. Sie trug nun, wie Katia registrierte, tiefes Schwarz. Schwarz von Kopf bis Fuß. Bis hin zu dem schwarzen Spitzenschal, der über ihrem Scheitel lag, und den zahlreichen jettfarbenen Ketten, Broschen und Ohrgehängen. Sie hätte eine spanische Beerdigungskutsche ziehen können. In der Hand hielt sie ein wohlgefülltes Cocktailglas.

»Da drüben hat sie gelegen«, rief Irma, ohne Einleitung, wie selbstverständlich davon ausgehend, dass Katia einzig und allein hier war, um Zeugin ihres Dramas zu sein. »Gleich dort hinten bei den Dahlien.« Ihre schwarzen Plüschhausschuhe wichen nicht von der Schwelle. »Möchten Sie auch einen Schluck?«

Katia schüttelte den Kopf. Aber wenn sie schon hier war, konnte sie genauso gut den Tatort observieren. Sagte man das nicht so? Oder hieß es inspizieren? Visitieren? Egal, Hamlet war als Mordermittler ebenfalls ein Laie gewesen. Er hatte sich sogar ausgesprochen dämlich angestellt, fand Katia, auch wenn sie das Friedhelm nie sagen würde. Dabei hatte Hamlet sich auf eine glasklare Aussage des Mordopfers aus dem Jenseits stützen können. So viel Glück würde sie wohl nicht haben. Der Mopsgeist würde kaum um Mitternacht zu ihr sprechen. Aber irgendjemand sollte sich der Sache annehmen. Wenn nicht um Phloffys willen, dann für ihren eigenen Seelenfrieden. Sie war nicht bereit, weiterhin zusammenzuzucken, wenn sie irgendwo einen Knall hörte. Und ein wenig vielleicht auch um Hans Grünsteudls willen. Zwar war der von Friedhelm ausgesprochene Verdacht gegen ihn eine Grille, geboren aus der überbordenden Fantasie des Impresarios. Und ein wenig aus seiner Eifersucht heraus. Aber konnte sie sicher sein, dass nicht auch andere auf diese absurde Idee kommen würden? Am besten war es, sie gab im echten Leben ebenfalls den Hamlet und brachte Licht in diese seltsame Angelegenheit. Denn etwas war schließlich faul im Staate »Silberblick«.

Die Stelle, an der Ophelia gestorben war, war leicht zu finden, auch wenn sich das mit den Dahlien als eine enorme Übertreibung herausstellte. Irgendwann musste mal jemand eine einzelne Pflanze aus einem Blumentopf ausgewildert haben. Sie erhob ihr im Bogenlampenlicht matt pinkfarbenes Haupt wie ein kleiner Lampion. Der Boden, rötlich verfärbt von den zahllosen Fichtennadeln, war noch leicht warm von der Tagessonne und duftete. Vom gestrigen Regen keine Spur mehr. Dennoch waren die spätsommerlichen Tage gezählt. Bald würde Tau auf dem spärlichen Gras liegen, das dort, wo es wuchs, hochstand. Löwenzahn blühte zum zweiten und letzten Mal, zwischen Disteln. Buschwerk bot viel Schutz. Möllers Wiesenbrüter, dachte Katia, müssten sich hier eigentlich ganz wohlfühlen.

Die Fenster und Türen der Heimbewohner lagen gut zwanzig Meter entfernt, es kam selten jemand her, der Boden war zu uneben für die Rollatoren. In der Tat ein friedliches Eckchen. Kaum zu glauben, dass hier ein Tier getötet worden war. Und warum eigentlich hatte niemand den Schuss gehört?

Tatsächlich war ringsum das Gras eingedrückt. Katia bemerkte Fußspuren oder was sie dafür hielt. Die Schrunden im Boden schienen ihr zu groß und zu tief zu sein, um von der in ihren Pantoffeln umherirrenden Irma zu stammen. Offenbar war der Hund hier draußen nicht allein gewesen. Und konnte das Dunkle dort auf den glänzenden Rhododendronblättern Blut sein? So weit oben? Und was lag dort hinten?

Katia ging erneut in die Knie, tastete herum und bekam etwas zu fassen: ein kleines Büchlein, das sie packte und herauszog. Es war von grauer Farbe und seltsam vertraut. »Bundesrepublik Deutschland« stand darauf, darunter war ein martialischer Bundesadler eingeprägt. Dazu das Wort: »Personalausweis«. Unwillkürlich hielt sie sich das alte Dokument an die Nase. Es roch muffig, nach stockfleckigem Papier und Speicher, nicht nach Erde oder Blumen. Oder nach Blut, dachte Katia, mit einem zweiten, schaudernden Blick auf die braunen Flecken auf den Pflanzenblättern. Das Dokument war ganz trocken. Er konnte noch nicht lange an diesem Ort gelegen haben.

Katia ging in den Fersensitz und schlug das Büchlein auf. Als sie das Bild darin sah, hielt sie den Atem an. Mit aufgerissenen Augen, als wäre er erschrocken, über den Fotografen, über sich selbst oder über die ganze Welt, starrte ihr ein junger Mann entgegen, der, trotz der langen, lockigen Haare, die er hinter die Ohren gestrichen trug, ganz eindeutig die jüngere Version eines Menschen war, den sie kannte.

Da hatte sie ihren Freund entlasten wollen, und nun das. Hans Grünsteudl, der sie unsicher aus seiner Fotografie heraus ansah, schien ebenfalls nicht besonders glücklich zu sein.

»Haben Sie was gefunden?«, fragte Irma von der Tür her.

Katia wusste selbst nicht, warum, sie klappte das Büchlein zu und schob es tief in ihre Rocktasche. »Nein«, sagte sie, »aber einen Schluck könnte ich jetzt vertragen.«

13

Eine halbe Stunde später klopfte Katia bei Friedhelm Klemp, um ihren seltsamen Fund mit dem Freund zu besprechen. Sie musste allerdings feststellen, dass dieser bereits Besuch hatte.

»N'Abend!« Der Anarchist, in Jogginghose und Shirt, lümmelte grinsend im einzigen Sessel und hatte sichtlich Freude an der reservierten Pose, die der Impresario hinter seinem Schreibtisch einnahm, zurückgelehnt in seinem Stuhl, die Spitzen aller Finger exakt aneinandergelegt.

Friedhelm warf Katia einen verzweifelten Blick zu. »Herr Spohn hier lässt mich gerade an seiner reichen Erfahrung in Sachen Agitproptheater teilhaben.« Missmutig nahm er die kalt gewordene Pfeife aus dem Mund.

Der Anarchist fand seinerseits etwas zwischen seinen Zähnen, schnippte es ins Nichts und sagte: »Ich find ja immer noch, wir sollten die Leute hier so richtig schocken.«

Friedhelm zog ein Gesicht, das besagte, dass dem Anarchisten dies bereits gelungen sei, ohne zum Hilfsmittel einer Theateraufführung zu greifen, ausreichend. »Und *ich* wiederhole«, hielt er dagegen, »dass ich unsere Zuschauer zum Nachdenken bewegen möchte. Und Menschen, die man bis aufs Blut reizt, indem man sie etwa mit Schweinekot bespritzt, neigen nun einmal nicht mehr dazu, nachzudenken. Sie greifen lieber zu Forke und Strick.«

Unwillkürlich griff Katia nach dem Dokument in ihrer Tasche, unsicher, was sie damit tun sollte.

Der Anarchist kicherte. »Ich mein ja nur«, sagte er.

»Ja«, bestätigte Friedhelm verärgert. »Und das schon eine ganze Weile.« Er stocherte in der Pfeife herum. »Wo hab ich denn mein silbernes Streichholzetui?«

Der Anarchist stoppte seine Hand auf halbem Weg in die Hosentasche und reichte es ihm.

»Mein Hamlet«, hob Friedhelm an, »wird ein *sehr* experimentelles Stück werden.« Er konnte der Versuchung nicht widerstehen, das auszuführen. »Wir werden ganz auf die Macht des Textes setzen.« Vor seinem geistigen Auge stand die Szene: Alle würden in schwarzen Anzügen kommen. Jeder hatte doch einen im Schrank, für Beerdigungen etwa, notfalls die eigene. Er warf einen abschätzigen Blick auf die Jogginghose des Anarchisten. Es würde keine Schleier, Helme, Spieße und alberne Perücken geben. Aber auch keinen Quatsch mit Smartphones, SS-Ledermänteln oder toten Hühnern. »Und wir holen uns aus dem Gymnastikraum diese Holzwürfel, auf denen Sie immer Ihr Sitz-Yoga veranstalten, liebe Katia.« Er nickte zerstreut in ihre Richtung, gar nicht bemerkend, dass er seiner Freundin noch immer keinen Sitzplatz angeboten hatte.

Katia stand weiterhin in der Tür.

»Diese Würfel werden die Grundlage für unser Bühnenbild sein. Gestapelt kann man alles daraus formen: Hocker, Tisch, Bett, Stuhl. Ich zeige Ihnen mal ein paar Skizzen. Sehen Sie? Zwei Würfel übereinander, einer davor. Schon haben wir einen Thronsitz.«

»Ich war im Park«, sagte Katia, die entstehende Pause nutzend. »Dort, wo Ophelia gestorben ist.«

»Sehr schön, sehr schön«, erwiderte Friedhelm, angeregt paffend, den Blick strikt auf seinen Plan gerichtet. »Und hier, drei Würfel in einer Reihe: ein Bett. Oder ein Grab.«

Katias Geduld war am Ende. Sie benötigte zu dem, was sie gefunden hatte, eine zweite Meinung. Friedhelm würde nolens volens für eine Weile in die Welt der real existierenden Menschen und ihrer Probleme zurückkehren müssen. Er besaß neben seinen

Obsessionen einen scharfen Verstand. In Haus Silberblick war das Mangelware. Schon hatte sie die Hand um den alten Ausweis geschlossen und schickte sich an, ihn herauszuziehen. »Wenn Sie uns einen Moment entschuldigen würden, Herr Spohn.« Sie drehte sich zur Seite weg, um mit einer einladenden Bewegung die Tür freizumachen.

Da entdeckte sie die einsame Gestalt, die hinter sie getreten war, und mit wahrer Grabesstimme erklärte: »Ich habe diesen Hund umgebracht.«

In diesem Moment ging Friedhelms Pfeife zum zweiten Mal aus.

14

Die Gräfin stand in der offenen Tür, aufgerichtet wie immer, aber ein wenig schmaler, durchscheinender. Irgendetwas hatte die Gestalt Elisabeth von Tzetwertyńskis wie von innen ausgehöhlt. Dieser ungewohnte Anblick brachte alle dazu zu verstummen.

»Ich habe es getan.« Die Stimme der Gräfin bebte. »Und ich übernehme hiermit die volle Verantwortung für meine Tat.«

»Aber meine liebe Elisabeth.« Erschüttert nahm Katia die alte Dame beim Arm und führte sie zu dem Sessel, den der Anarchist eilig räumte. »Was wollen Sie damit sagen?«

»Wollen Sie etwa andeuten …«, begann Friedhelm.

»… dass *ich* einen *Hund* erschossen habe, ja.« Die Gräfin atmete tief durch. »Mein Gott«, sagte sie. Ihr Gesicht wirkte grau.

Katia, in Krisensituationen praktisch veranlagt, eilte zu dem Nachttisch, in dem Friedhelm Klemp, wie sie wusste, seinen Vorrat an Single Malt aufbewahrte, samt Gläsern. Sie schenkte der Gräfin einen großen Schluck ein, den diese anstandslos leerte. Elisabeth schnappte nach Luft. Zwei Tränen rollten über ihre trockenen, faltigen Wangen.

»Mannomann«, sagte der Anarchist. »Und das alles wegen einer Töle.«

»Es war ein *Hund*«, korrigierte die Gräfin, die jetzt langsam ihre alte Form und Dichte wiedergewann. Sie betonte das Wort ähnlich aufgeladen, wie Friedhelm Klemp am Vormittag »Kunst« betont hatte. »Ein wertvolles Wesen und des Menschen bester Freund.«

Mit der Schärfe der letzten beiden Wörter hätte man Diamanten schleifen können.

Der Anarchist blieb unbeeindruckt. Seine Aufmerksamkeit galt Friedhelms Nachttisch. »Gibt's von dem Whiskey noch was?«, fragte er.

Friedhelm Klemp schloss die Nachttischtür.

Katia nahm die Hand der Gräfin. Sie suchte nach Worten des Trostes.

»Immerhin war es ein besonders unsympathisches Exemplar«, bot Friedhelm an, wenig hilfreich wie immer.

Es lag selbst in diesem Moment fünf eisige Kellerstufen unterhalb der gräflichen Würde, das zu kommentieren.

»Und wieso haben Sie das Vieh überhaupt kaltgemacht?«, erkundigte der Anarchist sich. »Ich meine, so wie Sie gebaut sind, Sie würden doch jeden von uns von der Platte pusten, hab ich recht?« Er ließ wieder sein keckerndes Lachen hören. »Ohne mit der Wimper zu zucken.«

»Ich hatte in der Tat auf einen Menschen gezielt. Falls es das ist, was Sie zu formulieren versuchen«, erwiderte die Gräfin eisig.

»Mein Gott, ich wusste es!«, rief Friedhelm aus. »Sie hat den Laertes im Blut. Hitzig, duellwillig, rachedurstig.« Er ballte die Faust und deklamierte feurig: »Zum Satan deine Seele. Ein Engel unseres Herrn wird meine Schwester sein, wenn du einst liegst und heulst.«

»Friedhelm«, sagte Katia streng, »Sie delirieren.«

Der Impresario ließ sich gegen die Lehne fallen und rang um Fassung. »Ich sage nur so viel: ein einziger Tag mit Shakespeare, und schon halten Mord und Totschlag Einzug. Was habe ich getan?« Er sah höchst zufrieden aus und griff vergnügt nach seiner Pfeife.

Katia ging neben der Gräfin in die Knie. »Auf wen *haben* Sie denn gezielt, meine Liebe?«, fragte sie. Sie glaubte die Antwort bereits zu kennen; der gefundene Ausweis brannte in ihrer Rocktasche. Behutsam setzte sie hinzu: »Vielleicht auf Herrn Grünsteudl?«

Die Gräfin hob die Brauen. »Seien Sie nicht albern«, sagte sie.

»Genau«, sekundierte Friedhelm. »Warum sollte ein so langweiliger Mensch wie er in so eine Geschichte geraten? Das Dramatischste, was einem Grünsteudl zustößt, ist ein abgelaufener Joghurt, glauben Sie mir.«

Ehe Katia ihm widersprechen konnte, fuhr die Gräfin fort: »Das ist alles Unfug. Ich habe natürlich nicht auf Herrn Grünsteudl angelegt. Sondern auf den Erpresser.«

15

»Was für einen Espresso?«, fragte Friedhelm.

Das Sich verhören war verständlich, fand Katia. Das Wort »Erpresser« klang einfach zu absurd in diesem friedlichen Zimmer mit dem Kirschholzschreibtisch, der Stehlampe und den vollen Bücherregalen. Aber das hatte das Wort »Mord« bis vor Kurzem ja auch getan. Und doch hatten sie ein Projektil in Ophelia gefunden – noch so ein Wort »Projektil« –, und im Park hatte dann das Objekt gelegen, das sie immer noch in ihrer Rocktasche verborgen hielt. Das Theaterstück, das sie derzeit so ahnungslos probten, barg, wie es aussah, zahlreiche Geheimnisse und überraschende Wendungen. Jetzt also Auftritt Erpresser.

Als die Gräfin erst einmal angefangen hatte zu reden, war sie nicht mehr zu bremsen. Sie hatte am gestrigen Abend einen Anruf erhalten. Und es war nicht der erste gewesen; schon vorletzte Woche hatte sich jemand telefonisch bei ihr gemeldet und erzählt, dass ihre Nichte Maja in einer schlimmen Lage sei. Sie habe im Urlaub in der Türkei ein Kind angefahren, mit tödlichem Ausgang. Die Polizei hätte sie in Schutzhaft genommen, die Lage vor Ort sei aber sehr angespannt. Die Bewohner belagerten die Polizeistation, um Maja zu lynchen. Die deutsche Botschaft habe sich eingeschaltet, doch es brauche Geld, um die Behörden zu bestechen und den raschen Rücktransport der Nichte zu organisieren. Damit sie vom sicheren Deutschland aus den Fortgang des Verfahrens abwarten könne.

»Das ist doch lächerlich! Sie haben hoffentlich kein Wort davon geglaubt?«, fragte Friedhelm. Er klopfte mit der Pfeife auf den Tisch. »Das ist Melodram der alleruntersten Kategorie.«

»Ein klassischer Enkeltrick«, bestätigte der Anarchist, der jetzt neben dem Nachtkästchen an der Wand lehnte.

»Was mich an dieser Masche am meisten ärgert«, sagte Friedhelm, »ist, dass man uns ältere Menschen für derart dumm zu halten scheint. Ein Lynchmob!« Er schnaubte.

»Oooch, also geben tut es das schon«, meinte der Anarchist. »Wir waren mal zu siebt mit dem alten VW-Bus im Kletterurlaub, in Geyikbayiri, geile Felsen. Und da haben wir mit der Kiste glatt ein Huhn überfahren in so einem Dorf. Und dann …«

Die Gräfin wedelte das mit einer Handbewegung fort. »Ich bin nicht leichtgläubig. Dem Anrufer habe ich die Meinung gesagt, das können Sie mir glauben. Eine Weile war Ruhe. Dann gestern Nacht klingelte es wieder. Diesmal sagte er, er wisse, wo ich wohne. Und dass er mich holen käme.« Sie machte eine Pause.

»Empörend«, rief Friedhelm. »Was für eine Impertinenz!« Sein Mitgefühl ging so weit, den Nachttisch erneut zu öffnen und der Gräfin ein zweites Glas aus seinem kostbaren Vorrat einzuschenken. »Aber keine Sorge, das war natürlich nur eine leere Drohung. Bitte schön.« Er reichte ihr das Glas.

Der Anarchist streckte die Finger in Richtung Whiskeyflasche aus. Der Nachttisch wurde zugeschlagen.

Aller Augen wanderten wieder zur Gräfin, die zügig austrank.

»Der Erpresser sagte«, fuhr sie nach einem tiefen Atemzug fort und ahmte mit ihrem gesplitterten Greisinnensopran so gut es ging eine tiefe Männerstimme nach: »›Ich steh schon vor deiner Tür. Und wenn ich komme, dann häng ich dich auf.‹« Sie schaute ihre drei Gefährten einen nach dem anderen an. »Da bin ich dann zum Waffenschrank.«

»Sie hat einen Waffenschrank!«, rief der Anarchist und klatschte sich auf seine joggingbehosten Schenkel.

»Was ist daran so verwunderlich?« Die Gräfin maß ihn mit hoheitsvollem Blick. »Wie man hört, haben Sie sich zu Ihrer Zeit selbst dem bewaffneten Kampf hingegeben.«

Der Anarchist griente, dass man all seine Zahnstümpfe sah. »Wir haben Molotowcocktails gebaut, am Küchentisch. Um dafür Salpetersäure herzustellen, haben wir gegen die Kellerwände gepisst.« Er kicherte. Als er die Gesichter der anderen sah, fügte er hinzu: »Wir haben nie einen fertiggekriegt. Aber es hat Spaß gemacht.«

Niemand vermochte das zu kommentieren.

Ich häng dich auf!, dachte Katia. Auf ihren Armen stellte sich die Gänsehaut auf. Die Brutalität dieser Ansage ließ sie die ganze eigene Zerbrechlichkeit spüren. Sie war alt, sie war langsam, und sie wog nicht einmal sechzig Kilo. Wer sie hängen wollte, der würde es tun, wie man einen Weihnachtskranz an die Tür hängte. Sie verließ sich auf die guten Manieren ihrer Mitmenschen, auf Schlösser und Wände für ihre Sicherheit. Aber für einen entschlossenen Menschen waren Schlösser und Wände nur Konventionen, an die er sich nicht zu halten brauchte.

Einen Moment gab Katia sich dem Gefühl hin, in einem Kartenhaus zu sitzen, das ein Windstoß wegfegen konnte. Dann fand sie ihr inneres Gleichgewicht wieder. Die meisten Menschen waren aus anderem Stoff geschaffen als dem der puren Bosheit. Vielleicht nicht aus dem edelsten Stoff, aber sie hielten sich ganz ordentlich. Das würde auch sie tun. Sich halten.

»Und als ich mich zum Fenster umgedreht habe«, fuhr die Gräfin fort, »den Telefonhörer noch in der Hand, da höre ich draußen diese Stimmen. Und ich sehe Schatten. Und ich dachte mir natürlich: Er ist da.«

»Ein verständlicher Irrtum«, tröstete Katia sie. »Sie waren in Panik nach diesem Anruf. Das wäre uns allen so gegangen.« Zustimmungsheischend nickte sie den beiden Männern zu. »Aber es ist wirklich ganz unwahrscheinlich, dass dieser Anrufer tatsächlich dort draußen stand.«

»Ich hab mal gehört«, meinte der Anarchist, »dass die Drahtzieher solcher Aktionen im Ausland sitzen. Die telefonieren einfach Listen ab. Und wenn jemand anbeißt, heuern sie vor Ort eine arme Sau an, um das Geld abzuholen. Jemanden, der keine Ahnung hat, worum es überhaupt geht.«

»Sehen Sie.« Katia tätschelte weiter den Arm der Gräfin. »Machen Sie sich also keine Sorgen. Es war einfach ein furchtbarer Irrtum. Im Park war sicher nur ein später Spaziergänger.« Sie zögerte einen Moment, verschwieg dann aber, dass sie eine genaue Vorstellung davon hatte, wer um diese Zeit im Park herumspaziert war, warum auch immer er das getan hatte.

Die Gräfin stöhnte. »Ein furchtbarer Irrtum. Arme Ophelia.«

»Es war eine Affekt-Tat. Und Notwehr«, meinte Friedhelm. Er war in Geberlaune, nun, da diese Irritation, die seine Inszenierung zeitweilig bedroht hatte, beseitigt worden war. Er breitete die Arme aus. »Stiften Sie einen Grabstein für das Tier, und alles ist in bester Ordnung. ›Und singen Engelsscharen dich zur Ruh. Der Rest ist Schweigen.‹«

Ein wenig bezweifelte Katia, dass Irma sich so einfach würde zufriedenstellen lassen. Ein Marmorstein mit Goldlettern würde es schon werden müssen. Aber das konnten sie morgen klären. »Soll ich Sie auf Ihr Zimmer bringen?«, fragte Katia sanft.

Die alte Dame schüttelte erst den Kopf, dann nickte sie. Statt allerdings aufzustehen, öffnete sie nur die Linke, die sie die ganze Zeit zur Faust geballt gehalten hatte, und offenbarte ihr trauriges Geheimnis: das tödliche Projektil.

Fasziniert starrten Katia und Friedhelm das Ding an, das gestern noch Teil einer Waffe und heute Morgen Inhalt eines Hundebauches gewesen war und jetzt im Lampenlicht glänzte.

»So ein kleines Ding«, murmelte Katia. »Und richtet so einen Schaden an.«

Durch die Gräfin ging ein Ruck. »Das ist doch nicht möglich«, rief sie.

16

Die Gräfin griff zu der Brille, die um ihren Hals hing, und setzte sie auf. Zog Friedhelms Stehlampe näher heran.

»Eine .22short«, stellte sie schließlich fest. Sie drehte sie ungläubig zwischen den Fingern. Schließlich sagte sie, als repetiere sie eine lang schon auswendig gelernte Lektion: »Die .22short wird vom Winchester-Modell 9422 verschossen.«

»Oh, gewiss«, sagte Friedhelm versöhnlich. »Ich bin sicher, das wird sie. Aber vielleicht sollten Sie das Ding jetzt weglegen.«

»Aber ich habe die 9422 schon vor zwanzig Jahren an den Toni verkauft«, fuhr die Gräfin fort, an niemanden gerichtet als an sich selbst. »Ich hab mich nie an die Lauflänge gewöhnt.«

»Und warum auch nicht«, meinte Friedhelm und öffnete den Nachttisch, um sich selbst ein Glas einzuschenken. Sein Blick fiel auf den Anarchisten. Was soll's, dachte er und schenkte auch dem Anarchisten einen ein. Sie prosteten einander zu. «Auf Toni, wer immer er sein mag.« Dann schien Friedhelm genug von der Angelegenheit zu haben. Er stellte das leere Glas ab. »Hören Sie, ich möchte nicht unhöflich sein, aber ich muss für morgen noch eine szenische Lesung vorbereiten.«

»Ich hab die 9422 gar nicht mitgebracht ins Heim.« Die Gräfin wirkte erschüttert.

Katia nickte. »Das habe ich verstanden, wir alle haben das verstanden.« Der Blick, den sie Friedhelm und dem Anarchisten zuwarf, besagte, dass das gefälligst auch auf sie zuzutreffen habe.

»Verstanden«, bestätigte der Impresario. »Und jetzt …«

»Aber …« Die Gräfin schaute sie an. »Nein, Sie verstehen *nicht*. Die Waffe, die ich hier habe, neben der Schrotflinte und der Halbautomatik …«

Bei dem Wort »Halbautomatik« geriet dem Anarchisten ein wenig Whiskey in die Nase und er musste husten.

»… ist die Winchester 1896«, fuhr die Gräfin lebhafter fort.

»Halleluja! Ich strecke die Waffen.« Friedhelm schenkte erneut ein und trank. Neben derartiger Prosa hatte Shakespeare naturgemäß keine Chance. Selbst als der Anarchist sich selbst bediente, ließ er das unkommentiert.

»Ja, aber die 1896 verschießt große Schwarzpulverpatronen. Nicht so etwas«, die Gräfin hob die Patrone hoch, »wie das hier.«

»Sie meinen …«, setzte Katia an.

Die Gräfin nickte. »Dass ich geschossen habe, ja. Aber das Tier getroffen hat jemand anderes. Diese Patrone kann nicht aus einem meiner Gewehre stammen.« Sie klopfte mit ihrer kleinen Faust mehrfach gegen ihren Brustkasten, als müsste sie dort drinnen etwas lösen. »Ich habe das Hundchen nicht getötet, Gott sei Dank.« Sie ließ diese Erkenntnis noch einen Moment sacken. Dann stemmte sie sich hoch. Mit dem Schuldgefühl war auch ihr Bedürfnis nach Gesellschaft verschwunden. »Wenn Sie mich entschuldigen würden. Es war ein anstrengender Tag.« Würdevoll trat sie ab. Die drei übrigen Helden blieben allein zurück.

»Dann ist der Fall Ophelia also doch noch nicht geklärt?« Die Enttäuschung in Friedhelms Stimme war bodenlos. »Und ich hatte einen Moment lang gehofft, wir würden ab morgen wieder *Hamlet* geben können und nicht *Die Mausefalle*.«

17

Katia konnte nicht schlafen. Sie knipste das Licht an und setzte sich auf.

Da lag er, auf dem kleinen Tischchen gegenüber ihrem Bett und zugleich bleischwer auf ihrer Seele: der ominöse Personalausweis, den sie angesichts der jüngsten Umstände immer noch niemandem zu zeigen gewagt hatte. Er bewies, dass Hans Grünsteudl im Park gewesen war, genau dort, wo jemand den Hund getötet hatte. Und, wie sie sich eingestehen musste, vermutlich genau zur selben Zeit. Denn der Ausweis war sauber und trocken. Wie die gestrige Nacht es gewesen war. Am Tag davor hatte es genieselt, der Pass konnte also kaum früher unter den Rhododendron gelangt sein. Katia seufzte.

Sie war sich sicher, dass es dafür eine einfache Erklärung geben musste. Hans war doch kein Mörder. Aber die anderen würden das vielleicht nicht so sehen. Und leider verfügte sie über kein weiteres Argument als das, dass sie Hans Grünsteudl besser kannte als jeder andere im Heim. Jedoch nicht gut genug, um zu wissen, warum es ihn so plötzlich an die Costa Brava verschlagen hatte.

Katia griff nach ihrer Lesebrille und dem kleinen Notizblock, der auf ihrem Nachttisch lag, für all die Einfälle, die sie manchmal beim Einschlafen hatte und von denen sie sicher war, dass sie anderntags aus ihrem Gedächtnis verschwunden sein würden. »Karotten kaufen«, stand dort, und »Hans zum Geburtstag: Buch über Lorca«. Sie ließ den Block sinken.

Was um alles in der Welt hatte Hans nur im Park verloren? Noch dazu in der Nacht, in der dort jemand um sich schoss? Als die Gräfin Stimmen hörte und ihre Flinte abfeuerte. Und jemand Ophelia erschoss. Zwei Schüsse!

Rasch blätterte Katia auf eine freie Seite. Genau: Es mussten *zwei* Schüsse abgegeben worden sein: der, den die Gräfin abgefeuert hatte. Und der, der den Hund tötete. Sie notierte das.

Dazu Stimmen. Die Gräfin hatte im Plural gesprochen. Im Park mussten Menschen sich unterhalten haben. Das heißt, Hans Grünsteudl war womöglich nicht allein gewesen. Das vergrößerte das Rätsel und erleichterte Katia gleichzeitig. Denn wenn jemand bei ihm gewesen war, stieg die Chance, dass nicht er geschossen hatte, sondern dieser andere Mensch. Aber mit wem sollte Hans sich zu nächtlicher Stunde im Park unterhalten? Er hatte, soweit sie wusste, im Haus keine Bekanntschaft gepflegt als die zu ihr. Alles erschien ihr bizarr. Dennoch schrieb sie: »zwei Menschen (oder mehr)«.

Zwei oder mehr Menschen im Park, einer davon Hans Grünsteudl. Ein Hund. Zwei Schüsse. Einer hatte den Hund getroffen. Und wen der andere?

Katia überlief es kalt, als sie daran dachte. Einen Moment lang sah sie Hans, mit ausgebreiteten Armen auf dem Rücken liegend, die toten Augen starrten in den Himmel, den Himmel über dem Park. Was, wenn er tot war? Aber wo war dann seine Leiche abgeblieben? Sie zitterte bei dem Gedanken, dass sie noch nicht den ganzen Park abgegangen war.

Dann rief Katia sich zur Ordnung. Hans war in den Urlaub gefahren. Ohne Abschied?, bohrte eine Stimme in ihr. Ohne den Hauch einer Erklärung? Gerade jetzt?

Ich habe seine Zimmertür zufallen sehen, sagte eine Stimme in ihrem Kopf. Am Morgen nach der Nacht im Park, sagte eine andere Stimme in ihr. Wer sollte sie geschlossen haben, wenn nicht Hans? Tot kann er nicht sein. Halt dich an die Fakten.

Katia setzte sich aufrechter hin. Sie schrieb »Zimmertür«, mit einem großen Fragezeichen. Sie stand auf und füllte Wasser in den Kocher. Vielleicht half ihr ein wenig Kräutertee. Es gab überhaupt keine vernünftigen Erklärungen für all das, dachte sie, als der Kocher pfiff, sie das Wasser eingoss und mit der heißen Tasse zurück zum Bett ging. Keinerlei Motive. Außer für den Mord an Ophelia vielleicht, die hatte keiner leiden können. Letzte Woche erst hatte sie Dennis Stürbichler ein Hosenbein zerlöchert. Katia musste kichern, als sie daran dachte. Aber so etwas war doch kein Mordmotiv, nicht einmal für einen so eitlen Menschen wie Stürbichler.

Sie nahm einen Schluck Tee. Seufzte. Um sie herum war es sehr still. Am Ende musste sie nur etwas schlafen, träumen …

»Herrgott!« Hart stellte Katia die Tasse ab. Tee, Schlaf, das alles konnte warten. Irgendjemand musste doch diese Schüsse gehört haben! Und vielleicht hatte derjenige daraufhin aus dem Fenster geschaut und am Ende sogar noch etwas gesehen. Sie musste das herausfinden, am besten sofort. Katia nahm ihren Bademantel von der Tür und gürtete ihn entschlossen. Zwei Schüsse im Park, dachte sie, als sie die Klinke der Zimmertür hinunterdrückte. Das klang nach einem beschwingten Boulevardstück. Bestimmt ging es gut aus.

18

Als sie aus ihrem Zimmer auf den Flur trat, lag das Heim da wie tot. Der Speisesaal war längst dunkel, die Therapieräume abgeschlossen. Der Nachtdienst war offenbar gerade in einem anderen Teil des Gebäudes zugange.

Katia beschloss, im Erdgeschoss zu beginnen, im Ostkorridor, und zwar am Südende, wo Grünsteudl gewohnt hatte. Wohnte, korrigierte sie sich. Sein Zimmer musste sie allerdings auslassen; es war ja verschlossen. Daneben wohnte der Anarchist. Katia hatte bereits die Hand gehoben, um an seine Tür zu klopfen, als die sich öffnete und er heraustrat.

»Wo wollen Sie denn hin um diese Zeit?« Sie zog ihren Bademantel enger und musterte die Wanderschuhe und die Bauchtasche, die er trug.

»Ich muss mal raus«, kam die kurze Antwort. »Ich pack das nicht, immer in geschlossenen Räumen.« Er schickte sich an, nach links an ihr vorbeizugehen.

Sie wies nach rechts, nach Norden. »Der Ausgang ist direkt dort vorne.«

Er schaute sich um. »Diese verdammten Korridore sehen alle gleich aus.«

»Das lernt sich bald«, tröstete sie ihn. Es war ihr selbst ähnlich ergangen am Anfang: Die quadratische Anlage konnte einen verwirren. »Aber Sie brauchen Ihre Chipkarte, um wieder reinzukommen, wenn es nach zehn ist.«

Er klopfte auf seine Bauchtasche. »Am Mann. Also dann.«

»Sagen Sie«, fiel es ihr gerade noch ein, »waren Sie gestern Nacht zufällig ebenfalls unterwegs?«

Er blieb stehen und kaute auf seinem gelblichen Schnurrbart herum. »Meine erste Nacht«, überlegte er. »Ja, da konnte ich nicht schlafen. Alles zu neu.«

»Wo sind Sie denn hin?«, fragte Katia.

»Weiß nicht«, sagte er. »Spazieren. Der Rückweg war lang. Ich hab ne Weile auf einer Bank gesessen. Alles nicht mehr so einfach seit dem Aneurysma.«

»Sind Sie da jemandem begegnet?«

Er schüttelte den Kopf.

»Und gehört haben Sie auch nichts?«

»Den Autobahnzubringer«, erwiderte der Anarchist. »Und ne Menge Sirenen.«

Der Frieden von Haus Silberblick endete bald hinter dem nächsten Streifen Fichten. Gewerbegebiete, ein Messegelände, Ausfallstraßen. Die stille Wohnstraße, in der sie lebten, wurde auf der einen Seite zur Sackgasse. Auf der anderen Seite wartete eine völlig andere Welt. Sie hatte den Rest des Stadtteils verschluckt, zu der ihre Straße einmal gehört hatte. Im Grunde lebten sie in einem Nirgendwo, auf einem Floß inmitten der in Fluss geratenen Geschichte.

»Sie fragen wegen der Schüsse.«

Dumm ist er nicht, dachte Katia.

Der Anarchist lachte. »Erzählen Sie's mir, wenn was dabei rauskommt.« Damit ging er davon und scherte sich nicht um ihre Blicke in seinem Rücken.

Als er fort war, betrachtete Katia die Flucht der Zimmertüren. Irma konnte sie auslassen, die hatte praktisch zugegeben, gestern betrunken im Bett gelegen und wie ein Stein geschlafen zu haben. Wenn sie jeden Abend das trank, was sie Katia vorhin angeboten hatte, war das vermutlich die Regel.

Folgten noch vier Zimmer mit potenziellen Zeugen, bis sie am Ende bei der Gräfin klopfen würde.

Dahinter käme dann die Kapelle, wie der Nordostpavillon hieß. Dort hielt sich nachts keiner auf.

Also die erste Tür. Katia räusperte sich und klopfte. Klopfte noch einmal. Die Türen waren dick und gut isoliert, genau wie die Wände. Da die meisten Bewohner schwerhörig waren, pflegten sie ihre Fernseher sehr laut zu stellen. Niemand hier würde die anderen ertragen können, wenn es nicht einen guten Schallschutz gäbe.

Auch auf das zweite, energische Klopfen erklang keine Antwort. Katia hob die Faust und hämmerte. Als immer noch kein »Herein« erfolgte, versuchte sie, die Tür zu öffnen; es war nicht abgeschlossen. Vor ihr saß Herr Feudel in seinem Massage-Fernsehsessel, mit dem Rücken zu ihr, die Augen fest auf die Mattscheibe geheftet. Auf den Ohren trug er große Kopfhörer, die ihn mit dem Geschehen verbanden. Es schien sich um einen Krimi zu handeln, sie sah Menschen, die sich mit erhobenen Waffen an eine Hauswand drängten. Dann explodierte ein Auto. Ein Helikopter flog über Gebäude, aus denen Rauch aufstieg, der sich in Herrn Feudels Brillengläsern spiegelte. Bis hin zur Tür konnte Katia das gedämpfte Kreischen aus den Kopfhörern vernehmen. Enttäuscht zog sie die Tür zu. Herr Feudel würde einen Schuss nicht mal hören, wenn er direkt neben seinem Sessel abgefeuert wurde. Und wenn, dann würde er ihn für einen Teil des Abendprogramms halten.

Das nächste Zimmer gehörte Herrn Abendrot. Katia klopfte und trat auf das »Herein« ein. Herr Abendrot stand mitten im Raum.

Sie wollte grüßen, aber er hob mahnend die Hand. »Hören Sie das?«, erkundigte er sich und schaute sie an. Seine dicke Brille ließ seine Augen wie Kugelfische in einem zu kleinen Aquarium aussehen. »Da arbeiten Wichtel in den Wänden.«

Es war absolut still.

Katia machte einen Schritt rückwärts, dann noch einen, dann nahm sie die Klinke in die Hand und zog die Tür so leise wie möglich hinter sich ins Schloss. Auf dem Flur atmete sie erst einmal gründlich durch, ehe sie beim Ehepaar Stürmann einen neuen Versuch wagte.

Diesmal dröhnte ihr der Fernsehlärm entgegen, sobald sie die Tür geöffnet hatte. Katia fühlte ihn wie Gegenwind und stolperte beinahe rückwärts wieder hinaus. Es schien sich im Übrigen um denselben Film zu handeln; der Helikopter setzte inzwischen zur Landung an. Die Sondereinheit strebte ihm entgegen, die Maschinenpistolen im Anschlag. Beide Stürmanns verfolgten das Geschehen gebannt; auch sie bemerkten im Eifer des Fernsehgefechts Katias Anwesenheit nicht. Katia sparte sich die Frage.

Im nächsten Apartment war es wieder still. Auf dem Bildschirm wurden gerade Blendgranaten gezündet, man sah Männer in Schutzkleidung mit gebleckten Zähnen brüllen und mit den Armen wedeln, Mündungsfeuer blitzte auf. Der Ton war abgestellt. Die Zuschauerin allerdings schlief friedlich in ihrem Sessel, mit offenem Mund. Katia rüttelte dezent an ihrer Schulter, erst schwach, dann stärker. Dann sah sie das Fläschchen mit den Tabletten, daneben die Flasche Eckes Edelkirsch.

»Frau Hammerlindl?« Ein leichtes Schnarchen setzte ein. »Angenehme Ruhe«, murmelte Katia und zog der Dame die heruntergerutschte Häkeldecke wieder über den Schoß. Als sie schon gehen wollte, bemerkte sie am Fenster einen großen Vogelkäfig. Auf einer Schaukel hockte ein Papagei, wunderbar grün, mit einem leuchtend gelben Scheitel und klugem Blick. Wenigstens ein vernunftbegabtes Wesen. »Na du«, sagte sie und trat näher.

Das Tier rührte sich nicht. Sacht klopfte Katia an die Stäbe. Keine Reaktion, nur der Spiegel zitterte leicht und warf einen Lichtreflex an die Wand. Sie streckte einen Finger durch die Gitter und strich leicht über die glatten, kühlen Federn. Das Tier war ausgestopft. »Du wirst mir auch nichts mehr verraten«, murmelte sie.

Wieder auf dem sterbensstillen Flur, fühlte Katia sich ernüchtert. Im Park draußen hätte ein Krieg stattfinden können, keiner hätte es bemerkt.

Sie fragte sich, ob wohl gerade ausnahmslos alle im Heim so in ihren Zimmern saßen: angestöpselt, auf einen Apparat starrend, parallel ausgerichtet auf dasselbe Geschehen und doch allein, der Welt verloren. Es war ein gespenstischer Gedanke. Mit einem Mal wallte tiefe Dankbarkeit in ihr hoch für Friedhelm, für ihre Mitstreiter und ihr verrücktes, ehrgeiziges *Hamlet*-Projekt. Für Hans Grünsteudl und sein Lyrikregal. Sie alle waren doch wenigstens am Leben. Hans allerdings war aus ihrer Welt verschwunden.

Katia überlegte. Eine Tür würde sie noch schaffen heute Nacht. Energisch klopfte sie an die der Gräfin.

Diese öffnete nach einer langen Wartezeit. Sie trug jetzt einen Morgenmantel. Die obligate Lesebrille ruhte auf gesteppten Samtaufschlägen. Katia stellte ihre Frage.

»Natürlich habe ich den Schuss gehört«, sagte die Gräfin. »Ich hatte die Waffe ja an meine Wange gepresst. Es ließ sich kaum vermeiden.«

»Nein, nicht den Flintenschuss, den anderen«, insistierte Katia. »Sie sagten, glaube ich, es wäre eine .22short.«

»Das ist Pistolenmunition«, erwiderte die Gräfin. »Ich besitze keine Pistole.«

»Ich weiß«, sagte Katia beruhigend.

»Jedenfalls keine solche Pistole. Sicher, da sind die Duellwaffen meines Mannes. Er war Reiteroffizier.«

Katia zählte innerlich bis zehn.

»Sehr schade, dass er später als Privatdetektiv auf eine Uniform verzichten musste.«

»Der Pistolenschuss«, erinnerte Katia sie.

Die Gräfin stutzte, begriff endlich. Dann schüttelte sie den Kopf. »Nein«, sagte sie. »Da war nichts.«

»Aber das kann nicht sein.«

»Natürlich kann es das«, sagte die Gräfin. »Meine Liebe, ganz offensichtlich wurde ein Schalldämpfer verwendet.« Damit schloss sie die Tür.

Katia blieb allein mit diesem neuen Wort: Schalldämpfer. Eine Gänsehaut kroch an ihren Armen hoch, während sie durch den dunklen, ausgestorbenen Korridor zurück in ihr Zimmer ging. Ein Schalldämpfer bedeutete, dass Zufälle und Unfälle ausfielen. Jemand hatte ernsthaft vorgehabt, die Waffe zu benutzen. Ob er Ophelia hatte treffen wollen? Etwas klackerte.

Katia fuhr herum. Bogdan stand im Flur; sein Schatten sah im Halbdunkel riesig aus.

»Ist alles in Ordnung?«, fragte er.

»Das Nachtlicht«, log Katia nach dem ersten Schreck. »Es muss kaputt sein. Es summt die ganze Zeit.«

»Wollen wir mal sehen«, sagte Bogdan, öffnete ihre Zimmertür für sie und holte aus. Mit einem festen Hieb schlug er gegen das Nachtlicht. »Wackelkontakt«, sagte er. »Passiert dauernd.« Er schaute sie an. »Jetzt ist es still.«

Katia nickte. Aber in ihrem Kopf, da summte es, lauter als je zuvor. Nachdem sie eine halbe Stunde mit offenen Augen im Dunkeln gelegen hatte, setzte sie sich auf. Sie konnte nicht schlafen. Wieder schaltete sie die Nachttischlampe ein und griff nach ihrer Lesebrille. Den Notizblock mied sie. Sie würde *Hamlet* lesen. Mord und Totschlag im alten Dänemark waren nicht halb so aufreibend wie der Gedanke an das, was in Haus Silberblick nächtens geschah.

19

Friedhelm hatte für den folgenden Vormittag eigentlich eine Leseprobe vorgesehen, erster Akt, zweite Szene, in der Hamlet seiner Mutter, der Königin und ihrem neuen Gatten gegenübertritt, der pikanterweise der Bruder ihres erst vor zwei Monaten verstorbenen Mannes ist. Hamlet ist verwirrt und wütend wegen dieser übereilten Heirat, über die er spottet, dass man die übrig gebliebenen Leichenschmausplatten gleich fürs Hochzeitsmahl verwendet habe; wie sparsam! Pietätlos ist die Angelegenheit gewiss, dazu noch blutschänderisch. Oder ist da etwa noch mehr, ist sein Vater gar ermordet worden, um diese Ehe zu ermöglichen?

Hamlet verstellt sich vor dem Königspaar, gesteht aber hernach seinem Freund Horatio, wie es wirklich in ihm aussieht. Horatio wiederum weiß zu berichten, dass der tote König, Hamlets Vater, als ruheloser Geist im Schloss umgehe. Woraufhin beide beschließen, der Erscheinung nachts aufzulauern, um sie gründlich zu befragen. Das alles war starker Stoff, fand Friedhelm. Mehr als genug, um sie alle einen halben Tag lang zu beschäftigen.

Aber natürlich redeten nur über den toten Hund.

Selbst seine geliebte Katia wirkte ein wenig abwesend. Der Anarchist sorgte genüsslich dafür, dass die Rolle der Gräfin allen und ohne die nötige Diskretion dargelegt wurde. Diese konterte mit waffentechnischen Details, die in dem Wort »Schalldämpfer« gipfelten. Und Irmas Emotionalität war angesichts des Umstandes, dass es sich tatsächlich um Mord handelte, nicht mehr zu bremsen.

»Von Mörderhand getroffen. Der Fall, er ist noch offen«, fasste der Lehrer den Stand der Diskussion schließlich zusammen.

Und niemand, sagte Friedhelm sich erbittert, würde diesen schnöden Mord an der lyrischen Sprache ahnden. Aber denen würde er ihren Shakespeare schon noch einbimsen. »Wenn ich bitten darf.« Er klatschte in die Hände. »Wir haben noch eine Menge Arbeit vor uns.«

»Aber Friedhelm.« Endlich kam Leben in Katia. Sie schaute ihn an. »Wir können unmöglich einfach zur Tagesordnung übergehen.«

»Können wir nicht?«, fragte Friedhelm enerviert.

Katia hob die Brauen. Sie war ja auf Friedhelms Seite, trotz, oder gerade wegen, allem, was geschehen war. *Hamlet* durfte nicht untergehen. Sie brauchte die Freude und Ablenkung, die das Stück ihr schenken würde, mehr denn je. Doch Hans Grünsteudls Ausweis steckte in ihrer Rocktasche, über den sie im Stillen würde nachdenken müssen. Und ein toter Mops war nichts, das man einfach übergehen konnte. Nicht, wenn man wollte, dass diese Menschen mitspielten. »Die Kunst heilt nicht alle Wunden, Friedhelm.«

Dem Impresario lag eine scharfe Entgegnung auf der Zunge. Er beherrschte sich jedoch, runzelte die Stirn und dachte lange nach. Katia wollte schon das Wort ergreifen, da hob er plötzlich die Arme und sagte: »Nun gut, nun gut, dann stellen wir eben vorläufig den ersten Akt zurück.«

Er sah bei dieser Ankündigung nicht so enttäuscht aus, wie Katia es erwartet hatte. Im Gegenteil, er lächelte. Und dieses Lächeln ließ in Katia alle Alarmglocken läuten. Was hatte er denn nun schon wieder vor?

Friedhelm stützte sich auf seinen Stock und stemmte sich auf. »Dann werden wir also«, verkündete er, »der Sache unsere volle Aufmerksamkeit widmen.«

Hoffnungsvoll wischte Irma sich die Tränen aus den Augen: »Was wollen wir denn tun?«

»Ich bin froh, dass Sie fragen, meine Liebe.« Friedhelm sandte Katia einen raschen, triumphierenden Seitenblick. »Wir werden das Tier begraben.«

»Was?«, entfuhr es Katia. »Jetzt?«

»Ja, jetzt, in vollzähliger Runde. Im Park«, bekräftigte Friedhelm in das aufkommende Gemurmel hinein. »Ich denke, es ist das Mindeste, was wir tun können.« Sein Ton wurde ölig. »Für unsere liebe Irma.«

»In der Tat«, murmelte Katia.

Friedhelm hatte seinen Schwung wiedergefunden und erging sich in Regieanweisungen. »Soweit ich weiß, befindet sich doch Gartengerät in dem Schuppen an der Mauer. Also dann, meine Herrschaften. Lassen Sie uns Ophelia einen würdigen Abgang bereiten.« Zu seiner Zufriedenheit erntete er Szenenapplaus für diese Ankündigung.

Der Lehrer ließ es sich nicht nehmen, vor dem Verlassen des Musikzimmers zu Friedhelm zu gehen und ihm die Hand zu drücken. »Welch ein Gefühl. Welch ein gemeinsam Ziel.«

Friedhelm nickte mit geschlossenen Lippen. Seine straffe Gestalt bebte, ob vor unterdrücktem Gelächter oder vor innerer Empörung, war unklar. Katia gefiel beides nicht.

Sie trat zu ihrem Freund. »Ich weiß, was Sie vorhaben«, sagte sie leise.

Mit unschuldigster Miene schaute er sie an. »Sie haben es doch gehört: Ich bin eben gefühlvoll.«

Katia schnaubte. »Es geht hier doch nicht um Irmas Gefühle. Oder um den Hund.«

»Aber meine Liebe«, erwiderte Friedhelm ebenso leise. »Was für eine bessere Gelegenheit könnte es geben, die Beerdigungsszene zu proben.« Er nickte in Richtung der eifrig Hinausströmenden. »All die Emotionen, all die Verwirrung. Wir werden das alles benutzen, jawohl. Zum Wohle der Aufführung.« Er ließ seinen Stock einmal kreisen, ehe er ihn aufsetzte, um den anderen zu folgen. »Method-Acting«, rief er über die Schulter.

»Das«, sagte Katia kopfschüttelnd, »ist diabolisch.«

Er warf ihr eine Kusshand zu. Katia musste lächeln. Es war nicht das, was der Arzt verschrieb, vermutlich. Aber am Ende könnte es helfen.

20

Die Beerdigung des Mopses wurde eine sehr schöne, feierliche Angelegenheit. Man lief nach kurzer Absprache zu einer von den Fenstern des Heims nicht einsehbaren Stelle, um keine unnötige Aufmerksamkeit auf sich zu ziehen. Tierbestattungen lagen zwar im Schnittpunkt der diversen Hausphilosophien; Dennis Stürbichler hätte sicher einige salbungsvolle Worte zu dieser Form der Trauerbewältigung gefunden. Und Frau Vogeltanz hätte sie möglicherweise sogar ein hübsches Kreuz basteln lassen, unter Aufsicht natürlich und mit kindersicherem Werkzeug. Aber niemand hatte Lust, sich dafür eine Schürze umzubinden.

Ophelias letzte Ruhestätte lag deshalb nahe an der hinteren Mauer. In Ermangelung eines Sargs und weil der Vogelschützer ökologische Bedenken gegen das Vergraben von schwer abbaubaren Materialien hatte, wurde Ophelia in einen Kopfkissenbezug gebettet, dessen Fehlen bei der Heimleitung als »Schwund durch Verschleiß« erklärt werden würde. Und niemand, wirklich niemand in der Runde erwähnte den Umstand, dass, als das Tuch in einem Moment verrutschte, ein paar pralle Hoden sichtbar wurden. Fluffy, Phloffy, Ophelia, der Hund, fand als Transgendermops würdevoll die letzte Ruhe.

Die Herren hatten zuvor der nahen Gärtnerhütte einen Besuch abgestattet und sie ebenso unverschlossen wie mit mehreren verrosteten Gartengeräten ausgestattet vorgefunden, darunter eine Schaufel. Der Vogelkundler sah sich rollatorbedingt zu nicht mehr imstande, als den Griff zu halten. Der Zahnarzt, mit noch kräftigen Waden, gewohnt, einen widerspenstigen Anlasser zu kicken, trat das Schaufelblatt kräftig in den Boden, wobei er zur leichteren Rhythmusfindung den Refrainauftakt von T.N.T. summte: »I'm Dynamite«.

Der Lehrer legte sich mit seinem ganzen Gewicht auf den Stiel. »And I'll win the fight«, stöhnte er.

Dann hielt er inne, und der Anarchist, als Mann fürs Grobe, schob den Aushub ächzend auf einen langsam wachsenden Haufen. Sie waren zweifellos eine explosive Mischung.

Friedhelm stand dabei, seinen Shakespeare wie eine Bibel haltend, und lächelte beglückt. Eine bessere Teambuildingmaßnahme hätte er als Regisseur sich gar nicht wünschen können. Das hier lief wunderbar körperlich, es schweißte die Protagonisten zusammen. Und zugleich war es ein Seelenstriptease. So stimmte es ihn höchst zufrieden, dass die Gräfin, im Stück der Laertes und damit der Bruder der toten Ophelia, passenderweise auch am ergriffensten wirkte. Ganz wie es ihrer Rolle entsprach, schien sie fast noch wütender als traurig zu sein. Die Rüschen auf der Büste der alten Hundefreundin zitterten vor Empörung, und sie hielt sich sehr aufrecht, den Stock umklammernd, als suchte sie nur nach einem Anlass, ihn jemandem über den Kopf zu ziehen. Ja, sie sah wahrhaftig so aus, als wollte sie, die außer sich Geratende, ihren Kummer hinausschreien in die Welt: »Fechten, fasten, sich zerfetzen, Essig trinken, Krokodile fressen«, wie Shakespeare es so wunderbar formuliert hatte. Das nannte man die seelischen Ressourcen der Darsteller für ein Stück fruchtbar machen. Stanislawski wäre stolz auf ihn gewesen.

Dass Rosencrantz & Guildenstern alias Uwe Spohn sich vor der Arbeit drückten und in Personalunion für eine Zigarette beiseitetraten, tat dem keinen Abbruch, im Gegenteil, es fügte sich hervorragend ins Bild der Taugenichtse, die sie waren.

Das Gesicht des Lehrers wiederum war vom Graben bald so

rotviolett, wie sich das für den Säufer König Claudius gehörte. Seine Königin stand dabei, als sähe und hörte sie nichts, dafür ganz Gravität. Auch das passte nicht schlecht zur Gudrun, der Meisterin im Verdrängen.

Nur Irma, die eigentliche Ophelia im Stück, war für eine tote Jungfer entschieden zu zappelig. Sie stand herum wie eine Zweitbesetzung, die nicht benötigt wird, sich aber ins Gedächtnis zu bringen wünscht. Aber Opfer musste man eben immer bringen. Dafür hatte sie den halben Garten geplündert und wankte jetzt mit dem Blumenstrauß im Arm umher. Ein weiterer Vorgriff auf ihre Wahnsinns-Szene, der sich irgendwann sicher bezahlt machen würde.

»Ähemhem«, räusperte sich Friedhelm, als alles bereit war.

Irma trat vor und schüttete die gepflückten Blumen ins Grab. Die Herren präsentierten ihre Schaufel. Ready to fight.

»Der Schönen Schönes«, intonierte Friedhelm. »Lebewohl.«

»Haben Sie vor, uns den ganzen *Hamlet* vorzutragen?«, fragte Katia nahe an seinem Ohr.

»Es gibt offenbar nicht viele gute Gelegenheiten für echte Textarbeit«, erwiderte Friedhelm, aus dem Mundwinkel zischend. »Im Moment habe ich ein dankbares Publikum.«

In der Tat wischte nicht nur Irma sich eine Träne ab.

»Ich hoffe, Sie erwarten nicht von mir, dass ich jetzt ins offene Grab springe und mit Laertes ringe.« Katia sah hinüber zur steifen, nichtsdestotrotz gebrechlichen Gestalt der Gräfin.

»Wieso nicht?«, flüsterte Friedhelm zurück. »Sehen Sie nicht, wie sie das Spitzentaschentuch in ihrer Faust zerknüllt? Ich würde zehn Euro auf sie setzen.« Dann besann er sich und sprach ein paar würdige Worte. Er endete mit dem vermessenen Versprechen, dass sie alle Ophelia vermissen würden. Wie man einen Biss ins Bein eben vermisste. Alle nickten. Und so wurde das Grab in einvernehmlichem Frieden zugeschüttet.

»Gehet hin in Frieden.« Friedhelm segnete die Gruppe durch

ein Heben seines Buches. »Und lernt euren Text. In vier Wochen müsst ihr ihn auswendig können.«

Irma machte große Augen. »Auswendig? Sie meinen: all die Wörter?«

Friedhelm öffnete den Mund.

Katia ging dazwischen. »Ich denke, ein Kaffee wäre jetzt angebracht, oder?« Mit ein wenig gutem Zureden dirigierte sie alle in Richtung Heim. Sie selbst hielt inne, als sie die einsame Dahlie sah, und ließ die anderen vorangehen. Unwillkürlich zog die Blume sie an. Hier war Ophelia gestorben. Hier hatte Hans Grünsteudl gestanden. Und hier, stellte sie fest, als sie nähergetreten war und sich vorgebeugt hatte, waren auch die Blutflecke, gut zu erkennen auf den glatten Blättern des Rhododendron. Lagen sie nicht viel zu hoch für einen Hund von Ophelias Größe? Sie zog den Ausweis heraus und blickte in Hans Grünsteudls Gesicht. Was hast du hier nur gemacht?, fragte sie sich.

»Was ist das denn?«

Die Stimme hinter ihr ließ Katia zusammenzucken. Rasch wollte sie den Ausweis wieder verbergen, doch der Anarchist nahm ihn ihr bereits umstandslos aus der Hand.

»Ach«, sagte er, »so einen hab ich lange nicht mehr gesehen.«

»Wollten Sie keinen Kaffee?«, fragte Katia spröde. »Sie haben schöne Sahnetorten vorne im Café.«

»Darf ich nicht. Diabetes«, erwiderte er, ohne aufzusehen. Er wendete das alte Heftchen hin und her. »Meinen hab ich damals an einen amerikanischen Deserteur weitergegeben. Wir haben einige, die nicht nach Vietnam wollten, über die Grenze gebracht. Hatten da so eine Kommune in den Pyrenäen.«

»Geben Sie her«, sagte Katia und streckte die Hand aus.

»Ist das Ihrer?«, fragte der Anarchist und hielt das Heftchen hoch, als wollte er das Bild mit ihrem Gesicht vergleichen. Dann rief er erstaunt: »Meine Güte, der Mecker-Becker. Ich glaub's ja nicht.«

»Was reden Sie denn da!«, sagte Katia und riss ihm den Ausweis weg. »Das da ist Herr Grünsteudl.«

»Der Typ, von dem Sie dauernd reden? Der weg ist? Echt sicher?«

»Natürlich«, erwiderte Katia. Sie betrachtete das Bild nicht ohne Zärtlichkeit. »Der Haaransatz ist heute etwas höher, aber die Ohren, die Stirn, das Kinn, so etwas ändert sich nicht. Das hier ist eindeutig Hans. War Hans. Ist Hans. Sehen Sie.« Sie hielt ihm den Ausweis hin, als müsste ein zweiter Blick ihre Aussage bestätigen. Dabei kannte der Anarchist Grünsteudl doch gar nicht. Er war ja erst am Tag vor dessen Verschwinden im Haus angekommen. »Entschuldigen Sie«, sagte sie. »Sie sind ihm ja nie begegnet.«

Der Anarchist tippte auf die Namenszeile. »Aber da steht es doch: Carlos Becker.«

»Wie?« Katia kniff die Augen zusammen. Der Schrift hatte sie bislang noch keine Beachtung geschenkt. Sie war klein, verblasst und aus dünnen Nadelstichen zusammengesetzt, die sie selbst mit der jetzt hastig aufgesetzten Lesebrille kaum zu entziffern vermochte.

»Steht da.« Der Anarchist ließ sich nicht aus der Ruhe bringen.

Katia hielt sich das Papier dichter vor die Nase. Es ließ sich nicht leugnen. Der Anarchist hatte recht. Der Ausweis gehörte laut Namenseintrag einem gewissen Carlos Becker. Aber das war doch Grünsteudls Gesicht! Für einen Moment musste sie die Augen schließen.

»Das verstehe ich nicht«, sagte sie.

»Kommen Sie mal mit«, sagte der Anarchist nach kurzem Nachdenken. »Ich zeig Ihnen was.«

21

Es sprach für Katias verwirrten Geisteszustand, dass sie diese Einladung widerspruchslos annahm. Auf der Schwelle seines Zimmers zögerte sie allerdings. Der Anblick war schockierend. Erst zwei Tage zuvor war er eingezogen, und doch sah der Raum aus, als beherbergte er seinen Bewohner bereits seit vielen, vielen Jahren. An allen Wänden, selbst hinter dem Bett, waren Regale angebracht. Und auf diesen Regalen stapelte sich eng gedrängt: »Zeug«, wie Katia mangels des korrekten Vokabulars zusammenfassend feststellte. Sie bemerkte Werkzeuge, Kabel, Batterien, Metallschrott, Gläser mit Schrauben, Muttern, Nägel und Unnennbares, Knäuel aus Schnüren, Kisten mit Planen, Plastikteile, Styroporverpackungen. Es wirkte eher wie eine außer Kontrolle geratene Werkstatt als wie ein Wohnraum. Was die Regale nicht fassten, türmte sich in vergammelten Pappkartons.

»Konnte mich nicht trennen«, stellte er fest, als er ihren Blick sah.

»Könnten Sie mir vielleicht einen Tee machen?«, fragte Katia.

»Keine Kanne«, meinte der Anarchist bedauernd. Es musste das Einzige sein, was er nicht besaß. Von Langstreckenraketen vielleicht abgesehen. »Aber setzen Sie sich trotzdem.«

Katia schaute sich um, entdeckte jedoch keine geeignete Freifläche. Selbst auf dem Bett türmten sich gebrauchte Fahrradteile, Computermäuse und etwas, das wie ein schlecht gefaltetes Zelt aussah.

Der Anarchist hatte begonnen, in einem verstaubten Zeitschriftenstapel zu wühlen. »Ich hab's hier irgendwo«, rief er über die Schulter. Endlich wurde er fündig. »Da«, stellte er fest und legte seine Beute vor sie hin.

Zögernd griff sie nach dem ersten Blatt. Eine Ausgabe von 1979. Auf der Titelseite stand: »Bankraub. Täter aus dem RAF-Umfeld?« Es gab Bilder eines fast völlig zerstörten Wagens, auf dessen Rückbank man Blutflecken erkannte. Und drei Fahndungsfotos. Eines davon zeigte Hans Grünsteudl. Das jugendliche Grünsteudl-Ich des Passbildes.

Katia sank auf den Haufen Fahrradschläuche am Fußende des Bettes. Die Rote-Armee-Fraktion. Aber das war doch nicht möglich. »Und Sie sagen, Sie kannten ihn?«, fragte sie endlich und hörte ihre eigene Stimme wie von sehr weit her. Sie verlor gerade jegliches Gefühl dafür, wer Hans Grünsteudl sein mochte.

»Kennen?« Der Anarchist keckerte los. »Das ist gut. Der Mecker-Becker war doch zwei Jahre bei mir in der WG, damals in Frankfurt. Na ja, bis er verschwand.«

»Verschwand«, murmelte Katia. Und jetzt war er wieder verschwunden. Es schien eine grundlegende Eigenschaft von Hans zu sein, die sie gerade erst kennenzulernen begann: das umstandslose Verschwinden.

Ratlos betrachtete sie das jüngere Selbst des Mannes, mit dem sie fast vier Jahre lang regelmäßig Tee getrunken und über Bücher geplaudert hatte. Teetrinken mochte nicht nach einer tieferen Verbindung aussehen. Aber im Alter veränderten sich die Gewohnheiten. Während die Jugend sich über die existenziellen Fragen des Lebens die Köpfe heißreden wollte, hatten Menschen in Katias Alter die zugehörigen Erfahrungen bereits selbst gemacht, sie hatten die Tiefen und Untiefen des Seins ausgelotet, nicht immer mit erfreulichem Ergebnis. Da genügte es, sich mit einem leisen Nicken, einem wissenden Lächeln, über das zu verständigen, was man wusste, vielleicht nur zu gut. Die Verbindung stellte sich auch auf diese sanfte Weise ein, ohne viele Worte. Das jedenfalls hatte Katia gedacht.

Nun, vielleicht hätten Hans und sie doch über das eine oder andere reden sollen? Zum Beispiel über seine frühere Mitgliedschaft in einer terroristischen Vereinigung. Laut sagte sie: »Das kann nicht sein.«

Hätte ein mitfühlender Blick sie getroffen, sie wäre vielleicht in Tränen ausgebrochen. Doch in den Augen des Anarchisten lag nur freudige, unverhohlene Neugier. »Und der hat echt hier gewohnt?«

»Vielleicht«, erwiderte Katia kühl, »erzählen Sie mir lieber die Geschichte ganz von Anfang an.«

22

Carlos Becker war in den frühen Siebzigern aus Argentinien zum Studieren nach Westberlin gekommen. Er hatte deutsche Eltern. Die WG-Genossen hatten ihn manchmal damit aufgezogen, indem sie ihn Karl riefen.

»Mit schnarrendem r.« Der Anarchist kicherte. »Das hat ihn tierisch geärgert. Weil ihm das ›Carlos‹ so wichtig war. Da flogen nämlich die Weiber drauf.« Er zwinkerte Katia zu. »Sonst war ja wenig los mit ihm, nix für ungut. Der hatte immer Bedenken, der Mecker-Becker, hat sich nix getraut. Der kriegte nie was wirklich auf die Reihe.«

Mecker-Becker. Katia hasste das Wort. Sie konnte den Anarchisten schon dafür nicht leiden, dass er es so oft und sichtlich genussvoll wiederholte.

»Und wie«, sie überlegte, wie sie die Frage möglichst sachlich formulieren sollte. Sie wollte dem Mann keinen Anlass bieten, seinen Spott auszugießen. »Wie kam Hans, Carlos Becker, meine ich, mit der RAF in Kontakt?«

»In intimen Kontakt, meinen Sie.« Er lachte schon wieder. »Oh, ich kann mich noch gut erinnern. Als damals die Friederike Krabbe in unserer WG auftauchte, war er Feuer und Flamme. War ja auch hübsch, die Friederike, oder?« Er nahm eine weitere Zeitung, blätterte und hielt ihr das Bild hin: ein rundes Renaissancemadonnengesicht, mit Mittelscheitel und dunklen Augen.

»Sie sind zusammen verschwunden«, fuhr er fort, als Katia nicht reagierte. »Ich wollt's erst nicht glauben. Bis sie dann in der Zeitung die Nachrichten von dem schiefgelaufenen Bankraub brachten.« Er schlug mit dem Handrücken auf die Ausgabe, die Katia in der Hand gehalten hatte. »Es hieß, dass er der Fahrer war. Hätt ich ihm gar nicht zugetraut. Aber dass er den Wagen gegen einen Baum gesetzt hat, das war am Ende wieder ganz typisch Becker.«

»Er entkam als Einziger.« Katia hatte ihm die Ausgabe aus der Hand genommen und las. »Hier steht: ›Einer der Täter wurde vor der Bank angeschossen und festgenommen. Der andere, eine Frau, starb bei dem Crash im Auto.‹« Sie überlegte. »Aber habe ich nicht mal irgendwo gelesen, dass die Krabbe im Irak untergetaucht und bis heute verschwunden ist?«

Der Anarchist winkte ab. »Das waren alles nur kleine Lichter bei dem Überfall. Die Krabbe war längst anderweitig beschäftigt. Sie hat den Carlos bloß angelockt und überredet. Blöd genug war er.« Er grinste sie an. »Wieso interessieren Sie sich so für den?« In der Tat. Warum lag er ihr so am Herzen, immer noch? »Er wäre der perfekte Horatio gewesen«, sagte sie endlich und stand auf. »Wir sollten uns den anderen anschließen.«

Als sie auf den Gang traten und er abschloss, fiel Katias Blick auf die Tür des nächsten Zimmers. Hier wohnte Hans Grünsteudl. Er und der Anarchist waren direkte Nachbarn. Und plötzlich begriff sie: »Ihretwegen ist er fort!«

Der Anarchist stutzte und blinzelte.

»Aber natürlich!«, rief Katia. »Sie wohnen direkt neben ihm. Er muss Sie gesehen haben, als Sie einzogen. Als Sie den ganzen …«, sie wedelte mit der Hand in Richtung seines Krams, »… Krempel hier hineinschleppten. Er hat Sie sicher sofort erkannt. Und Sie hätten ihn auch erkannt.«

Der Anarchist überlegte. »Klar«, gab er zu. »Ich hätte wohl gerufen: ›Carlos, alte Worschthaut! Wie war es bei der RAF?‹«

Katia konnte sich die Szene lebhaft vorstellen, der peinlich berührte Hans, der darauf bestanden hätte, dass er Grünsteudl heiße und hier wohl eine Verwechslung vorliege. Er war ein so stiller Mann, keiner, der einen Auftritt voller Autorität hinlegen könnte. Oder der einen Gegner mit beißender Ironie zurückschlagen würde wie etwa Friedhelm. Dem Gelächter des Anarchisten wäre er hilflos ausgeliefert gewesen.

»Ich bin eben spontan«, meinte der Anarchist. Doch er zog ein nachdenkliches Gesicht. Vielleicht bewegte es ihn doch, dass sein alter WG-Genosse aus Furcht vor ihm auf und davon war. »Das heißt dann wohl, er ist für länger weg«, sagte er. »Nicht bloß auf Urlaub.«

»Ja«, hörte Katia sich sagen. »Ja, das ist er wohl. Entschuldigen Sie mich.« Sie musste an die frische Luft, um über alles nachzudenken.

23

Als Katia von ihrem Spaziergang zurückkehrte, war sie durchgelüftet und dem inneren Frieden so nahe, wie man es sein konnte, wenn man erfahren hatte, dass ein geliebter Mensch nicht der war, für den man ihn gehalten hatte. Hans hatte eine Jugendsünde begangen, die zweifellos sein ganzes Leben geformt hatte. Sie hatte ihn zu einem zurückhaltenden, introvertierten Menschen gemacht, der sich in seine Bücher vergraben und nur wenigen vertraut hatte. Auch ihr offenbar nicht. Vielleicht hatte er auch geglaubt, es spiele keine Rolle mehr. Wie es aussah, hatte er sich darin gründlich geirrt. Und das tat ihr leid für ihn. Er würde nicht zurückkommen, da gab sie sich keinen Illusionen hin. Sie hatte lange darüber nachgedacht und ihm auch das vergeben. Am Ende hatte er mehr zu bedauern als sie. Alles, was sie noch tun konnte, war, den Tod dieses armen Hundes aufzuklären. Denn dass Hans nicht am Ende seiner Tage zum Mörder geworden war, dessen war Katia sich immer noch sicher. Es zu beweisen, war das, was sie für ihren Seelenfrieden brauchte. Das, eine Tasse Tee und ein gutes Gespräch.

Ihre Schauspielkollegen saßen noch immer beim Leichenschmaus in dem Café im Nordkorridor, gleich gegenüber dem Eingang. Es nannte sich, wenig originell, Café Kanne, weil es bis in die letzte Vitrine vollgestopft war mit Kaffee- und Teekannen aller Art, zumeist Geschenke der Bewohner oder ihrer Familien, die nur allzu froh waren, hier überzähliges Geschirr abladen zu dürfen. So manches Stück entstammte einem Nachlass. Die Betreiberin, die ihre Vernarrtheit ursprünglich auf Flohmärkten befriedigt hatte, war zuerst entzückt gewesen über den Kannensegen, dann zunehmend verzweifelt. Es gab einfach zu viele. Kannen bedeckten die offenen Regale an den Glaswänden bis unter die Decke, Kannen standen auf allen freien Flächen. Flohmärkte mied die Cafébesitzerin inzwischen, Besucher mit Umzugskartons in den Händen lösten Panikzustände bei ihr aus. Friedhelm, der es sich zur Aufgabe gemacht hatte, bei jedem Besuch versehentlich mit dem Stock irgendetwas hinunterzufegen, erntete von der mit Kehrschaufel und Besen herbeieilenden Besitzerin ein verständnisinniges Lächeln und ein Gratis-Sahnehäubchen auf seinem Apfelstrudel. Katia fragte sich, ob er heute wohl schon aktiv geworden war. Es musste doch ein paar Dinge geben, die sich nicht geändert hatten.

Sie öffnete die Tür, angeregte Stimmen schlugen ihr entgegen. Wie schön, dachte sie, der Shakespeare-Funke war endlich übergesprungen. Dann entdeckte sie den Anarchisten.

Er hockte auf einer Tischecke und führte offenbar das große Wort. Friedhelm dagegen starrte vor sich hin, den Stock quer über die Knie gelegt und so fest umklammert, als müsste er sich davon abhalten, alles kurz und klein zu schlagen.

Als sie eintrat, wandte der Anarchist sich zu ihr um. »Für den Mecker-Becker interessieren sich alle mächtig«, krähte er.

Und sie hatte geglaubt, ihn plage das schlechte Gewissen!

»Und wir amüsieren uns prächtig«, rief der Lehrer mit blutdruckgerötetem Gesicht.

»In der Tat«, murmelte Katia. Die Nachricht, dass ein Terrorist unter ihnen gelebt hatte, schien den alten Herrschaften bestens zu bekommen. Wie es aussah, hatte niemand nach dem Heimatschutz gerufen.

Der Zahnarzt wirkte äußerst belebt. »Sie haben es also auch schon gehört? Der Grünsteudl ist ein Bankräuber!« Nicht jeder, der bieder aussah, hatte sein Leben mit Amalgamfüllungen verbracht.

Selbst die Gräfin hatte funkelnde Augen. »Ist es zu fassen!«, rief sie aus und schüttelte ungläubig den Kopf. »Ein *Terrorist* in unseren Reihen! Und sterben musste ein *Hund!*«

Selbst Irma hatte die Trauermiene abgelegt. »Haben Sie wirklich Baader persönlich gekannt?«, fragte sie mit girrender Stimme.

»Hat mir so was von eine gescheuert«, gab der Anarchist grinsend zu. »Da wusste ich dann ganz schnell, wie weit her es mit der Antiautorität bei denen war.«

Die Bedienung brachte für Katia ungefragt ein Teegedeck und ein Stück Bienenstich. Katia erwog, den Anarchisten damit zwangszuernähren. Sollte sein Blutzuckerspiegel doch explodieren.

Die Diskussion, falls das Stimmengewirr den Namen verdiente, wogte hin und her. Katia fand keine Gelegenheit, einzugreifen, bis eine Bemerkung von Friedhelm Klemp, ausgerechnet von ihrem Friedhelm, dafür sorgte, dass plötzlich Ruhe eintrat.

»Immerhin ist der Fall damit gelöst«, stellte der Impresario mit seiner geübten Stimme fest. »Wir wissen jetzt, wer Ophelia erschossen haben muss.« Entschlossen griff er nach seiner Kaffeetasse. »Und damit können wir uns in aller Ruhe endlich wieder dem Theater zuwenden.«

»Was für ein Unfug!«

Friedhelm Klemps Miene entgleiste, als ihm klar wurde, dass es Katia war, die diesen Satz ausgerufen hatte.

»Ich meine«, verbesserte sie sich. »Warum hätte er das tun sollen?«

Hier und da wurde gekichert. »Sie war fellig, doch nicht sehr gesellig«, bot der Lehrer an.

»Sie hatte die Seele eines Rottweilers«, korrigierte die Gräfin. »Und ich meine das als Kompliment.«

»So oder so hat sie ihn bei der Flucht gestört«, erklärte der Zahnarzt. Er hob die Linke und formte eine Pistole: »Peng.«

Der Lehrer nickte. »Er hat sie unverdrossen erschossen.«

»Wie unsterblich formuliert.« Friedhelm Klemp schüttelte sich. Doch niemand beachtete ihn.

Katia schaute von einem zum anderen. Sicher, diese Theorie musste ja aufkommen. Hans hatte eine gewalttätige Vergangenheit. Es war leicht, sich vorzustellen, dass er neben alten Ausweispapieren auch eine alte Waffe aufgehoben haben konnte. Er war auf der Flucht. Alles schien zu passen. Aber sie kannte den Mann. Ihn sich mit einer Waffe in der Hand vorzustellen war einfach absurd. Er war nur der Fahrer gewesen, er war kein skrupelloser Verbrecher. Sie hatte sich alles gehörig durch den Kopf gehen lassen. Und am Ende beschlossen, auf ihr Gefühl zu hören. Was immer Carlos Becker vor fünfzig Jahren zu seinem Handeln bewogen haben mochte: Der Hans Grünsteudl von heute konnte Ophelia nicht erschossen haben, unmöglich. Es musste eine andere Erklärung dafür geben.

»Wir sollten die Polizei informieren«, sagte der Zahnarzt.

Katia wollte schon den Mund öffnen, um zu widersprechen. Doch die Gräfin kam ihr zuvor.

»Ach was!«, sagte sie. »Die Polizei ist vollkommen inkompetent. Das hat mein verstorbener Mann immer gesagt. Und der war Privatdetektiv, falls Sie es nicht wissen.«

Ihre Zuhörer nickten leidgeprüft.

»Außerdem«, fügte die Gräfin hinzu, »schnüffelt die Polizei nur überall herum.«

»Wahr gesprochen.« Der Anarchist stupste sie an. »Was geht die Scheißbullen Ihr Waffenarsenal an, was?«

Die Gräfin tat, als hätte sie das nicht gehört.

»Nun ja, es gäbe einen Skandal«, gab der Lehrer zu. »Für die Heimleitung sicher eine Qual.«

»Die Zeitungen werden sich drauf stürzen!« Irmas Augen begannen zu leuchten. Sie sah sich bereits von Blitzlichtgewitter umgeben, mit tränenerstickter Stimme ihr Schicksal in die Mikrofone hauchend.

»Unerfreulich«, erklärte die Gräfin. »Ich konnte Journalisten noch nie leiden. Sie?« Sie stupste die neben ihr sitzende Psychologin mit dem Arm an. Anneliese Obrecht lächelte ernst und nickte.

»Dass Sie das sagen, ist ja kein Wunder«, meinte der Vogelkundler. »Bei Ihnen in der DDR sind die Terroristen am Ende ja alle untergekrochen.«

»Wohl kaum bei Frau Obrecht persönlich«, sagte der Lehrer steif und fügte strafend hinzu: »Wie gewöhnlich.«

Die Psychologin wandte sich dem Vogelkundler mit interessiertem Blick zu. Möglicherweise war es derselbe Blick, mit dem sie am Anfang eines Therapiegesprächs ihre Patienten bedachte. Therapeuten schwiegen dabei gerne, um zu sehen, mit welchem Thema der Patient beginnen würde. Manchmal schwiegen sie lange. Manchmal sehr lange. Frau Obrecht schien eine Meisterin dieser Technik zu sein.

Der Vogelkundler wurde unruhig. Er stand auf. »Ich hab's nämlich mit dem Darm«, entschuldigte er sich und parkte seinen Rollator aus.

»Exit Ghost!«, rief Friedhelm ihm mit einer ironischen Verbeugung nach.

Katia überlegte, dann beendete sie das Durcheinander: »Wir sollten abstimmen. Wer ist dafür, dass wir zunächst einmal intern ermitteln? Dass wir Hans und die Gräfin heraushalten. Herausfinden, was tatsächlich mit Ophelia geschehen ist. Denn«, und dabei warf sie Irma einen Blick zu, »uns liegen unsere Nachbarn und Freunde wirklich am Herzen, sicher mehr als der Polizei.« Sie hob die Hand und ließ ausgiebig ihren Blick schweifen. Eine Hand nach der anderen ging nach oben. Auffordernd schaute sie zu Friedhelm.

Der Impresario litt Qualen. Sie kamen vom Hölzchen aufs blutige Stöckchen. Vom Mops zur RAF. Vom Bankraub nun noch zum internen Ermitteln! Nur zum Proben kamen sie nicht. Er fragte sich, warum sich bei all der Gewaltbegeisterung so wenige Menschen für die Gewalt der Sprache begeistern konnten.

»Also, einen Grund, warum wir das für uns behalten sollten, wüsste ich schon«, sagte der Anarchist in diesem Moment. Er grinste in die Runde. »Der Becker ist nämlich nicht das Einzige, was damals spurlos verschwunden ist.«

24

»Na, die Beute«, fuhr er fort. »Die dreihundertvierundachtzigtausend Mark, von denen in den Zeitungen die Rede war. Die sind auch nie gefunden worden. Weg, genau wie der Becker.« Er streckte die Hand aus und blies über die Fläche.

»Dreihundertvierundachtzigtausend«, wiederholte der Lehrer. Darauf fiel ihm kein Reim ein.

Die Zahl sorgte erst einmal für Stille. Jeder hing seinen Gedanken nach, überließ sich seinen Gefühlen, träumte seine kleinen Träume. Doch am Ende fragten sich alle dasselbe: Wo könnte er so eine Summe versteckt haben?

Nicht in seinem Zimmer, das war klar. Dort konnte jederzeit jemand vom Personal auftauchen. In den Zimmern war nichts wirklich sicher vor fremden Augen. Nirgendwo im Heim herrschte genug Privatsphäre, um ein Versteck anzulegen. Schon gar nicht für etwas so Verlockendes wie eine Drittelmillion.

»Der Park«, sagten sie im Chor. Natürlich, der Park war das Naheliegendste: verwildert, wenig besucht, ausreichend groß. Wenn jemand etwas verstecken wollte, dann dort. Hans Grünsteudl musste die Beute im Park vergraben haben. Das erklärte auch, warum er dort in der Nacht unterwegs gewesen war. Jetzt ergab alles einen Sinn: Vor seiner Flucht hatte er das Geld holen wollen und war dabei von Ophelia überrascht worden. Und, wie der Zahnarzt es bereits so unnachahmlich formuliert hatte: Peng.

»Was meint ihr? Hat er es geschafft, das Geld mitzunehmen?«, überlegte der Zahnarzt. »Löcher im Boden haben wir heute jedenfalls keine gesehen.«

»Ich habe ihm ja eins auf den Pelz gebrannt«, sagte die Gräfin nicht ohne Stolz. »Mit einem Großkaliber.«

Der Lehrer wiegte den Kopf. »Hört, hört! Möglicherweise hat ihn das ja gestört.«

»Wir sollten draußen graben«, rief Irma aus, was alle dachten. Sie vibrierte förmlich vor Unternehmungslust. »Eine Schatzsuche!«

Friedhelm, der düsteren Blicks seine Textmappen umklammerte, fragte sich, warum Shakespeare eigentlich nicht darüber geschrieben hatte, dass der Geist des Vaters Hamlet verriet, wo die veruntreuten Millionen aus dem Staatsschatz versteckt waren. Damit hätte Hamlet sich durch die Reihen der Mitwisser morden und das Geld am Ende in Yoricks Grab finden können. Mit der Hilfe eines treuen Rottweilers. Wäre das nicht der Stoff für einen Bestseller gewesen? Friedhelms Welt geriet nachhaltig aus den Fugen. Er hatte sich angepasst, er hatte das Beste aus allem gemacht, hatte eine Obduktion geleitet und einen Mops begraben. Und nun wollten sie also Goldgräber spielen! Was sollte er denn noch tun?

Zu der Causa selbst besaß er keine Meinung; der Hund war ein Hund und damit ein Fall für die Seite »Vermischtes«. Grünsteudls Schicksal interessierte ihn nicht; solange der Mann sich ans andere Ende der Welt verdrückt hatte und dort blieb, sollte ihm alles recht sein. Er musste unbedingt die Initiative zurückerlangen, ehe alles endgültig in eine lächerliche Groteske abkippte.

»Ruhe!!!«, brüllte Friedhelm.

Erstaunlicherweise hatte er sofort Erfolg damit. Er erhob sich und warf seinen Impresario-Schal mit großem Schwung zurück. Nun galt es: »›Mitbürger, Freunde, Römer, hört mich an.‹« Das war nicht aus *Hamlet*, sondern aus *Julius Cäsar*, aber wen außer ihn würde das in diesem Kreis schon scheren! Er blickte sie alle eindringlich an. »›Wir sind nicht mehr jung, im Gegenteil: Wir stehen am Ende, Menschen, ausgesetzt auf einer Sandbank, die nicht wissen, ob die nächste Flut sie davonspült.‹« Das war *Heinrich der Fünfte*, aber egal, es war Shakespeare, es waren unsterbliche Worte. Worte, die sein ganzes Leben getragen hatten. »Aber wir wissen, dass wir die einmalige Chance in Händen halten, etwas Großes zu tun. Wir können ein unsterbliches Kunstwerk zum Leben erwecken.« Er schloss seine ausgestreckte Hand, als könnte er festhalten, was er beschrieb. »Wir wenigen, wir beglücktes Häuflein Brüder. Denn wer ab heute mit mir probt, der wird mein Bruder sein.« Die Stimme wollte ihm versagen, doch er fasste sich.

»Wie steht es nun?«, forderte er und breitete die Arme aus. »Wollt ihr Theater spielen oder …«, und er versuchte, die nächsten Worte so lächerlich klingen zu lassen, wie sie es für ihn waren, »… auf Schatzsuche gehen?«

Einen Moment lang herrschte peinliche Stille.

In diesem Moment begriff Katia, dass sie mehr als einen Mann würde retten müssen.

Sie trat neben Friedhelm und nahm seine Hand. »Aber natürlich werden wir Theater spielen«, sagte sie. Sie fühlte die dankbare Erleichterung, die ihren Freund durchströmte. Deshalb wartete sie einen Moment, ehe sie erbarmungslos fortfuhr: »Welch bessere Tarnung könnte es für uns geben?«

»Tarnung?«, japste Friedhelm.

Katia drückte seine Finger, so fest und beruhigend sie konnte, während sie sich zu den anderen umwandte. »Wir sind uns doch einig, dass nicht mehr Leute als nötig von dem möglichen Schatz erfahren sollten, oder?« Sie ließ den Anwesenden Zeit, dreihundertvierundachtzigtausend durch die eigene Anzahl zu dividieren. Sie betete, dass alle zu einem attraktiven Ergebnis kamen.

Befriedigt nahm sie das allgemeine Nicken zur Kenntnis. »Wir sind uns also einig«, stellte sie fest. »Nun, dann sollten wir uns vorerst möglichst unauffällig verhalten. Wir sollten tun, was wir allen angekündigt haben, nämlich den *Hamlet* proben. So erregen wir keinen Verdacht, können uns jederzeit treffen und besprechen.

Und unser weiteres Vorgehen planen.« Sie nickte jedem Einzelnen zu.

Der Zahnarzt hob die Linke. »Sollten wir nicht einen Grabungstrupp bilden?«

Katia schaute Friedhelm an. Friedhelm schaute Katia an.

»Grabungen erregen schnell Aufmerksamkeit«, erklärte Katia milde. »Daher sollten wir das erst nach Einbruch der Dämmerung tun.«

Niemand widersprach. Gut so, dachte Katia, damit waren alle abgelenkt, alle vorerst beschäftigt. Sie brauchte Zeit, um dem Rätsel um Hans Grünsteudl alias Carlos Becker auf den Grund zu gehen. In dieser Sache gab es noch viele offene Fragen. Und die dringendste lautete nicht: Wo ist das Geld? »Friedhelm, Sie haben doch sicher die Rollenhefte dabei?«

Ihr Freund begann, die schwarzen Hefter zu verteilen. »Das ist Wahnsinn«, knurrte er, als er ihr den ihren reichte.

»Ja, aber es hat Methode«, erwiderte Katia und zwinkerte ihm zu. »Vertrauen Sie mir, Friedhelm.«

»Sie meinen, diese Grünsteudl-Mops-RAF-Peripetien werden sich irgendwann als notwendige Stufen auf dem Weg zu einem fulminanten Finale erweisen?«

Katia fand, es klang weniger sarkastisch als vielmehr zweifelnd, und das gab ihr Hoffnung. »Warum sonst wäre das Stück über vier Stunden lang?«

In dem Moment quietschte es an der Tür. Der Vogelkundler war zurück. »Hab ich was verpasst?«, fragte er.

»Wir gehen heute Nacht auf Schatzsuche«, verkündete der Anarchist.

Friedhelm lächelte süßsauer und klatschte ihm eine Textmappe vor die Brust.

25

Und wieder öffnete niemand. Katia ließ die Faust sinken, mit der sie an Hans Grünsteudls Tür geklopft hatte. Hier jedes Mal um Einlass zu bitten, wenn sie vorbeikam, brachte sie nicht weiter. Sie würde einen anderen Weg finden müssen, um Antworten zu erhalten. Hans hatte seine Vergangenheit zusammengeschnürt und war verschwunden. Aber die Vogelsang hatte von einer einfachen Reisetasche gesprochen, die er bei sich gehabt hatte an dem Abend, an dem er sich abmeldete. Hans war unsportlich und litt an Arthrose. Die Tasche war sicher nicht schwer gewesen. Es musste das meiste zurückgeblieben sein. Und Katia hoffte, dass irgendetwas darunter wäre, das ihr weiterhelfen würde.

Wenn der Ausweis eines bewies, dann doch wohl, dass Hans alias Carlos sich nie ganz von seiner Vergangenheit getrennt hatte. Irgendwo in dem Zimmer würde es weitere Spuren geben. Sie dachte an alte Fotos, Briefe, möglicherweise eine Widmung in einem seiner vielen Bücher. ›In Liebe, Deine Friederike‹, hah! Fair bleiben, ermahnte Katia sich. Das war alles fünfzig Jahre her. Immerhin: Wenn sie Hans' Hinterlassenschaft durchsuchte, könnte sie vielleicht herausfinden, mit wem Hans sich im Park getroffen hatte. Denn da waren Stimmen gewesen. Sie hoffte für ihn, dass darunter nicht die Stimme von Friederike Krabbe war. Dann wäre sie wirklich sauer.

»Guten Abend, Frau Horenfeld.«

Katia bemerkte die tanzenden Lichtreflexe, die das Diadem warf, noch ehe sie sich umdrehte, um Frau Wieprecht zu begrüßen, die ihr hoffentlich keine unangenehmen Fragen darüber stellen würde, was sie hier tat. »Ach, auch auf dem Weg zum Abendessen?«, fragte sie und hängte sich ein. »In Ihrer Gegenwart bekommt man so ein Bedürfnis nach schweren Stoffservietten und Silberbesteck«, plauderte sie. »Ein Jammer, dass nur Resopaltische auf uns warten.«

»Wollen Sie sich eine Weile zu mir setzen?«, lud Frau Wieprecht sie ein. »Wie es aussieht, ist Herr Klemp noch nicht da.« Als Katia ihr gegenüber Platz genommen hatte, fasste diese nach ihrem Diadem und nahm es ab. »Alltag mit Goldrand, ich weiß noch, dass Sie mir das gesagt haben.« Zärtlich betrachtete sie den Reif. »Ich wollte ihn damals ja in einen Banksafe legen.«

»Und ich wollte meine teuren chinesischen Teeschalen verkaufen«, erwiderte Katia zerstreut. »Zu schade fürs Heim, dachte ich. Aber jetzt trinke ich jeden Tag daraus. Und wissen Sie was: Es ist mir eine Freude, jeden einzelnen Tag.« Mechanisch tätschelte sie Frau Wieprechts fleckige Hände. Sie hatte gerade andere Sorgen, kein Grund allerdings, unhöflich zu sein. »Lassen Sie sich von nichts und niemandem verdrießen.«

»Ja«, seufzte Frau Wieprecht und ließ die Steine noch einmal ihr Licht versprengen. »Eine Freude. Trotzdem werde ich es jetzt wohl weggeben.«

Katia bemerkte die sich ausweitende Pause erst nach einer Weile. »Hat die Vogeltanz mit Ihnen gesprochen?«, fragte sie. »Lassen Sie sich nicht von ihr ins Bockshorn jagen, von wegen Demenz. Mit dem guten Stück sehen Sie aus wie Queen Elizabeth.« Ihr Blick glitt durch den Raum. Die Gräfin war, wie es aussah, noch nicht erschienen. Dabei hatte sie dringend mit ihr zu reden.

Die Wieprecht lächelte derweil geschmeichelt. »Aber nein. Es ist wegen der Kinder. Sie brauchen das Geld.«

»Ah, die Kinder«, sagte Katia mäßig interessiert. Sie betrachtete Frau Wieprecht, die vornübergebeugt dasaß. Jetzt, wo die Brillanten den Blick nicht mehr blendeten, sah man die rosige Kopfhaut, die zwischen den dünngewordenen Drahtlöckchen hervorschien. Jahrgang 1938, fiel es ihr ein. Jung gewesen in den Sechzigern, ähnlich wie sie selbst.

»Erinnern Sie sich eigentlich noch an die RAF?«, fragte sie unvermittelt.

»Du liebe Güte!« Frau Wieprecht schaute auf. »Ich war damals schwanger mit unserem Rüdiger, wir haben das neue Geschäft umgebaut, eine unglaubliche Arbeit war das.« Sie überlegte. »Natürlich hingen diese Plakate überall in den Banken und auf den Postämter. Damals gab es das ja noch: Postämter.« Sie seufzte nostalgisch. »Da gehörte das zur Einrichtung wie die Glasfronten zu den Kunden hin.«

»Lang, lang ist's her«, bestätigte Katia.

»Und die Stempel. Mit denen hab ich als Kind schon so gerne gespielt. Eine Banklehre hätte ich gerne gemacht. Aber ich hab halt einen Metzger geheiratet. Vier Kinder.« Frau Wieprecht hing ihren Erinnerungen nach. »Der Rüdiger wurde dann eine Zangengeburt. Hat aber später studiert.«

Katia gab es auf. Bundesdeutsche Geschichte sah eben für jeden anders aus. Frau Wieprecht war in den Siebzigern mit anderen Dingen beschäftigt gewesen als Hans und der Anarchist. Oder als sie selbst, wenn sie es recht bedachte. Wo war sie eigentlich gewesen, als Hans sich dazu entschloss, einer braunäugigen Sirene in den roten Untergrund zu folgen? In Indien, fiel es ihr ein, mit Kai-Uwe, auf dem Weg zu diesem Ashram. Allerdings hatte *sie* Hans von dieser Episode erzählt. Er wusste alles über ihren Fieberanfall, und wie Kai-Uwe sie in diesem schäbigen Backpacker-Hotel allein zurückgelassen hatte und dass sie aus lauter Stolz und Trotz sich nach ihrer Genesung dieses Henna-Tattoo über dem Fußknöchel hatte stechen lassen. Ihr einziges. Sie hatte Hans das verdammte Tattoo sogar gezeigt. Und er? Er hatte Gedichte rezitiert und sie in Fotoalben voller Kühe blättern lassen. Als hätte er sein Leben ausschließlich auf einer Alm verbracht. Sie hatte nichts gewusst über diesen Mann, gar nichts. Und langsam ärgerte sie das wirklich. Sie würde Licht in diese Angelegenheit bringen, und wenn es das Letzte wäre, was sie täte.

»Alles in Ordnung hier?«, fragte Bogdan und stellte die Käseplatte auf ihren Tisch. Er pfiff, als er das Schmuckstück bemerkte, das zwischen ihnen lag, und nahm es in die Hand. »Ganz schön schwer.«

»Achtzehn Karat Weißgold«, erklärte Frau Wieprecht stolz. »Mit Pané-Diamanten.«

»Talk to me, Harry Winston.« Bogdan setzte sich den Reif auf und gab, in die Knie gehend und mit hochgeworfenen Armen, eine passable Monroe-Parodie, ehe er es zurückgab.

»Es geht an die Kinder«, erklärte Katia ein wenig spitz.

»Die Glücklichen«, sagte Bogdan. »Da wird uns aber ein gutes Stück Glamour fehlen, was, Frau Wieprecht?«

Die alte Dame lächelte, dann steckte sie den Reif in die Tasche ihrer Strickjacke und widmete sich dem Emmentaler. Bogdan zog mit den Käseplatten weiter zum Nebentisch.

»Ich sag ja immer: Das Glas ist halb voll«, schnatterte dort jemand.

»Die haben keinen Eichstrich«, brummelte es eine Tonlage tiefer.

Katia brauchte sich nicht umzudrehen. Die Stürmanns. Sechzig Jahre verheiratet und konsequent aneinander vorbeikommunizierend. Vermutlich lag darin das Erfolgsgeheimnis ihrer Partnerschaft. Jeder ließ die Themen unangetastet, die der andere einbrachte. Klang das am Ende nach Hans und ihr?

»Das kommt alles von der EU«, fuhr Herr Stürmann fort. »Die messen jetzt auch Bananen.«

»Weißt du noch, Spanien?«, zwitscherte Frau Stürmann.

Katia fragte sich, wo Hans Grünsteudl wohl gerade war. Ob er mit seinem Geld tatsächlich in ein Flugzeug Richtung Costa Brava gestiegen war, um künftig auf einsamen Strandspaziergängen seine Verse zu rezitieren, vielleicht ein wenig bedauernd, was er zurückgelassen hatte? Er sollte es lieber heftig bedauern, dachte sie und nahm von dem Käse, den Frau Wieprecht ihr anbot.

Eine Weile kauten beide schweigend.

Katia bemerkte den Zahnarzt, der aufstand und sich an den Tisch des Lehrers und der Psychologin begab. Die drei hatten offensichtlich einiges zu besprechen. Vermutlich, wann sie den Boden im Park umgraben würden.

»Haben *Sie* eigentlich Kinder?«

Frau Wieprechts Frage riss Katia aus ihren Gedanken. Kinder? Sie hatte nie welche gewollt. In Haus Silberblick war das schwer zu vermitteln. Die Zahl der Sonntagsbesuche, die einer von der Familie empfing, stellten geradezu eine Währung da. Sozusagen den Goldstandard im Bereich sozialen Ansehens. »Es hat sich nicht ergeben«, sagte sie.

»Sie Arme«, sagte Frau Wieprecht.

Katia belegte kommentarlos ein zweites Brot und beobachtete, wie ihre drei Mitschauspieler dem Vogelkundler und dem Anarchisten winkten und dann gemeinsam den Speisesaal verließen. Irma warf einen Stuhl um, als sie sich anschickte, hinterherzukommen. Sie nickten Katia zu, als sie vorbeigingen. Der Anarchist zwinkerte sogar.

»Sie haben eine Menge Freunde«, stellte Frau Wieprecht fest.

»Es hat sich so ergeben.« Katia biss zufrieden in ihr Brot.

In dem Moment betrat der Impresario den Raum und kam zielstrebig auf ihren Tisch zu. »Ich habe mich noch einmal an die Rollen gemacht und ein paar Textänderungen vorgenommen.« Er reichte Katia einen Zettel. »Den legen Sie bitte auf Seite vierundzwanzig in Ihr Textbuch ein.«

»Ihnen auch einen guten Abend, Friedhelm.«

Aus seinen Gedanken gerissen schaute er auf. »Wo sind die anderen?«

»Erforschen gerade, was faul ist im Staate Dänemark.« Katia deutete mit dem Kopf in Richtung Ausgang und setzte mit Nachdruck hinzu: »*Draußen*.«

»Ah«, machte Friedhelm Klemp, als er begriff. »Hoffentlich finden sie nichts. Sonst werden die Ablenkungen kein Ende nehmen.«

»Andererseits könnten wir uns dann Kostüme leisten«, gab Katia zu bedenken.

Er warf seinen Schal zurück. »Ich komme zurecht.«

Frau Wieprecht blickte ratlos von einem zum anderen.

Friedhelm studierte sie eine Weile mit schräg geneigtem Kopf. Dann breitete sich ein böses kleines Lächeln auf seinem Gesicht auf. »›Oh, Gott‹«, rief er unvermittelt aus, »›ich könnte eingesperrt sein in eine Nussschale und mich für einen König unendlicher Räume halten.‹«

»Friedhelm«, sagte Katia tadelnd.

»›Wäre es nicht, dass ich Albträume habe‹«, vollendete er seinen Vers, verneigte sich ironisch und ging ab.

Frau Wieprecht schaute ihm nach. »Kinder können schwierig sein«, sagte sie nachdenklich. »Freunde offenbar auch.«

Katia stand auf und nahm den Zettel. »Wenn Sie mich entschuldigen. Ich bringe das hier besser in mein Zimmer, bevor ich vergesse, auf welcher Seite ich es in die Mappe legen muss.«

Am Nebentisch beschwerte sich Herr Stürmann, dass früher mehr Salat war. Frau Stürmann konterte mit einer Bemerkung über Wattwanderungen; der gemeinsame Nenner lag unsichtbar irgendwo in ihrer verblassenden Erinnerung. Frau Wieprecht trauerte ungelebtem Leben nach. Katia dachte im Hinausgehen, dass sie jederzeit die Königin in einer Nussschale wie Haus Silberblick sein könnte. Solange ihr dort alle Räume offenstanden. Sie musste in Hans Grünsteudls Zimmer. Und die Gräfin würde ihr helfen.

26

»Gehen Sie weg«, erklang es dumpf von drinnen, als sie wenig später an die Tür der Gräfin klopfte.

Katia zögerte einen Moment, dann klopfte sie erneut. »Es geht um Ihren Mann.«

Endlich waren schlurfende Schritte zu hören. Das faltige Gesicht der Gräfin erschien in einem engen Türspalt. »Es war ein ganz normaler Herztod«, sagte sie.

Katia stutzte. »Sicher.« Dann fiel ihr ihr Anliegen wieder ein. »Er war doch ein berühmter Privatdetektiv?«

Der Türspalt wurde breiter. »Selbstverständlich«, sagte die Gräfin mit Würde. »Er hatte die größte Detektei in Berlin. Nur die allerersten Kunden. Er war derjenige, der herausfand, wer im Ritz in die Kasse griff.«

Katia nickte ungeduldig zu den Erläuterungen. Dann fragte sie: »Konnte er Schlösser knacken?«

Die Hand fuhr zur Brillenkette, als benötigte sie Halt. Katia fürchtete schon eine Predigt oder einen Infarkt.

Endlich aber machte der strenge Gesichtsausdruck der Gräfin einem Lächeln Platz, das man nicht anders als selig nennen konnte. »Er war der Beste.«

Wenige Minuten später standen Katia Horenfeld und die Gräfin gemeinsam vor der Tür ihres verschwundenen Mitbewohners. Katia schaute sich um. Noch waren alle beim Essen. Wenn sie schnell machten, würde sie kaum jemand bemerken.

»*Sie* müssen es tun«, verlangte die Gräfin, als sie ihr das Schlossknacker-Set reichte. »Meine Hände sind für so feine Dinge nicht mehr geeignet.« Sie streckte ihre gichtknotigen Finger. »Ich gebe Ihnen Anweisungen und stehe Schmiere.«

»Vielleicht sollten Sie lieber Ihre Brille aufsetzen«, meinte Katia und öffnete die kleine Box.

Die Gräfin erklärte ihr, welcher der vielen kleinen Metallstifte der sogenannte »Spanner« sei – sie tippte auf einen in passender Größe – und wie Katia ihn einzuführen und zu bewegen habe. »Doch nicht so. Mit mehr Gefühl.«

Katia atmete vor dem zweiten Versuch tief ein und aus.

»Wenn Sie es geschafft haben, kommt der Hook.« Das englische Wort bezeichnete einen weiteren Metallstift. »Der drückt die Zylinder runter. Aber man braucht dafür Gefühl.«

Katia hatte nicht gedacht, dass das Schlösserknacken eine derart gefühlvolle Angelegenheit wäre.

»Mein verstorbener Mann hat immer gesagt …«

Katia Horenfeld erfuhr nicht, was der verstorbene Graf in Sachen Gefühl zu sagen hatte. Ein energisches Türklappen unterbrach sie und sie fuhren herum.

Dennis Stürbichler, der Hauspsychologe, war auf den Flur getreten. Er hatte die Glastür genommen, die vom Treppenhaus in der Flurmitte hereinführte. Oder vom Park.

Katia versteckte das Dietrichset hinter ihrem Rücken wie ein ertapptes Kind.

»Ah, meine Damen. Was treiben wir denn hier zu abendlicher Stunde?«, fragte er freundlich.

Katia überlegte fieberhaft. »Wir, wir ... Wir wollten gerade den Anar … Herrn Spohn, meine ich, bitten, uns ein Buch zu leihen.«

»Ah, unser neuer Mitbewohner, so schnell integriert, sehr schön, sehr schön. Aber soweit ich informiert bin, wohnt Herr Spohn eine Tür weiter.« Der Psychologe neigte den Kopf und betrachtete Katia wie ein möglicherweise entwicklungsretardiertes Kind.

»Ja, richtig!« Katia tat erleichtert. »Ich hatte es vergessen. Hab ich nicht gesagt, dass ich es vergessen hatte?«, wiederholte sie an die Gräfin gewandt.

Die verzog das Gesicht. »Hab ich vergessen«, sagte sie knapp. Drehte sich um und ging ab.

Katia blieb zurück, allein Herrn Stürbichlers forschenden Blicken ausgesetzt. »Wie konnten Sie gesagt haben, dass Sie es vergessen hatten, wenn Sie es doch vergessen hatten?«, fragte er mit besorgniserregendem Interesse.

Das Einzige, was ihr einfiel, war: »Ich könnte eingesperrt in einer Nussschale sein und mich für einen König halten.« Es war heraus, ehe sie nachdenken konnte.

Herr Stürbichler nickte mitleidig. Er zückte sein Smartphone und scrollte nach dem Kalender. »Ich würde Sie morgen gerne sprechen«, sagte er und tippte etwas ein. »Um halb zehn in meinem Büro? Ach nein, da kommt ja Frau Wieprecht schon, sagen wir um zehn. Dann können wir uns einmal so richtig miteinander unterhalten.«

Katia atmete auf, als der Mann gegangen war. Morgen würde sie zum Demenztest antreten müssen, das war mal sicher. Besser, sie beeilte sich und öffnete diese Tür, solange sie ihre fünf Sinne offiziell noch beisammenhatte. Also, wie war das gewesen? Olaf Scholz war Kanzler, und das hier – sie hielt das kleine Gerät ins Licht – war ohne Zweifel der passende Spanner. Fehlte der Hook.

»Noch einmal mit Gefühl«, murmelte sie.

Und da klickte das Schloss.

27

Der Zahnarzt schaute in die Runde seiner Mitstreiter. »Wollen wir es angehen?«

Er trug seine engsten Lederhosen und versuchte, den Spaten so zu halten wie James Dean das Gewehr auf dem Filmplakat für *Giganten*: quer über die Schultern. Was bei verkalkter Rotatorenmanschette schwierig war. Er musste sich mit einer nicht ganz so lässigen Pose begnügen.

Die anderen fremdelten noch ein wenig mit der ungewohnten Umgebung. Der Park sah im Dunkeln so anders aus, viel düsterer, wilder als bei Tage. Man konnte hier stolpern und sich Trümmerbrüche zuziehen.

»Wo wollen wir denn anfangen?«, fragte der Vogelkundler und ruckelte besorgt an seinem Rollator.

»Sehen wir uns beim Leichenfundort um«, schlug der Lehrer vor. »Und dann drumherum.« Er ließ sich für diesen Vorschlag von der Psychologin mit einem Kopfnicken belohnen.

»Oh, gut«, meinte auch der Vogelkundler erleichtert. »Von da ist's nicht sooo weit zur Tür. Ich hab's nämlich mit dem Darm.«

Aber dunkel war es dort. Erst jetzt kam man auf die Idee, dass man so etwas wie eine Taschenlampe benötigte. Der Anarchist ging zurück, um in seinen Vorräten zu kramen, und kam mit mehreren Exemplaren wieder, die er, wie er erklärte, seinerzeit beim Höhlenklettern in den Pyrenäen dabeigehabt hatte. Für den Park von Haus Silberblick würde es ausreichen.

Sie bildeten drei Gruppen. Der Lehrer stellte sich zur Psychologin, der Zahnarzt zum Anarchisten. Der Vogelkundler trat von einem Fuß auf den anderen wie das vorletzte Kind bei der Wahl der Völkerballmannschaften.

»Huhu, Juhungs!« Irmas Stimme trällerte. »Habt ihr schon angefangen?« Sie kam in Gummistiefeln mit kleinen reflektierenden Nilpferden drauf, die im Schein der Taschenlampen leuchteten. Und mit einer Thermoskanne.

»Was ist da drin?«, fragte der Anarchist, als er den ersten Schluck genommen hatte und der Husten sich gelegt hatte.

»Oh, nur mein üblicher Abendcocktail: weißer Rum, brauner Rum und Brandy hauptsächlich«, erklärte Irma.

»Sie trinken abends einen Zombie?«, fragte der Zahnarzt.

Irma nickte fröhlich. »Allerdings musste ich heute Kirsch*schnaps* nehmen, der Likör war alle.«

»Der Ananassaft wohl auch«, stellte der Lehrer nach einem kräftigen Schluck fest. »Ah, das brennt im Bauch.«

»Seien Sie nicht albern«, sagte Irma und lachte. »Der Saft hätte doch unmöglich in die kleine Flasche gepasst.«

»Also«, versuchte der Zahnarzt zurück zum Thema zu kommen, »wir leuchten den Boden ab und achten auf alles Verdächtige: Fußspuren, abgebrochene Zweige, abgerissene Blätter.«

»Offene Gräber«, gluckste der Anarchist. »Ein Schild mit gekreuzten Knochen und der Aufschrift ›Piratenschatz‹.«

Der Zahnarzt, der sich das womöglich erste und letzte Abenteuer seines Lebens von niemandem verderben lassen wollte, zeigte ihm eine Grimasse. Irma stellte den Frieden in der Gruppe durch eine neue Trinkrunde wieder her. Nervös waren sie alle. Durst hatten sie auch. So eine Suche wollte in körperlich bester Verfassung angegangen sein. Nach dem Trinken beschloss man ein Brainstorming, um sich über die beste Vorgehensweise klar zu werden.

»Was«, fragte Irma, thematisch wie immer auf dem Punkt, »wollen wir denn mit dem Geld machen, wenn wir es finden?«

Der Anarchist klopfte dem Zahnarzt auf die Schulter. »Mein Kumpel und ich hier, wir würden ins Geschäft mit legalem Gras einsteigen. Stimmt's?«

Der Zahnarzt verschluckte sich und musste husten.

»Sie wollen gärtnern?«, fragte Irma.

Dem Lehrer entfuhr ein prustendes Gelächter. Die Psychologin klopfte ihm beruhigend auf den Rücken.

»Pst. Wir dürff'n nichso laut sein«, mahnte der Vogelkundler. »Um die Tierwelt nicht aufsus…scheuchen.«

»Oder die Nachbarn.« Irma kicherte. »Die würden sich wundern.«

»Ganz sensibles Ökosystem«, bestätigte der Anarchist.

Der Zahnarzt gönnte sich einen weiteren Schluck. Er fühlte sich großartig. Sein Leben nahm auf den letzten Metern eine ungeahnte Fahrt auf. Endlich befand er sich einmal ganz dicht an der Grenze zur Illegalität. Er war bereit für diese Nacht. Unternehmungslustig schaute er sich um.

Sie standen abseits des Weges im Gras, ganz in der Nähe der einsamen Laterne, deren Licht ein seltsames Muster aus dunklen Blattschatten auf den Boden malte. Nur wenige Meter entfernt herrschte tiefste Nacht, beunruhigend und schwarz. Mund nicht vor Augen, dachte der Zahnarzt und betrachtete seine Hand. Irgendetwas stimmte nicht ganz. Er spreizte die Finger, leuchtete zwischen ihnen hindurch. Das Fleisch wurde durchsichtig und zeigte die feinen, zerbrechlichen Gefäße darin. Der Anblick machte ihn noch nachdenklicher.

Der Anarchist tastete mit seinem Lampenstrahl inzwischen die Gegend ab. Als er den Boden hinter den Rhododendren bemerkte, machte er seine Mitkämpfer darauf aufmerksam. Die Gruppe bewegte sich mühsam zum angegebenen Ort.

»Vorsicht!«, rief Irma. »Hier ist es hubbelig.«

»Als hätte jemand gegraben«, präzisierte der Anarchist diese Beobachtung.

Der Vogelkundler schob seinen Rollator einen Schritt vor, um besser sehen zu können. Da plötzlich sackte er ein. Er kippte zur Seite und schrie auf.

»Treibsssand!«, rief Irma.

Der Anarchist konnte sich kaum halten vor Lachen. »Das ist doch hier nich *Der Schatz im Silbersee.*«

»Sssie haben gut reden«, murrte der Vogelkundler. »Das Seug läuft mir innie Gesundheizssandalen.«

Der Lehrer ging in die Knie und stellte fest, dass das Gefährt des Vogelkundlers mit den Vorderrädern tatsächlich in losem, teilweise sogar sandigem Boden feststeckte. Der zitternde Finger seiner Taschenlampe tanzte über aufgewühlten Boden, der nur notdürftig mit trockenem Laub bedeckt worden war. Ehrfürchtig starrte er darauf. Hier hatte wirklich jemand gegraben.

Das war der Punkt, an dem sie ansetzen würden. Die Aufgabe erwies sich als wesentlich einfacher zu bewerkstelligen als das Ausheben von Ophelias Grab. Der Spaten verschwand im Boden wie ein warmes Messer in Butter. Dafür rutschte dauernd Erdreich nach. Das Loch wurde breiter, aber nicht wesentlich tiefer. Man kam nicht recht voran.

Irma, die es gar nicht mehr abwarten konnte, ging in die Knie. Mit beiden Armen langte sie eifrig in die entstandene Vertiefung und holte mit bloßen Händen Erde heraus. Es ging ganz leicht, und euphorisch wollte sie schon auf ihren Fortschritt hinweisen. Da hielt sie plötzlich inne und saß einfach da, eine Statue, beide Hände in Erdreich getaucht. »Da ist was«, sagte Irma.

»Was?«, fragte der Lehrer. »Koffer? Kiste? Reisetasche?« Er lachte voller Vorfreude. »Darauf einen aus der Flasche!«

Irma zog ihre Finger aus der Erde. »Ich weiß nicht.«

Auch der Zahnarzt kniete jetzt. Der Anarchist und die Psychologin leuchteten. Etwas wurde sichtbar unter den buddelnden, Erde zur Seite wischenden Händen. Eine Kontur. Eine Nase. Ein Gesicht.

Eine Taschenlampe fiel polternd zu Boden und ging aus.

28

Katia hielt die Luft an, als sie das letzte Klicken spürte. Sie hatte es tatsächlich geschafft. Vorsichtig drückte sie die Tür ein Stück auf. Drinnen war es dunkel und still. Sich rasch noch einmal nach rechts und links umdrehend, um sicherzugehen, dass niemand sie beobachtet hatte, tat sie das Verbotene und trat ein. Dann drückte sie die Tür hinter sich ins Schloss. Dicke, schalldämpfende Türen trennten sie jetzt von der Welt im Haus Silberblick. Sie war alleine.

»Entschuldige, Hans«, murmelte sie unwillkürlich. Noch nie war sie unaufgefordert hier eingedrungen. Sie ging die zwei Schritte durch den kleinen Vorraum, von dem Küchenzeile und Bad abzweigten, zu dem dicken Wollvorhang, hinter dem der eigentliche Wohnraum lag. Wie vertraut alles roch. Und doch, wie ungewöhnlich war zugleich die Situation. Eine kleine Gänsehaut machte sich auf ihren Armen breit. Es war aber auch finster hier drinnen. Kein Laternenschein aus dem Park drang herein. Nicht einmal das Nachtlicht war eingeschaltet. Nichts summte. Nur ihr eigenes Herz schlug wild und laut in ihren Ohren.

Ruhig Blut, ermahnte Katia sich. Das hier war am Ende nur Hans' altvertrautes Zimmer. Sie wusste, in welcher Schublade die gebrauchten Taschentücher lagen und wo er den Portwein versteckt hatte. Alles war gut. Zuerst einmal musste sie sich orientieren.

Langsam tastete Katia mit der Hand nach dem Lichtschalter. Er musste sich links von der Tür befinden, wie bei ihr, wie in allen

Zimmern des Heims. Gleich müsste sie ihn haben. Ihre Augen gewöhnten sich bereits an die Situation. Undeutlich konnte sie jetzt die beiden Fenster mit den dicht geschlossenen Vorhängen ausmachen. Umso besser, dann würde niemand von draußen den Lichtschein bemerken, wenn sie hier für ihre kleine Untersuchung zu Werke ginge.

Dort drüben der große Schatten, das musste das Bücherregal sein; da würde sie als Allererstes nachsehen. Wie oft hatten sie hier gesessen, den runden kleinen Teetisch vor sich, auf dem sich im Lauf des Nachmittags immer mehr Bände gestapelt hatten, die Hans aus dem Regal zog, rezitierend, gestikulierend. Und sie hatte alles kommentiert und gefragt und gelacht und …

Kurz glaubte Katia, dieses Lachen zu hören. Dann wurde ihr klar, dass es von draußen kommen musste. Doch es konnte auch der Ruf eines Nachtvogels gewesen sein. Dann war alles wieder still.

Manchmal hatten sie sich auch seine Fotoalben angeschaut. Die würde sie sich sofort vornehmen, dachte Katia grimmig. Vielleicht hatte er auf die Rückseiten der harmlosen Schnappschüsse ja andere Bilder geklebt, verborgene, verbotene. So, wie sein ganzes Leben eine verborgene Rückseite gehabt hatte. Sie sollte sich die sentimentalen Erinnerungen wirklich sparen. Sie hatte nie mehr getan, als an der Oberfläche von Hans zu kratzen. Wo sie doch geglaubt hatte, ihm so nahe zu sein. Schwamm drüber.

Das dicke dunkle Ding war sein Bettsofa, vor dem sich ebenfalls die Bücher stapelten, woran sie sich mehr erinnerte, als dass sie das jetzt sah. Auch das würde sie untersuchen; möglicherweise barg der Bettkasten Geheimnisse, obwohl das tägliche Bettenmachen durch die Pflegekräfte es nicht angeraten sein ließ, etwas wirklich Wichtiges darin aufzubewahren. Danach kämen die Schubladen der Badezimmerkommode dran. Die Unterseite der Schubladen. Sie würde gründlich sein. Sie brauchte bloß noch Licht. Wo nur war der verdammte Schalter?

Suchend wanderten Katias Finger an der kalten Wand auf und ab. Bis sie von einer warmen Hand gepackt wurden.

Ihren Schrei erstickte eine andere Hand, die sich auf ihren Mund legte.

29

»Geht's allen gut?«, fragte der Zahnarzt in die Runde.

Es ging ihnen, wie es einem eben erging, wenn man sich unerwartet mit einer Leiche konfrontiert sah.

Langsam richteten sich alle wieder auf; der Zahnarzt half der knienden Irma hoch. Im Grunde standen sie jetzt in einer ganz ähnlichen Anordnung da wie am Vormittag um das Grab von Ophelia. Nur dass in dieser Grube kein Hund lag. Keiner hatte Blumen dabei. Und niemand war der Ansicht, dass sie gerade etwas auch nur halbwegs Richtiges und Angemessenes taten. Hierfür gab es keine Etikette. Vielleicht weinte deshalb niemand. Aber auch das Lachen war ihnen vergangen.

Was sie bislang freigelegt hatten, war ganz eindeutig das Gesicht eines Menschen. Noch waren nur die Stirn und die Nase zu erkennen, dazu die geschlossenen Lider, dick überstäubt von sandiger Erde, die Haut grau vom Schmutz. Im Licht der Taschenlampe sah er toter aus als tot. Keine letzten Worte, kein Leichentuch.

»Ich könnte jetzt noch einen Schluck vertragen«, meinte der Anarchist, der als Erster die Sprache wiederfand.

Irma, dankbar dafür, von dem Toten wegzukommen, ging kommentarlos Nachschub holen.

»Ob es Grünsteudl ist?«, wagte der Zahnarzt endlich zu fragen.

Im selben Moment wurde auch den anderen klar, wie naheliegend diese Vermutung war. Grünsteudl war in jener Nacht hier draußen gewesen. Und seither hatte niemand ihn mehr gesehen.

»Armer Mecker-Becker«, entfuhr es dem Anarchisten in einem seltenen Moment des Bedauerns. Das hätte er dem alten Kumpel denn doch nicht gewünscht. Er schniefte sogar, fing sich aber rasch wieder, wischte sich mit dem Ärmel quer übers Gesicht und fügte an: »Du warst aber auch immer eine Träne.«

Es war die Psychologin, die sich ein Herz fasste und dichter an das Grab herantrat. Der Lehrer hielt ihr die Gehhilfe, an der entlang sie sich vorsichtig nach unten auf die Knie ließ. Sie löste den Schal von ihrem Hals, wickelte ihn sich mehrfach um die Hand und begann mit diesem improvisierten Waschlappen vorsichtig das Gesicht des Toten freizuwischen.

Lippen wurden sichtbar, die sich öffneten, um einen zischenden Laut entweichen zu lassen. Alle zuckten mit einem Schrei zurück.

»Das sind Reflexe«, sagte der Zahnarzt.

»Bei mir auch«, stöhnte der Anarchist. »Mensch, ich hätte mich fast eingepisst. Scheiß Mecker-Becker.«

Die Psychologin arbeitete weiter. Sie legte glatte Wangen frei, ein rundes Gesicht, eine kleine, spitze Nase und halblange Haare, die sich nach kurzer Behandlung mit dem Schal als blond erwiesen. Und blond war Hans Grünsteudl alias Carlos Becker nie gewesen. Er hatte seinem Vornamen alle Ehre gemacht, mit schwarzen Haaren, die ihm seltsam lange erhalten geblieben waren, braunen Augen in einem schmalen, streng gefurchten Gesicht und einer vorspringenden Hidalgo-Nase, die ihm das trügerische Aussehen eines Latin Lover gaben.

»Wir haben ihn immer den Latinum Lover genannt«, meinte der Anarchist. »Weil er es mehr mit Büchern als mit Frauen hatte.«

Der Tote, der vor ihnen lag, hatte ein einst vielleicht rosiges Gesicht. Er war höchstens dreißig Jahre alt. Sein Mund war noch immer leicht geöffnet, aber er würde ihnen nicht mehr verraten, wer er war und was er im Park von Haus Silberblick verloren hatte.

»Kennt ihn einer?«, fragte der Zahnarzt.

Alle schüttelten den Kopf.

»Vielleicht ein Helfer vom Grünsteudl«, meinte der Zahnarzt.

Der Vogelkundler sank ächzend auf seinen Rollator. Die RAF in seinem Zuhause!

»Wenn«, stellte der Anarchist fest, »ist es jedenfalls keiner von früher. Scheiße, der ist keine dreißig, oder?« Er legte den Kopf schräg und musterte den unbekannten Toten. »In dem Alter sehen sie irgendwie alle gleich aus. Haben Haare, Muskeln …«

»… Zähne.« Der Zahnarzt nickte wissend.

»Arme Gräfin.« Das war Irma. Die anderen schauten sie verdutzt an. »Na ja, jetzt wissen wir, wen *sie* getroffen hat, oder?«

Der Gedankengang ließ sich nicht von der Hand weisen. Ebenso wenig wie die Tatsache, dass jemand von ihnen zum Mörder geworden war. Eine Weile war es still.

»Sie wird es gut aufnehmen«, meinte der Anarchist endlich. »Immerhin ist es kein Hund.«

Das schien die meisten zu trösten. Auch der Zahnarzt nickte, sehr langsam jedoch, denn in seinem Kopf arbeitete etwas. Da war ein Gedanke verborgen, den er nicht ganz zu fassen bekam. Wieder hob er die Hand vor sein Gesicht. Doch die Taschenlampe hielt inzwischen der Lehrer, und so führte ihn die Selbstbetrachtung nicht weiter. Stattdessen schloss er sich dem Leichentrunk an, den Irma improvisierte, indem sie erneut die Flasche herumgab. Sie sprachen einen stummen Toast auf die Sterblichkeit aus.

»Und?«, fragte Irma dann. »Was machen wir jetzt mit ihm?«

30

»Sie werden nicht schreien«, sagte die Stimme.

Katia schüttelte krampfhaft den Kopf. Dann besann sie sich und nickte. Sie konnte die angespannte Nervosität des Mannes fühlen, der die Hand auf ihren Mund gepresst hielt. Auch ihr Handgelenk hatte er noch immer fest im Griff und sie dabei ungeschickt an sich gezogen. Er roch nach Schweiß. Und er bebte vor Erregung. Besser für sie, er regte sich ab. Wer wusste schon, wozu er sonst fähig wäre. Ein unschuldiger Hund war bereits gestorben. Also nickte sie noch einmal, so nachdrücklich und ausdrucksvoll sie konnte. »Hnia«, stieß sie unter seinem Griff undeutlich hervor.

»Ganz leise«, zischte der Fremde. Und fügte hinzu: »Bitte.« Seine Finger krochen von ihrem Mund.

Katia schnappte nach Luft.

»Still!«, wiederholte er an ihrem Ohr.

»Bin ich doch!«

»Ich mein ja nur.«

Der Tonfall, in dem diese letzten Worte gesprochen wurden, kam Katia bekannt vor. »Herr Grünsteudl?«

Die Gestalt zuckte zurück.

»Sie sind es doch.« Katia fand endlich den Lichtschalter und knipste ihn an.

Die plötzliche Helle schnitt für einen Moment schockartig das Gesicht von Hans Grünsteudl aus dem Nichts, bleich, mit glühenden Augen und empört geöffnetem Mund.

»Machen Sie das aus!« Er fand den Schalter. Wieder Schwärze.

»Was machen *Sie* hier?« Katia schlug seine Hand weg und schaltete das Licht wieder ein.

»Nicht!« Er knipste es aus.

Katia drückte erneut. Er hielt dagegen. Ein. Aus. Ein. Aus.

»Das ist doch albern«, sagte Katia schließlich in die Schwärze.

Eine Weile war nur sein Atmen zu vernehmen. »Einen Moment«, sagte er dann.

Sie konnte hören, wie er durch den Raum ging, seinen Umriss am Fenster erkennen. Sie hörte, wie er die Vorhänge zurechtzog. Dann ging er zum Bücherregal hinüber. Dort knipste er eine Leselampe an. In dem sanften Licht sah das Zimmer wieder vertraut aus. Beinahe so wie für einen ihrer Teenachmittage. Jetzt bräuchte er nur noch ein Buch in die Hand zu nehmen und anzukündigen, dass er einen wunderbaren Vers bei César Vallejo gefunden habe.

Aber Hans Grünsteudl stand nur mit hängenden Armen da und schwieg.

Katia machte einen Schritt auf ihn zu.

Er sank auf das Bettsofa und wies mit dem Arm auf den Sessel. Sie nahm Platz. Es war beinahe wie früher. Aber das konnte es wohl nie wieder sein. »Also«, sagte sie, »ich höre.« Und fügte vorwurfsvoll hinzu: »Herr *Becker*.«

Er zuckte zusammen und verbarg das Gesicht in den Händen.

31

Die Geschichte von Herrn Grünsteudl war lang. Sie begann in Argentinien, wo er gerade sein Studium aufgenommen und angefangen hatte, sich politisch zu engagieren, wie man das eben so machte in den Sechzigern. Er hatte lange Abende bei leidenschaftlichen Debatten mit Rotwein verbracht und ein paar Plakate geklebt. Was dann kam, war eine Militärdiktatur. »Meine Eltern fürchteten, dass meine Revolutionsallüren lebensgefährlich werden könnten, und schickten mich in die alte Heimat.« Er war immer ein guter Sohn gewesen. »Es wurde Frankfurt, weil sie das für die Stadt Goethes hielten. Und die der Banken natürlich.«

»Immer gut, man hat beides«, stimmte Katia mit beißender Ironie zu.

Er lachte bitter. »Mit der Studentenbewegung hatten sie nicht gerechnet, in ihrer Erinnerung war Deutschland stets ein Hort der Ordnung gewesen.« Der junge Carlos Becker hatte nie hinterfragt, welcher Form von deutscher Ordnung seine Eltern genau nachtrauerten. Er hatte Argentinien geliebt. In Deutschland dagegen fühlte er sich einsam. Eine WG schien der einfachste Weg zu sein, Anschluss und Freunde zu finden. »Aber die Deutschen müssen ja aus allem eine Ideologie machen. Selbst aus der Freiheit«, klagte er. »Man musste die Toilettentüren offen lassen. Die Freundinnen wie Unterwäsche wechseln. Und dann der Spohn. Spott-Uwe hab ich ihn genannt.«

»Das klingt doch immerhin nach Gegenwehr.«

Hans Grünsteudl griente. »Vielleicht war ich auch einfach nicht der richtige Typ für die Siebziger.«

»Das Jungsein ist zu jeder Zeit eine ungemein verkrampfte Angelegenheit«, meinte Katia.

Er lächelte schwach. »Dann müssten wir also lockeren Zeiten entgegengehen.« Er griff nach ihren Händen.

Katia zog sie zurück. So rasch war sie dann doch nicht gewillt, die Dinge locker zu nehmen. Ein paar Sachen hätte sie schon noch gerne genau gewusst. »Und wie sind Sie dann an die Rote-Armee-Fraktion geraten?«

Ihr Nachbar errötete. »Wie viele Linke haben wir hie und da jemanden bei uns übernachten lassen und keine Fragen gestellt. Das gehörte damals zum guten Ton.«

»Davon hab ich gehört.«

Er nickte. »Als Friederike, ich meine, Friederike Krabbe, dann kam …« Er verstummte. Dann seufzte er tief. »Ich hätte es wissen müssen, es war einfach zu schön, um wahr zu sein. Ein Revolutionsheld sein. Und dazu die große Liebe. Jedenfalls dachte ich das. Etwa drei Tage lang.« Er rezitierte: »›Mein Herz, es hat, der Schlange gleich, abgeworfen die alte Haut. Nun halte ich sie in Händen und sehe Honig und Wunden in ihr gestaut.‹« Versonnen nickte er vor sich hin. »Federico García Lorca.«

»Das ist sehr schön, Hans«, sagte Katia höflich, doch mit einer Spur von Abneigung.

»Honig und Wunden. Beschreibt das ganze Leben perfekt.« Er schaute sie an. »Dass es um einen Bankraub ging, wurde mir erst wenige Stunden vor dem Ereignis klar.«

Katia konnte im Geiste den Anarchisten lachen hören.

»Erst als ich in dieses Auto stieg, in dem sie übrigens gar nicht drinsaß, begriff ich, dass sich hier nichts um Friederike und mich drehte.« Er schnaubte. »Wir waren nicht Bonnie und Clyde. Sie war eine Revolutionsfunktionärin, schon auf halbem Weg in den Jemen. Und ich war der Depp.«

Er sagte das so scharf, dass sie zusammenzuckte.

»Ich saß am Steuer dieses Wagens – und ich versichere Ihnen, ich saß nur am Steuer, die ganze Zeit, ich war nicht mal mit in der Bank – und hab mich gefragt, warum ich eigentlich dabei war.« Er schaute sie an. »Wissen Sie, was das für ein Gefühl ist, wenn plötzlich alle um Sie herum automatische Waffen zücken?«

Sie schüttelte den Kopf.

»Dann kamen die Schüsse. Dieser Kalle taumelte da raus. Da war Blut auf dem Gehsteig. Ich hab im Leben noch kein Blut auf der Straße gesehen, nicht mal in Buenos Aires. Ich hab das Auto angelassen. Meine Hand hat so gezittert, dass ich es dreimal versuchen musste. Dreimal!« Er hob seine Rechte, die in der Tat einen Tremor aufwies, als wäre der Schreck von vor fünfzig Jahren wieder in sie gefahren. »Alle haben gebrüllt. Die Uschi sprang in den Wagen und hat mich die ganze Zeit angeschrien.« Er seufzte wie jemand, der mittlerweile akzeptiert hatte, dass das Angeschrienwerden sein Schicksal war.

»Und wie kam es dann zu dem Unfall?«, fragte Katia endlich.

Er starrte auf seine Hände, die sich jetzt ineinandergefaltet hatten, um Halt zu finden. »Da war dieses Reh.« Carlos Becker schaute auf. »Ich konnte doch nicht das Reh überfahren.«

Das war der Satz, der Katia die Gewissheit zurückgab. Sie hatte sich nicht in Hans Grünsteudl getäuscht. Für Ophelias Tod konnte er unmöglich verantwortlich sein. »Nein«, stellte sie mit Wärme fest. »Das konnten Sie nicht.«

Da sprang er plötzlich auf.

Katia fuhr zurück. »Was tun Sie da?«

32

»So geht das nicht«, sagte der Zahnarzt.

Niemand widersprach ihm. Allen fehlte die Puste. Es war harte Arbeit gewesen, die Leiche auszugraben. Und es wäre unmöglich gewesen, hätte sie nicht so dicht an der Oberfläche gelegen. Ganz so, als hätte schon dem, der sie hier verscharrt hatte, die Zeit, die Kraft oder die Lust gefehlt, sie gut zu verstecken.

Als noch schwieriger erwies es sich allerdings, sie zu transportieren.

Die Schubkarre aus dem Gartenschuppen hatte sich als untauglich erwiesen. Sie war rostig und löcherig, diese Schubkarre, und ihr Rad quietschte. Die Beine des Toten hingen zu weit über, als sie seinen Schwerpunkt endlich auf der Ladefläche hatten. Möglicherweise erschwerte auch der Umstand, dass alle Beteiligten mehr als einen von Irmas Cocktails intus hatten, die Umsetzung des Projekts.

»Und wenn wir doch einfach die Polizei rufen?«, fragte der Vogelkundler.

»Wir waren uns doch einig!«, rief Irma. »Wir wollen erst den Schatz. Wir haben doch noch gar nicht richtig suchen können. Nur weil er hier«, sie warf der Leiche einen vorwurfsvollen Blick zu, »im Weg lag.«

»Und wir dürfen die Gräfin nicht verpfeifen«, meinte der Anarchist. »Die Bullen würden sie am Ende mitnehmen.«

»Es ist noch gar nicht gesagt, dass der Mann durch ihre Hand ums Leben kam«, widersprach der Zahnarzt. »Aber wie gesagt: Wenn ich ihn erst in der Kühlung habe, kann ich in Ruhe einen Blick auf ihn werfen. Dann wissen wir mehr und können entscheiden, was am besten zu tun ist.«

Damit waren die wesentlichen Argumente ein weiteres Mal ausgetauscht. Den Transport brachte das nicht weiter. Schließlich hatte der Anarchist den Einfall, die Schubkarre und den Rollator miteinander zu verbinden, und zwar Seite an Seite. Die Gegenwehr des Vogelkundlers fiel aufgrund der vorangegangenen Stärkungsrunden mit Irmas Schlummertrunk nur schwach aus.

»Im Grunde wie ein Motorrad mit Beiwagen«, erklärte er, mit einem Nicken in Richtung des Zahnarztes, als er alles zurechtgeruckt und mit ein paar Schnüren aus seiner Hosentasche fixiert hatte. Die Schubkarre stand parallel zum Rollator, sodass eine größere Ladefläche entstanden war. »Jetzt müssen wir ihn nur noch querlegen.«

Sie packten an und drehten den Toten. Natürlich erforderte das den einen oder anderen weiteren Schluck. Immerhin war die Leiche nicht mehr steif. Das improvisierte Transportgerät verfügte nun über vier Griffe, was vier Leuten gleichzeitig das Schieben erlaubte.

»Sie können sich an mir festhalten«, tröstete Irma den Vogelkundler.

»We don't need no«, stöhnte der Zahnarzt, in dem trotzigen Versuch, die letzten Reserven zu mobilisieren, »education. We don't need no …«

»Thought control«, stimmte Lehrer Sorge ein und schob an. »No dark sarcasm in the classroom.«

»Hehe«, meinte der Anarchist lachend, »hört euch den Lehrer an.«

»Man war schließlich auch mal jung«, sagte der errötend. Es war schon so lange her. Doch er erkannte sie zweifelsfrei wieder, diese unverwechselbare Mischung aus Hoffnung und Scham und der schleichenden Ahnung, dass bald etwas ganz Furchtbares passieren würde.

So kamen sie endlich vor dem Nordostpavillon an, vor der Kapelle. Hier gab es eine Doppeltür zum Park hin, die bei Abschiedsfeiern im Sommer manchmal geöffnet wurde, »um die schöne Natur hereinzulassen«, wie Frau Vogeltanz zu sagen pflegte. »Immer so ein Trost.«

Tatsächlich wurden die Verstorbenen über diese Tür durch den Park und eine Seitentür in der Mauer, die das Grundstück umgab, hinaus auf die Straße gebracht. Auf diese Weise blieb allen der Anblick eines Sarges in den Korridoren und der Eingangshalle von Haus Silberblick erspart. Auch der Bestatter musste nicht vor dem Eingang parken. Diskret konnte er ankommen und mit seinem stillen Passagier das Anwesen wieder verlassen. Trauerkultur war etwas Schönes, fand Frau Vogelsang, aber man durfte es auch nicht übertreiben.

Diesmal allerdings sollte es andersherum laufen, diesmal verlangte ein Totentransport Einlass. Die lange, alkoholbefeuerte Debatte, die sie unter den Bäumen des Parks geführt hatten, hatte den Grabungstrupp zu dem Schluss gebracht, dass man etwas am besten dort versteckte, wo es hingehörte und deshalb am wenigsten auffiel. Das war ein alter Trick aus einer Detektivgeschichte von Poe. Dort war es allerdings um Briefe gegangen.

»Wenn das Unwahrscheinliche das Wahrscheinliche ist«, versuchte Irma, die gerne Detektivgeschichten las und Poe nicht von Arthur Conan Doyle unterscheiden konnte, das Credo ihres Lieblingsdetektivs Sherlock Holmes zusammenzufassen, »dann muss das Unwahre das … Dings sein.«

»Und wie gesagt: Hier liegt er kühl«, fügte der Zahnarzt mit einem Rest von Vernunft hinzu. »Morgen sehen wir dann weiter.«

Niemand antwortete ihm. Die Tür, groß und bronzefarben, funkelte eindrucksvoll im Licht ihrer Taschenlampen. Dahinter lag der Kapellenraum mit dem Altar, den Buchsbäumen und den traut flackernden elektrischen Kerzenleuchtern. Zum ersten Mal freuten sie sich aufrichtig darauf, ihn zu sehen. Plötzlich raschelte etwas hinter ihnen im Unterholz. Die Truppe wandte erschrocken die Köpfe.

Eine Weile spähten sie zwischen die schwarzen Bäume. Die einsame Laterne beleuchtete nichts Bestimmtes; ihr Licht ließ den Nachthimmel rötlich wirken wie altes Blut.

»Was war das?«, fragte Irma, auf einen Schlag viel nüchterner.

Sie lauschten in die Dunkelheit. Etwas, oder jemand, hatte gerade einen Schrei ausgestoßen.

33

Hans Grünsteudl stand in der Zimmermitte, argwöhnisch aufgerichtet. Endlich atmete er wieder aus. Seine Gestalt sackte zusammen. »Ich dachte, ich hätte etwas gehört.«

»Das war draußen«, beruhigte Katia ihn. Es waren nur die Nerven. Sie durften sich nicht ins Bockshorn jagen lassen. »Kommen Sie«, sagte Katia. »Wir machen uns jetzt eine schöne Tasse heißen Tee. Und Sie erzählen mir, was gestern Nacht passiert ist.«

Er ließ sich von ihr in seinen Sessel bugsieren und sah ihr bei ihren Verrichtungen zu. »Sie müssen vor allem verstehen, dass ich nichts von alldem gewollt habe«, sagte er dann.

»Ich glaube, dass ich das verstehe«, meinte Katia und befüllte das Tee-Ei, um es in die Kanne zu hängen.

»Ich meine, nachdem ich wieder zu mir kam. Und Uschi blutüberströmt auf der Rückbank lag.«

Katia goss das Wasser auf und stellte seufzend den Kocher zurück. Am besten war es wohl, sie ließ ihn erst einmal reden.

»Der Motor qualmte. Auf der Straße kein Mensch. Sie glauben gar nicht, wie still alles in dem Moment war.« Er atmete aus und legte den Kopf in den Nacken, als erlebte er den Moment noch einmal. Vermutlich hatte er es tausendmal getan. »Ich hätte ewig da sitzen bleiben mögen.«

Katia ließ die Stille einige Augenblicke währen. Schließlich fragte sie: »Und dann?«

Carlos Becker wusste nicht mehr genau, wie er aus dem Auto

herausgekommen war. Aber offensichtlich hatte er die Reisetasche, die neben der Toten lag, an sich genommen. Er hatte sie geschultert und war losgelaufen, querfeldein, dann durch den Wald. Er musste über eine Stunde gehen, ehe er ein Dorf erreichte. Eine Straße führte hinein, keine hinaus.

Der Tee hatte gezogen. Katia schenkte jedem eine Tasse ein und reichte ihm seine. »Ich habe an die erste Haustür geklopft«, sagte er.

Eine Frau hatte geöffnet, ihn betrachtet und hereingelassen. In der Wohnstube hatte ein Pflegebett gestanden, mit einem Mann darin, abgezehrt und sichtlich nicht mehr weit vom Tod entfernt. Es war ihr Mann gewesen. Carlos Becker hatte sich neben das Bett gesetzt, auf den einzigen Stuhl; sie war in die Küche gegangen. Und er hatte, um irgendetwas zu tun, begonnen, den Kranken aus dem Teller zu füttern, der neben dem Bett stand. Seine Hand war dabei ruhiger geworden. Es war das Erste, was er an diesem Tag tat, das ihm sinnvoll erschien.

Katia nippte an ihrem Tee. »Und weiter?«

Die Frau hatte Suppe gebracht, sich gesetzt und ihm zugesehen. Schweigend hatte er die Suppe gelöffelt. Dann hatte sie ihm ein Handtuch gegeben und das Bad gezeigt. Das Duschwasser hatte sich rot gefärbt von seinem Blut. Nach dem Duschen hatten frische Kleider dagelegen. Seine hatte sie eingeschürt.

»Ja«, sagte er, »und dabei blieb es.«

Katias Tasse sank auf ihre Knie. »Einfach so?«

»Ich lebte dort, und als ihr Mann starb, lebte ich weiter als ihr Mann.«

»Und die Dorfbewohner?«, fragte Katia ungläubig.

Er zuckte mit den Schultern. »Mit den meisten war sie verwandt. Und alle fanden, die Polizei ginge das nichts an. Nichts dort ging Außenstehende irgendetwas an.«

»Ich verstehe«, sagte Katia, die gar nicht sicher war, ob sie das wirklich verstand.

»So funktionieren Dörfer nun einmal«, meinte er. »Ich kannte das schon aus Argentinien. Das Dorf, in dem meine Eltern sich zunächst angesiedelt hatten, bestand fast nur aus Deutschen. Die hätten auch nie mit irgendjemand Außenstehendem geredet.«

»Sie meinen, Sie sind auf ein Dorf voller Nazis gestoßen?«

Er schaute beleidigt. »Ich bin auf ein Dorf voller Einheimischer gestoßen«, sagte er, »das ist ganz etwas anderes.«

»Ich verstehe«, wiederholte Katia. Die immer weniger verstand.

»Mit dem Geld haben wir Grund gekauft, meine Frau und ich. Meist Wald. Sie liebte den Wald. Als sie dann vor zehn Jahren starb, bin ich hierhergezogen.«

Katia musste all das erst einmal verdauen. »Also, Sie haben all die Zeit dort unter falscher Identität gelebt, und aus der Beute des Banküberfalls wurde Waldbesitz.« Letzteres würden ihre Mitstreiter gar nicht gerne hören. Hoffentlich hatten sie nicht schon den halben Park umgegraben.

»Oh«, sagte Hans Grünsteudl alias Carlos Becker und wurde rot. »Wissen Sie, ehe ich umzog, hab ich alles verkauft. Und das Geld wieder in die alte Reisetasche gesteckt. Irgendwie fand ich das wohl …« Er dachte nach. »Angemessen. Ich ging, wie ich kam. Und gegen Banken habe ich eine Aversion«, fuhr er lebhafter fort. »Ich kann bis heute keine Filiale mehr betreten. Sogar beim Onlinebanking bekomme ich Schweißausbrüche.«

»Sie haben es also doch im Park vergraben?« Katia schüttelte den Kopf. »Was für ein Witz!«

»Hier im Zimmer konnte ich die Tasche wohl kaum lassen«, wandte er ein. »Die Pfleger schnüffeln überall herum. Dieser Bogdan schaut sogar in die Schränke. Er sagt, er hat mal erlebt, dass da jemand Käse hortet.«

»War es denn viel Geld?«, fragte Katia. Sie hatte keine Ahnung, was ein paar abgelegene Äcker und Waldstücke bringen mochten.

»Entscheidend war wohl, dass diese Immobiliengesellschaft auf mich zukam.«

Katia schaute ihn fragend an.

»Sie werden es nicht für möglich halten. Aber auf dem Gelände steht heute ein Legoland.«

Katia öffnete den Mund. Schloss ihn wieder. »Legoland«, echote sie.

Er strahlte. »Die haben mir 1,5 Millionen geboten. Abzüglich der Steuern.« Mit einem Mal verdüsterte sich seine Miene wieder. Dann brach er in Tränen aus. »Und jetzt ist alles weg!«

Katia betrachtete seine zuckenden Schultern. Es konnte nichts Gutes sein, was sich in jener Nacht im Park ereignet hatte. Wenn er nur endlich auf den Punkt käme. Sie seufzte. »Und«, fragte sie, »möchten Sie drüber reden?«

34

Der Grabungstrupp stand mit seiner Last vor den bronzenen Türflügeln und lauschte fröstelnd in die Finsternis, lauschte dem seltsamen Laut nach. Irgendetwas – oder jemand – war dort draußen. Der tote Mann in der Schubkarre erinnerte sie daran, dass seltsame Dinge in diesem Park vor sich gingen. Menschen schossen hier. Menschen gruben.

Der Vogelkundler hätte seinen Freunden erklären können, dass es sich bei dem Ruf, den sie gehört hatten, um ein Käuzchen handelte. Liebend gerne hätte er sie außerdem darüber informiert, dass bei den Käuzchen das Gefieder um der Tarnung willen rindenfarben war und dass interessanterweise Männchen wie Weibchen den charakteristischen Balzgesang zu äußern vermochten. Doch nach drei Zombie-Cocktails fühlte er sich dazu außerstande. Schwer und müde stützte er sich auf Irmas Arm. In dem Laut »Vvvvvvgel« fasste er endlich alles mehr oder minder befriedigend zusammen.

Nur ein Nachtvogel! Die anderen fühlten sich ein wenig erleichtert, doch ein Restmisstrauen in die Kompetenz des Vogelkundlers blieb, und sie empfanden das wachsende Bedürfnis, wieder zurück ins Haus zu gelangen. Die Türflügel der Kapelle allerdings gaben nicht nach.

Sicher, wie für alle verschlossenen Türen in Haus Silberblick würde sich auch für diese ein Zweitschlüssel in der Portiersloge finden. Sie stand stets offen, nicht der Schlüssel wegen, die eigentlich unter strengem Verschluss gehalten werden sollten, sondern weil sich dort der Notschalter befand, mit dem man Nachtschwärmer hereinlassen konnte, die ihre Chipkarte vergessen hatten, ein Fall, der häufig vorkam. Es war nicht vorschriftsmäßig, aber praktikabel.

Diesen Schlüssel brauchten sie nur zu holen.

Doch der Weg dorthin wirkte mit einem Mal sehr lang: durch den unvertraut gewordenen Park zurück zum Eingang, dann durch die leeren Gänge. Und schließlich vorbei am Nachtdienst, der nach acht Uhr abends allstündlich seine Runden auf dem Korridor drehte. Begegnete man ihm, wurde man unweigerlich gefragt, ob man Hilfe benötigte, und sanft, aber bestimmt zu seinem Zimmer zurückgeleitet. Wie ein kleines Kind behandelt zu werden, löste leicht einen mittleren Alterungsschub aus.

»Wer geht?«, fragte Irma bang und starrte in die Dunkelheit, die sie eben noch so ahnungslos fröhlich mit Eis und Maraschinokirschen durchquert hatte. Sie rüttelte den Vogelkundler, der an ihrem Arm hing. »War das auch sicher ein Vogel?«, erkundigte sie sich.

»Paarungsssruf«, brachte der nach einigen Anläufen erschöpft hervor.

»Na, hören Sie mal«, empörte Irma sich, »das ist nun wirklich nicht der richtige Moment.«

Der Zahnarzt erwog für einen Moment, sich freiwillig zu melden. Das Leben war ein Abenteuer. Doch er zögerte.

Da löste sich ohne ein Wort der Erklärung die Psychologin aus der Gruppe. Langsam, sehr langsam hinkte sie mit ihrer Gehhilfe außer Sicht. Die bangen Blicke ihrer Mitstreiter folgten ihr, bis die Finsternis die Fackel ihres roten Haares verschluckte.

»Wir sind Idioten«, stellte der Lehrer fest, vom Mut seiner Mitstreiterin gleichermaßen beschämt und getröstet. »Nur wegen diesem …«

»Halten Sie die Klappe«, unterbrach ihn der Anarchist. Niemand wollte das Wort »Toten« in diesem Moment hören.

Beleidigt legte der Lehrer die Hand auf den gefühlten Knoten in seinem Bauch.

In der einsetzenden Stille hörten sie schließlich die Tür zufallen, als die Psychologin den Ostkorridor betrat. Alle entspannten sich ein wenig. Es schrie auch kein Käuzchen mehr. Nur vom Vogelkundler, der sich auf dem Rand der Schubkarre niedergelassen hatte, vernahm man ein leises, dezentes Schnarchen. Nach einer gefühlten Ewigkeit kam die Psychologin wieder in Sicht. Sehr langsam. Dankbar für den vertrauten Anblick, verfolgten alle, wie sie die Gehhilfe sorgsam anhob, Unebenheiten überwand, die letzten Schritte tat. Bei ihnen ankam. Sich die Thermosflasche reichen ließ. Sie austrank. Dann hielt sie den Schlüssel hoch.

Gleich darauf schwankte der erschöpfte Tross über die Schwelle wie Siedler über den Höhenkamm der Rockies auf dem Weg in die fruchtbaren Täler. Sie hinkten am golden funkelnden Altarkreuz vorbei, an den tanzenden Schatten der Elektrokerzen, den tröstlich massiven Holzbänken. Irgendwie, das empfanden alle vage, als sie mit ihrer seltsamen Last vorüberwandelten, handelte es sich doch um einen heiligen Ort.

Dann fanden sie die Seitentür und erreichten den sehr viel nüchterneren Sargraum. Kurz flammte Neon auf und beleuchtete den Kachelboden, die weiß gestrichenen Wände und die jetzt leeren, fahrbaren Gestelle für den Blumenschmuck. In einer letzten Anstrengung bugsierten sie den Toten in den leeren Schausarg, kehrten den Sand von den weißen Satinpolstern und schlossen den Deckel.

Danach hatten alle es eilig. Der Anarchist zückte noch sein Taschenmesser, um die Seile zu durchtrennen, die ihr Gefährt zusammenhielt, und stopfte sich die Reste in die Taschen. Dann gab er die Losung aus: »Ab hier jeder für sich.«

Erschöpft und erleichtert schlichen sie auf ihre Zimmer. Im letzten Moment fiel dem Zahnarzt ein, dass er die verräterische Schubkarre nicht an diesem Ort zurücklassen konnte. Den Park noch einmal alleine zu durchqueren, dazu fühlte er allerdings keinen Drang. Es half nichts, er würde wohl erneut das Bronzeportal öffnen müssen, zumindest so weit, dass er die Schubkarre hinausschieben konnte. Morgen würde er sie vor dem Frühstück an ihren angestammten Platz zurückbringen und so die Spuren verwischen. Die Nachtluft drang kühl durch den Spalt, als er einen Türflügel vorsichtig aufzudrücken begann. Und mit einem Mal fiel dem Zahnarzt ein, welches Problem ihn vorhin beschäftigt hatte: Wenn es die Gräfin war, die den Mann erschossen hatte, wer zum Teufel hatte ihn dann verscharrt?

35

Missmutig stand Friedhelm Klemp an den bodentiefen Fenstern des Speisesaals, in dem an diesem Morgen große Aktivität herrschte. Gleich nach dem Frühstück wurden die Tische zu mehreren großen Rechtecken zusammengeschoben und mit Tonpapier, Scheren, Klebestiften und weiterem Bastelmaterial beladen für die große Halloween-Aktion. Gleich würde er zusehen, wie man Kürbissen lustige Gesichter aufmalte.

»›Welch Meisterwerk ist doch der Mensch‹«, murmelte er verdrossen, »›wie groß an Vernunft, wie unbegrenzt an Fähigkeiten, an Gestalt und Geste wie wunders harmonisch verschmolzen, im Tun wie gleich einem Engel, im Begreifen wie gleich einem Gott: das Schmuckstück der Welt, die Vollendung alles Lebendigen und dennoch, für mich, was ist die Quintessenz des Staubs?‹«

Frau Vogeltanz trat neben ihn, um ihm ihr mit Goldfolie und Glassteinen beklebtes »Buch« in die Hand zu drücken. Es war ein Dummy im DIN-A4-Format, in den je nach Bedarf lose Blätter eingelegt werden konnten, ein Erbstück aus ihrer Kindergartenzeit. »Aber nicht so lang, ja? Hinterher gibt es Eierpunsch.«

Das war dann wohl die Antwort.

Und das ihm, der dabei gewesen war, als Peter Zadek *Frühlings Erwachen* am Theater Bremen inszeniert hatte. Der Bruno Ganz in Peter Steins *Faust* erlebt und Pina Bausch schon wohlwollend rezensiert hatte, als sie noch Solistin im Folkwang-Ballett gewesen war. Was war nur aus ihm geworden?

»Herr Klemp?«

Mit melancholischem Blick starrte er durch die Scheibe. Dann, mit edel erhobener Hand, wies er durch die Glaswand hinaus in den Himmel. »Sehen Sie dort die Wolke«, fragte er mit nachdenklicher Stimme, »die fast die Form eines Kamels hat?«

Frau Vogeltanz folgte verwirrt seinem Finger, der in den wolkenfreien blauen Herbsthimmel wies. »Ach ja, wirklich, meine Güte, fast wie ein Kamel.«

»Wirklich?« Friedhelm runzelte die Stirn, als dächte er angestrengt nach. »Mir kommt sie vor wie ein Wiesel.«

Frau Vogeltanz betrachtete ihn kurz von der Seite. »Jetzt, wo Sie es sagen. Sie hat vielleicht einen Rücken wie ein Wiesel.«

»Oder wie ein Walfisch«, setzte Friedhelm Klemp nach.

»Ein Walfisch.« In ihrer Stimme lag ein kleiner Kiekser. Ihr Augenlid zuckte wild. »Genau. Ganz genau wie ein Walfisch.« Sprachs und flüchtete.

Mit einem Grinsen wandte er sich ab. Es war so einfach, dass es schon fast keinen Spaß mehr machte. Allerdings hatte die Vogeltanz, ohne es zu ahnen, sich fast wörtlich an Shakespeare gehalten. War es nicht faszinierend, wie sie auf Hamlets kleine Provokation beinahe genauso reagiert hatte wie der alte Polonius im Stück? Kunst bereitete einem doch immer wieder tiefe Freude und Befriedigung. Sie war der wahre Sex des Alters.

»Friedhelm? Da sind Sie ja.« Katia war erleichtert, ihren alten Freund endlich gefunden zu haben.

»Haben Sie das eben mitbekommen?«, fragte Friedhelm gut gelaunt. »Ich habe mit der Vogeltanz *Hamlet* gespielt.«

»Friedhelm, bitte, kann das warten?« Sie holte tief Luft.

»Da gibt es noch eine Stelle, die könnte ich auch gleich ausprobieren. Warten Sie, hier muss es sein. Da triezt er den Polonius wieder mit seiner vorgeschobenen Verrücktheit.« Er blätterte und deklamierte: »›Ich kenne Sie. Sie sind ein Fischhändler.‹ Haha, wie sie darauf wohl reagieren würde?«

»›Ach, geh in ein Kloster!‹«, fauchte Katia ihn an.

Verdutzt schaute Friedhelm Klemp auf.

Katia seufzte frustriert. Shakespeare war offenbar das Einzige, worauf er noch reagierte.

Auf Klemps Gesicht dagegen malte sich wachsende Begeisterung. Er hob die Hände. »Aber Katia, meine Liebe, das war superb! Wut, Verzweiflung, eine entfesselte Emotionalität, die ich Ihnen gar nicht zugetraut hätte. Wahrhaftig! Das ist Hamlet!« Er griff nach ihrer Hand und wollte sie zu einem angedeuteten Handkuss an seine Lippen ziehen.

»Herrgott!« Katia entzog sich ihm. »Friedhelm, das ist kein Spiel, ich brauche den Schlüssel zum Musikzimmer, und das rasch.«

»Warum?«, fragte er.

»Fragen Sie nicht.«

Er hob die Augenbrauen. »Weil es mehr Dinge zwischen Himmel und Erde gibt?«

Genervt warf Katia die Hände in die Luft. »So viel mehr, Friedhelm. Sie haben ja keine Ahnung.« Sie streckte die Hand aus. »Den Schlüssel, bitte.«

Er griff in seine Jacketttasche. »Katia, ich habe aber eine Ahnung. Sogar eine ganz schreckliche. Eine Ahnung, dass die nächste Probe nicht so verlaufen wird, wie ich mir das wünsche. Was haben Sie jetzt schon wieder vor? Muss ich erneut jemanden beerdigen? Was muss man hier denn noch tun, um ein wenig Theater spielen zu dürfen.«

»Sehen Sie es positiv«, sagte Katia und griff nach dem Schlüssel, den er halbherzig vor sich hingehalten hatte. »Das Leben inspiriert die Kunst.« Damit eilte sie davon, ehe jemand sie aufhalten und an einen Tisch lotsen konnte.

»Mir will scheinen, es ist eher umgekehrt«, rief er ihr nach. »Und Millionen *Playboy*-Leser sehen das übrigens ganz ähnlich.«

Ein paar Köpfe fuhren herum und starrten ihn an. Friedhelm bleckte die Zähne in einem unfreundlichen Grinsen.

»Herr Klemp, sind Sie bereit?« Frau Vogeltanz war wieder zu ihm getreten, um ihn zu dem roten Samtsessel zu führen, der für Vorlesende reserviert war.

»Ah, die Fischhändlerin«, murmelte er. Ihr verdutztes Gesicht war wohl das einzige Vergnügen, das er für lange Zeit haben würde.

36

Katia ließ den Beginn der Basteleien ausfallen, um Hans Grünsteudl, den sie immer noch nicht Carlos nennen wollte, dazu zu überreden, in den Proberaum umzusiedeln, solange alle zu sehr mit Halloween beschäftigt waren, um auf sie aufmerksam zu werden. Dort wollte sie ihn später der Gruppe präsentieren; alle sollten sie aus seinem Mund hören, was in der Nacht von Ophelias Tod im Garten vorgefallen war. Damit ein für alle Mal Schluss wäre mit den Gerüchten.

Außerdem wäre es gut für ihn, endlich wieder unter Leute zu gehen. Selbst er mit seinem natürlichen Hang zum Einsiedlertum war in den letzten 36 Stunden überfordert gewesen, eingesperrt mit Portwein und Keksen. Wenn er nicht bald wieder Vertrauen fasste und sich unter die Menschen wagte, die auf seiner Seite standen, dann würde er es vielleicht nie mehr schaffen. Er würde der ewige Mecker-Becker auf der Flucht bleiben. Und sie würde ihren ausgeglichenen, lieben Hans Grünsteudl niemals mehr zurückbekommen.

Doch als sie an seine Zimmertür klopfte, öffnete ihr zunächst niemand. Viermal musste sie nachdrücklich mit der Faust an die Tür schlagen, bis sie endlich den Schlüssel sich drehen hörte.

»Das ist keine gute Idee«, sagte Hans Grünsteudl und lugte durch den schmalen Spalt nach links und rechts.

»Es ist die Beste«, widersprach Katia. »Und jetzt machen Sie schnell, die anderen sind alle bei dem großen Ereignis im Speisesaal.« Sie zog den Widerstrebenden am Arm eine Tür weiter und bugsierte ihn in das Musikzimmer. Aufmunternd überreichte sie ihm den Schlüssel. »Für Ihre Sicherheit. Und?«, fuhr sie fort. »Ist doch immerhin eine Abwechslung.« Mit aufmunternden Gesten präsentierte sie den Raum wie eine geschäftstüchtige Maklerin. »Größer. Heller. Bessere Gesellschaft.«

Nervös schaute er sich um. »Hier also gebt ihr den *Hamlet.*«

»Wir«, verbesserte sie ihn. »Wir werden hier den *Hamlet* spielen, Hans. Sobald alles geklärt ist. Wir reden mit den anderen. Dann klettern Sie aus dem Fenster und marschieren einfach durch die Vordertür herein, frisch aus dem Urlaub. Und das Leben geht weiter.«

»Und … das andere?«, fragte er.

»Das wird sich finden. Eins nach dem anderen«, erwiderte Katia. »Es ist doch weit besser, wenn wir die Probleme gemeinsam angehen, meinen Sie nicht?«, fügte sie hinzu, als sie seine erneute Unsicherheit sah.

Er antwortete nicht.

Katia sagte sich, dass die Zeit es richten würde. Sie wandte sich zum Gehen. »Schließen Sie hinter mir ab und öffnen Sie erst auf mein Klopfen.« Sie musste los. Es wäre nicht gut, wenn sie bei der allgemeinen Belustigung, die gleich starten sollte, vermisst würde.

»Was für ein Klopfen?«, fragte Grünsteudl.

Verwirrt blieb Katia stehen. »Na, eben ein Klopfen.« Sie hob die Hand an die Wand und pochte zweimal. »So.«

»Das könnte jeder sein«, wandte Grünsteudl ein.

»Ach?«, fragte Katia ein wenig entnervt. »Wie hat man denn bei der RAF geklopft, Hans?«

»Es tut mir leid. Aber diese letzten Tage …« Er senkte den Kopf. Dann hob er ihn wieder. «Ich werde mich zusammennehmen.«

»Das weiß ich doch.« Sie überlegte. »Wie wäre es damit: da, dada, da?«

»Das wäre perfekt.« Er lächelte. »Und danke.«

»Keine Ursache«, sagte Katia mit schiefem Lächeln. Es würde ein weiter Weg sein zurück zur Normalität. »Und jetzt müssen Sie mich bitte entschuldigen. Ich muss dringend ein paar Kürbisse bemalen.«

Als sie in den Speisesaal zurückkehrte, saß Friedhelm schon in Position in seinem Lesesessel. Ihn zu informieren würde warten müssen.

Katia blickte sich um und drängte sich dann zu dem Tisch durch, den ihre Theaterfreunde sich erobert hatten, vorbei am Büfett, das von Bewohnern umlagert wurde, mühsam im Zaum gehalten von Bogdan, der strikte Anweisung hatte, Strudel und Punsch nicht eher freizugeben, als bis alle fleißig gebastelt hätten. Vor allem den Punsch nicht.

Als Katia endlich angekommen war, stand sie vor einer übernächtigt und ausgelaugt wirkenden Truppe. Das Schatzgraben musste anstrengender gewesen sein, als sie gedacht hatte. Graue Gesichter, müde Mienen; der Zahnarzt trug sogar eine Sonnenbrille. Alle wirkten, als wäre die Welt ihnen zu hell und zu laut. Der Anarchist, ungekämmt und mit blutunterlaufenen Augen, wog lustlos einen kleinen Kürbis in der Hand, als wüsste er nicht, auf welchen Politiker er ihn werfen sollte. Einzig Irma wühlte munter in den Buntstiften.

»Na, nichts gefunden?«, fragte Katia nur halb mitleidig. Sie dagegen würde mit einer veritablen Überraschung aufwarten können.

»Doch.« Irma klang schnippisch. »Eine Leiche.«

»Nun seid doch nicht beleidigt«, meinte Katia, die langsam genug hatte von Irma und ihrem Hang zum Drama. Ihr Hund lag tot und begraben im Park, nun gut. Es gab mittlerweile Wichtigeres. »Hört mal«, fuhr sie fort, »ich habe ein paar wichtige Sachen herausgefunden, und die werden euch …«

»Sie meint: einen toten Mann, nach allem, was man sagen kann«, unterbrach der Lehrer sie.

Verdutzt schaute Katia ihn an. Er sah bleich aus. Und es war ihm sichtlich ernst. Sie sank auf einen Stuhl.

»Keine Sorge, es ist nicht Ihr heiß geliebter Grünsteudl.« Der Anarchist stellte den grinsenden Kürbis vor sie hin.

Nein, dachte Katia und versuchte angestrengt, den Schock zu verarbeiten. Nein, natürlich war es nicht Grünsteudl. Denn der hockte ja im Probenraum und versuchte, sich das verdammte Klopfzeichen einzuprägen.

In dem Moment klatschte Frau Vogeltanz in die Hände. »Alle auf ihre Plätze!«, rief sie und wies einladend auf die Berge von buntem Tonpapier, Kastanien, Hagebutten, Blättern, Schnüren, Klebestiften und Scheren, die in Bechern steckten. Dann wurde ihre Stimme fester. »Wenn ich bitten darf.«

Die Letzten nahmen widerstrebend platz.

»Unser werter Herr Klemp«, verkündete die Heimleiterin, »wird uns dazu etwas Schönes vorlesen.«

Friedhelm setzte sich in seinem Märchenonkel-Sessel zurecht und ließ die Augen über sein Publikum schweifen. Als er quer durch den Raum dem Blick von Katia begegnete, nickte er ihr zu.

Ach, Friedhelm, wenn Sie wüssten, dachte sie verzagt. Wenn Sie mit Ihrer blinden Liebe zur Kunst auch nur ahnen könnten, wie verdammt kompliziert das wirkliche Leben sein kann. Diese verdammte Leiche änderte alles.

37

Wie Schlafwandler griffen die Schauspieler nach den Bastelsachen. Dabei steckten sie die Köpfe zusammen. Geschützt durch das Geraschel und Gerede ringsum, das beständig von Friedhelm Klemps sonorem Vorlese-Bass überlagert wurde, ließ Katia sich die Einzelheiten berichten.

»Wir haben gegraben«, erklärte der Zahnarzt, während er abwesend ein paar schwarze Pfeifenreiniger zwischen seinen Fingern drehte, die laut Vorlage zu einer Spinne gebogen werden sollten. »Und da haben wir ihn eben gefunden.«

»Und in die Kapelle gebracht«, sekundierte der Lehrer. »Schlag Mitternacht.« Die Zeitangabe war mehr der Kunst geschuldet als der Realität, aber was sollte es.

»Wegen der Kühlung«, erklärte Irma, die zeitgleich versuchte, einen schwarzen Tonpapierbogen mit Klebstoff einzustreichen. »Darauf hätte man mal bei meiner Ophelia kommen sollen.«

»Sagt mir, dass das nicht wahr ist«, murmelte Katia und starrte in die eifrig beschäftigte Runde. Alles, was sie eben mit viel Mühe halbwegs in Ordnung gebracht zu haben glaubte, das fiel nun wieder auseinander. »Ihr findet eine Leiche und schleppt sie durch die Gegend?« Sie starrte in die erwartungsfrohen Gesichter und rang nach Worten. »Warum?«

Ratlos schaute einer den anderen an. Die Frage hatte sich in jener Nacht so nicht gestellt. Es mochte an dem tief verwurzelten, urmenschlichen Impuls gelegen haben, die Toten bergen zu wollen. An ihrer Neugier. Oder auch am Alkohol.

»Hätten wir etwa die Polizei verständigen sollen?«, fragte der Anarchist. »Und ihr erklären, was die Gräfin mit ihrer Waffensammlung so treibt?«

Nein, dachte Katia. Nein, natürlich nicht. Sie waren sich ja bereits einig gewesen, die Polizei nicht in die Sache zu involvieren.

»Genau«, fiel der Zahnarzt ein. »Und den Grünsteudl wollen Sie ja auch nicht ans Messer liefern. Obwohl er seinen Kumpan da draußen eiskalt verscharrt hat.« Er hatte lange über die Frage nachgedacht, die ihn gestern Nacht so umgetrieben hatte, dass er mit einer Gänsehaut auf den Armen ins Bett gegangen und die Stunden bis zu seiner nächsten Cannabis-Gabe gezählt hatte. Und das war das rationale Ergebnis, zu dem er gelangt war. Grünsteudl war im Park gewesen, Grünsteudl hatte etwas ausgegraben. Und hernach etwas eingegraben. Es war die einfachste Erklärung, zu der er nach dieser Nacht fähig war.

»Aber er hat doch nicht …« Katia biss sich auf die Lippen; die Details mussten warten. Alles würde sich klären, wenn sie erst im Musikzimmer waren. Hier vor aller Ohren wollte sie lieber keine Debatten starten. In der Tat, Grünsteudl der Polizei überlassen, das kam nicht infrage. Und wenn die anderen seine Geschichte erst gehört hätten, würden sie das genauso sehen.

»Hätten wir sie vielleicht dort lassen sollen«, fragte Irma, »und einfach wieder zubuddeln?«

Katia, aus ihren Überlegungen gerissen, schaute auf. »Allerdings«, sagte sie. »Ich glaube in der Tat, es wäre eine Möglichkeit gewesen.«

»Alle mal herhören.« Frau Vogeltanz hielt einen Blumentopf hoch, der umgedreht, mit schwarzen Augen bemalt und mit zwei ausgestreckten Ärmchen aus Pfeifenreiniger versehen worden war. »Schaut doch nur, was die Frau Neunsänger da Schönes gebastelt hat.« Die Angesprochene errötete stolz. »Solche hübschen Geister können wir gut in den Garten hängen. Und wenn wir hier …«

Sie unterbrach sich und starrte zum Tisch der Schauspieler, wo mit unterdrückten Stimmen gestritten wurde. »Haben Sie etwas beizutragen, Herr Spohn?« Niemand antwortete. »Na, dann, husch, husch.« Erneut klatschte sie in die Hände.

Die allgemeine Unterhaltung, das Rascheln von Papier und das Klappern von Scheren setzte wieder ein.

»Aber …«, begann Katia nach einer Weile erneut. »Ausgerechnet die Kapelle! Was ist, wenn ihn dort jemand findet?«

»Wie denn?«, fragte Irma. »Dort ist doch nie jemand. Das kann Wochen dauern, bis da wieder einer reingeht. Schaut mal!« Sie war mit ihrer Arbeit fertig, einem spitzen Hexenhut aus schwarzem Tonpapier, und setzte ihn auf. »Simsalabim! Wie seh ich aus?«

In dem Moment knisterte der Lautsprecher unter der Zimmerdecke. Eine neutrale Stimme sagte: »Frau Vogeltanz, eins, zwei, drei.« Die Ansage wurde wiederholt. Dann folgte ein Rückkopplungsjaulen, das alle hektisch nach ihren Hörgeräten greifen ließ.

Alarmiert hoben alle in der Gruppe den Kopf. Sie wussten, was das bedeutete. Jemand war gestorben. Bald würde es in der Kapelle nur so wimmeln von Menschen.

Katia schaute sich um. »Wo«, fragte sie, »ist eigentlich die Gräfin?«

38

»Schön weiterspielen«, rief die Heimleiterin und eilte hinaus.

»Das wäre vorbei!« Zufrieden klappte Friedhelm Klemp das Goldbuch zu und räkelte sich. »›Nein, nein, er ist tot, geh ins Grab, flieh die Not. Denn nimmermehr kommt er zurück.‹ Hah!«

Es war das Lied der verrückt gewordenen Ophelia. Die Arme hatte allen Grund für ihre Trauer, war es doch ihr Geliebter, der ihr den Vater umgebracht hatte. So etwas konnte einen verwirren. Armes Mädchen. Er summte angeregt vor sich hin.

Hier im Heim kam der Tod weit gradliniger daher, sehr viel erwartbarer vor allem. Er war einfach das Nächste, was geschehen würde. Wenn man nicht dafür sorgte, dass sich etwas Besseres ereignete, ein Theaterstück zum Beispiel. Wie immer fühlte er sich im Angesicht des Einszweidrei lebendiger denn je. »›Und umsonst jedes Wort. Tadadi, tadada. Erbarm sich der Herr seiner Seel.‹«

Wen es wohl diesmal getroffen hatte? Egal, befand Friedhelm, er war für einen guten Zweck gestorben: Schluss mit dem Halloween-Hokuspokus. Die Bastel*ei* war für heute vor*bei*, wie der Lehrer es vermutlich formulieren würde. Friedhelm Klemp streckte die Beine in den Nadelstreifenhosen, griff nach seinem Stock und erhob sich, um zu seinen Gefährten hinüberzuschlendern. Selbstverständlich würde man für einen Kranz spenden.

Die bastelnden Heimbewohner an den Tischen schauten einander an. Dann ließen sie fast wie ein Mann die Scheren sinken, standen auf und bewegten sich in Richtung des Büfetts, wo der Punsch wartete.

Friedhelm Klemp musste sich durch den anwachsenden Strom kämpfen. »Bei den großen Pestepidemien im Mittelalter war es ähnlich«, stellte er anerkennend fest, als er bei den Seinen angekommen war, und betrachtete mit schräg gelegtem Kopf die Menge. »Der Tod ging um. Und auf den Straßen feierte man Orgien.«

»Oh, bitte«, erwiderte Katia verärgert. »Reißen Sie sich nicht gleich die Kleider vom Leib.«

»Was war das denn jetzt?«, erkundigte der Anarchist sich. »Dieser Abzählreim.«

»Es ist der Code für einen Verstorbenen«, klärte Friedhelm ihn jovial auf. »So simpel wie alles an diesem Ort.« Er zitierte seine Version. »Eins, zwei, drei, du bist dabei.«

»Ene, mene, muh, und weg bist du«, assistierte der Lehrer. Er warf Friedhelm Klemp einen herausfordernden Blick zu. »So geht es zu.«

»Mit anderen Worten«, erklärte der Zahnarzt, »wir sind aufgeflogen.«

»Sie werden den Körper also entdecken?«, fragte der Anarchist.

»Sobald sie den Toten oder die Tote aus ihrem Zimmer in die Kühlung bringen«, bestätigte Katia und biss sich auf die Lippen. »Normalerweise geht das ziemlich …«

Sie wurde unterbrochen von einer weiteren Durchsage. »Frau Vogeltanz? Frau Vogeltanz?«, rief eine nun gar nicht mehr neutrale, sondern ziemlich hysterische Stimme.

»… schnell«, beendete der Zahnarzt Katias Satz.

Friedhelm Klemp schaute von einem zum anderen. »Wovon zum Teufel reden Sie da bitte?«

39

Haus Silberblick war in heller Aufregung. Vor dem Eingang, an der Bushaltestelle, überall parkten Rettungs- und Polizeiwagen. Stative und Kabelrollen wurden umhergeschleppt, die Rollkisten und schweren Tragetaschen der Spurensicherung fanden ihren Weg ins Haus, vollgepackt mit den Requisiten für ein Stück, ein Kriminaldrama, zu dem Friedhelm Klemps Truppe im Moment nur Statisten beisteuern durfte.

Immerhin waren es Sprechrollen. Auf allen Gängen standen die Bewohner beisammen und brüllten sich gegenseitig ihre Mutmaßungen in die schwerhörigen Ohren. Noch nie hatte der Tod hier solches Aufsehen erregt.

Katia, die sich durch den Aufruhr in Richtung Kapelle drängte, war erleichtert, als sie plötzlich die vertraute Gestalt Elisabeth von Tzetwertyńskis erblickte, die vor ihre Zimmertür getreten war, um missbilligend den Menschenauflauf in ihrer unmittelbaren Nachbarschaft zu betrachten.

»Gräfin, was für ein Glück!«, rief Katia mit halber Freude, »Sie sind am Leben.« Das war erst einmal die gute Nachricht, den Rest würde man später klären.

»Werden Sie nicht albern«, wies die Gräfin sie zurecht. »Was sollte ich sonst sein?«

Auch der Anarchist hatte sich eingefunden, in der Hand ein Stück Strudel, von dem er von Zeit zu Zeit herzhaft abbiss, während er zuschaute, wie die Spurensicherung herbeiströmte und

Schutzpolizei vor den Absperrbändern in Position ging. »Und?«, wandte er sich an die Gräfin. »Wo waren Sie an diesem schönen Morgen?«

»Ich bastle nicht«, erklärte diese würdevoll sich abwendend, um weiter das Schauspiel bei der Kapelle zu verfolgen.

Dennis Stürbichler, der Psychologe, kam gerade vom Leichenfundort auf den Flur. Er sah sichtlich blass aus, fand Katia nicht ohne Schadenfreude. Ihren Termin bei ihm konnte sie getrost ausfallen lassen. So gestresst, wie er gerade wirkte, wusste er nicht einmal selbst, wer gerade Kanzler war.

Umlagert von Neugierigen, hob Stürbichler endlich die Hände. »Meine Damen, meine Herren!«, erklärte er mit lauter Stimme. »Ich fürchte, dass die gute Apollonia Eckart von uns gegangen ist.«

Diese Ankündigung rief ein Raunen hervor.

Der Psychologe fuhr fort: »Mehr kann ich dazu jetzt nicht sagen. Aber am Nachmittag wird es eine Gruppensitzung geben. Ich werde mich gleich um einen Raum kümmern. Bitte achten Sie auf die Aushänge.«

Die Gräfin runzelte die Stirn. »Apollonia war eine Furie«, stellte sie fest und beobachtete mit zusammengekniffenen Augen die Uniformierten, die in der Kapelle ein und aus gingen. »Sogar beim Mensch-ärgere-dich-nicht schmiss sie dich, wenn sie stattdessen ins Ziel gekonnt hätte. Aber das ist wohl kaum ein Grund, die Polizei hinzuzuziehen.«

Katia öffnete schon den Mund, um es der Gräfin möglichst schonend beizubringen, doch der Anarchist kam ihr zuvor.

»Das ist alles wegen dem Kerl, den Sie mit der Flinte erlegt haben.« Er biss in seinen Strudel und kaute mit offenem Mund. »Wir haben ihn gestern Nacht im Park gefunden.«

»Ja«, fauchte Katia. »Und Sie waren so dämlich, ihn in der Kapelle auf den Präsentierteller zu legen.«

Er sah kein Stück betreten aus. »Was wollen Sie denn?«, fragte er stattdessen. »Ist doch eine prima Show. Wie damals auf der Demo. Bloß ohne das Tränengas.«

Zum Heulen war es trotzdem.

40

»Meine Liebe«, wandte Katia sich an die Gräfin. »Es tut mir so leid.«

»In der Tat«, murmelte die Gräfin. Sie stand sehr aufrecht da und sehr starr.

Katia zählte innerlich bis drei. Ihre Stimme wurde weicher. »Bitte kommen Sie mit in das Musikzimmer. Es gibt … es gibt Neuigkeiten. Gute, denke ich«, fügte sie hinzu. Falls es ein Trost für die Gräfin war, dass es einen schlechten Menschen erwischt hatte.

Doch als Katia den Arm der adligen Dame nehmen und sie behutsam zum Musikzimmer führen wollte, bemerkte sie Sieglinde, die Bassgeige. Sieglinde kämpfte sich durch die herumstehende Menge dem Ausgang zu und zerrte mit aller Kraft ihren Instrumentenkoffer hinter sich her. Sie schaute hektisch nach rechts und links und wirkte vollkommen aufgelöst.

»Entschuldigen Sie mich«, sagte Katia und ließ den Arm der Gräfin wieder los. Sie musste eingreifen, ehe Sieglinde ihnen verloren ging. Man hatte sie schon einmal eine Nacht lang vermisst und mit Hunden in den Waldstücken entlang des Autobahnzubringers gesucht. Gefunden hatte man sie anderntags im Foyer der Oper, wo sie sich irgendwann unter den stoffverhangenen Tischen für die Häppchen und Sektflöten schlafen gelegt hatte. Erst der Staubsauger des Reinigungspersonals hatte sie aufgestöbert.

»Kümmern Sie sich bitte um die Gräfin«, rief sie über die Schulter dem Anarchisten zu. Verderben konnte er nichts mehr.

Katia sah die Bassgeige gerade noch durch die offen stehenden

Schiebetüren des Ausgangs huschen. Arme Sieglinde. Das Chaos hier drinnen war vermutlich zu viel für sie.

Doch auch vor dem Heim ging es hektisch zu, mehrere Einsatzwagen parkten auf den Gehsteigen, ein Krankenwagen war da, sogar ein Übertragungswagen des regionalen Fernsehens. Katia mied die Reportermeute, die auf der Jagd nach Interviews war, und wechselte die Straßenseite. Sie ging, so rasch sie konnte, ließ den Blick rechts und links schweifen, über den Eingang zum Parkplatz, die Vorgärten der Nachbarhäuser, in denen ebenfalls die Schaulustigen standen, hinter ihren Hecken geborgen wie Theaterzuschauer in ihren Logen. Hoffentlich hatte Sieglinde nicht eine ähnliche Eingebung und lief wieder bis zum Staatstheater. Außer Atem blieb Katia stehen und schaute sich um.

Da entdeckte sie die Bassgeige. Trotz des Trubels hatte sie sich einfach wieder an der Bushaltestellen-Attrappe niedergelassen. Erleichtert kehrte Katia um und lenkte die Schritte in ihre Richtung. Wie verloren Sieglinde aussah!

»Viel Aufregung heute«, stellte Katia behutsam fest, als sie sich neben der Bassgeige und ihrem Koffer niederließ.

»Das ist immer so vor einer Premiere«, erwiderte die Musikerin.

»Eine Premiere!« Katia war froh, dass Sieglinde es offenbar fertigbrachte, sich die Unruhe in ihrer Welt irgendwie zu erklären. Sogar besser, als sie selbst das gerade konnte. Ein Mensch, der ihr nahestand, war ein Terrorist, eine Nachbarin war ein Totschläger. Jemand war in ihrem Park gestorben. »Richtig«, sagte Katia, obwohl nichts sich richtig anfühlte. »Sie müssen das Blitzlicht ja gewohnt sein.«

»Daran gewöhnt man sich nie ganz«, meinte die Bassgeige.

Eine Weile saßen sie einfach nur da und ließen das Schauspiel an sich vorüberziehen. Eigentlich war es ein schöner Herbsttag, mit goldenem Licht schon um die Mittagszeit, in dem Altweibersommerfäden schwebten. Der Himmel stand sehr hoch und still über der wuselnden Straße. Aber es wehte ein leichter Wind, und der war empfindlich kühl. Natürlich saß die Bassgeige in Hausschuhen und einer dünnen Bluse da, an Dinge wie Strickjacken oder ihre Gesundheit dachte sie nicht mehr.

Katia schlug vorsichtig vor, wieder hineinzugehen. Sie bot an, das Instrument für Sieglinde zu tragen.

Die klammerte sich mit einem Mal an den Koffer und schüttelte den Kopf wie ein Kind. »Nein, nein, ich muss hierbleiben und auf den Mann warten. Er will das Geld holen.«

»Der Mann?«, wunderte sich Katia, dann fiel es ihr wieder ein. Natürlich, diese wirre Geschichte von der Enkelin, die Sieglinde gar nicht besaß. Besorgniserregend war das schon. Schlimmer als Abendrots Wichtel, die wenigstens keinem etwas taten. Die Vogeltanz hatte bereits davon geredet, dass die arme Sieglinde, wenn die Demenz so voranschritte, bald nicht mehr tragbar wäre für ein Etablissement wie Haus Silberblick, das auf die Selbstständigkeit seiner Bewohner setzte.

»Ich denke«, sagte Katia vorsichtig, »er kommt heute nicht mehr. Bei all dem Trubel.«

»Wer?«, fragte die Bassgeige, die ihre Geschichte vom bösen Mann offenbar schon wieder vergessen hatte. Ratlos schaute sie in die Welt.

»Kommen Sie«, murmelte Katia. »Ich nehme das.« Diesmal stieß sie auf keinerlei Widerstand.

Auf dem Rückweg begegneten sie Frau Vogeltanz, die vor der Eingangstür zu Haus Silberblick gerade einem Rudel Reporter Rede und Antwort stand. »Ich kann mit Sicherheit sagen«, hörten sie die Heimleiterin erklären, »dass es sich bei dem Toten nicht um einen unserer Bewohner handelt. Unsere Bewohner werden erstklassig und verantwortungsvoll umsorgt. Und alle Gerüchte um einen vermeintlichen Todesengel sind absurd und absolut haltlos.«

Frau Vogeltanz' Blick wirkte so verzweifelt, dass sie Katia zum ersten Mal beinahe leidtat. Na, wenigstens hatte sie Sieglinde wieder eingefangen. Sie legte den freien Arm um die Bassgeige und nickte der Heimleiterin begütigend zu.

Doch der Blick der Heimleiterin blieb wild. Katia dachte an Friedhelms Warnung, dass die Frau irgendwann als Mänade durch die Gänge tanzen würde, und machte, dass sie hineinkam.

41

Katia begleitete Sieglinde bis in deren Zimmer und überredete sie, ihr die Bassgeige zu überlassen. Sie wollte das Instrument in das Musikzimmer bringen, wo es sicher eingeschlossen läge. Sieglindes Ausflüge begannen immer damit, dass sie den Koffer abholte. Wenn sie ihn nicht in die Finger bekäme, würde das vielleicht ihre Fluchttendenz dämpfen.

Die fröstelnde Sieglinde brachte Katia im Sessel unter und legte ihr eine Decke über die kalt gewordenen Beine, die sie fürsorglich um sie herum zurecht stopfte. »So ist es doch schon viel besser«, murmelte sie.

Da trafen ihre Finger in der Polsterritze auf einen metallenen Gegenstand. Katia stutzte, dann verbarg sie ihn in der Hand. »Soll ich Ihnen noch einen schönen Tee kochen?« Heimlich betrachtete sie ihren Fund: Sie hatte richtig vermutet, es war der verlorene Schlüssel zum Musikzimmer! Einen kurzen Moment kam in ihr der Verdacht auf, Sieglinde hätte ihn am Ende gar nicht verschlampt, sondern versteckt, um jederzeit Zugang zu ihrer Bassgeige zu haben.

Aus den Augenwinkeln betrachtete sie Sieglinde, die in ihrem Sessel saß und aus dem Fenster sah. Ihre linke Hand begann sich zu heben und in der Luft auf imaginäre Saiten zu greifen. Es sah aus wie ein Tanz. Dazu summte Sieglinde leise. Nein, dachte Katia, zu einem solchen Maß an Planung war die Arme nicht mehr fähig. Aber ihr selbst konnte der zweite Schlüssel gute Dienste tun.

Sie steckte ihn ein. Ohne noch einmal auf ihr Teeangebot zurückzukommen, griff Katia nach dem Koffer und ging hinaus.

Er wurde ihr schwer auf den letzten Metern zum Musikzimmer. War das der Stress? Sie war so viel herumgelaufen, hatte sich gehetzt und gesorgt. Jetzt fühlte ihr Arm sich an wie aus Blei. Sie wurde langsam wirklich alt. Mit einem Seufzer setzte Katia den Koffer vor der Tür ab. Sie wollte schon nach dem neuen Schlüssel greifen und die Tür kurzerhand öffnen, da fiel ihr ein, dass Hans, der drinnen hockte, dann vermutlich einen Herzinfarkt bekäme. Sie besann sich und gab das vereinbarte Klopfzeichen. Ach ja, die Last der Probleme. Es dauerte eine ganze Weile, bis Grünsteudl ihr öffnete.

»Endlich!«, rief er. »Ich war schon ganz verrückt vor Sorge. Was ist da draußen bloß los?« Er hatte die Durchsage mitbekommen, der nachfolgende Lärm war jedoch nur sehr gedämpft zu ihm gelangt. Als er jetzt über Katias Schulter hinweg die Polizeiuniformen sah, wurde er blass. »Was ist das?«, flüsterte er.

»Eine Premiere«, erwiderte Katia und drückte ihm den Bassgeigenkoffer vor die Knie.

Sein Kavaliersreflex setzte ein und er nahm ihr das Gepäckstück ab. Rasch zogen sie sich in das Zimmer zurück. Hans Grünsteudl schleifte den Koffer bis in die Zimmermitte, dann ließ er ihn fallen und sank darauf. »Was für eine Premiere?«, fragte er.

»Requiem für Apollonia Eckart«, gab Katia zurück, die sich ebenfalls einen Moment setzen musste.

»Gespielt vom Polizei-Symphonieorchester?«, fragte Hans Grünsteudl.

»Es gab wohl Streit um die Solistenrolle«, sagte Katia. Sie wusste nicht, ob ihr zum Lachen oder zum Weinen war. Schließlich sagte sie: »Man hat den Toten im Park gefunden.«

»Pauken und Trompeten«, entfuhr es Hans Grünsteudl. Er wurde noch ein wenig blasser.

Katia stand auf, um seine Hand zu nehmen. »Wir können das immer noch alles hinbekommen.«

Er schüttelte den Kopf. Sie wollte etwas sagen, doch dann klopfte es. Nicht im vereinbarten Rhythmus, sondern entschlossene drei Mal. Erschrocken schauten sie einander an. Es fiel ihnen im selben Moment ein: Über dem Herumhantieren mit dem Gepäckstück hatten sie völlig vergessen, die Tür wieder abzuschließen.

»Rasch, die Kammer.« Katia wies auf die Tür des kleinen Nebenraums, in dem allerlei Requisiten und Gerümpel aufbewahrt wurden.

Hans huschte hinüber. Er schloss gerade die Tür hinter sich, als das Klopfen sich ungeduldig wiederholte und die Klinke heruntergedrückt wurde.

»Ich bin's«, rief es durch den sich öffnenden Spalt. »Ich bringe das gute Zeug.«

Katia strich rasch ihr Kleid glatt und nahm Haltung an. Im letzten Moment sah sie aus den Augenwinkeln etwas aus dem Koffer hängen, etwas Kleines, Rechteckiges, Lilafarbenes. Katia blinzelte. Doch sie täuschte sich nicht. Da hing ein Geldschein. Sie war geistesgegenwärtig genug, ihn abzureißen und zusammenzuknüllen.

Die Tür schwang ganz auf, Bogdans Rücken drängte in den Raum. Er ruckelte mit den Armen an etwas; offenbar hing der Medikamentenwagen an der Schwelle fest. Dann war es geschafft und er drehte sich um. »Wo sind denn alle?«, fragte er.

Katia atmete tief ein und aus. »Ich habe keine Ahnung.«

Bogdan ließ sich nicht verdrießen. Er machte sich daran, das Cannabis-Spray für den Zahnarzt anzumischen. »Ich vermute mal, die neuesten Sensationen halten sie auf.« Angeregt fuhr er fort: »Es ist doch kaum zu glauben, oder? Da wird einer in unserem Park erschossen!«

»Erschossen«, echote Katia. Damit war wohl jeder Zweifel ausgeschlossen. Die Gräfin hatte in jener Nacht nicht danebengezielt.

»Na ja«, meinte Bogdan fröhlich, »das sagt jedenfalls die Polizei. Ich hab ihn ja bloß gefunden, als ich den Sarg für die Eckart freimachen wollte. Er hatte einen roten Fleck auf der Brust, da.« Er malte mit dem Finger einen Kreis auf seiner eigenen. Dann zuckte er mit den Schultern. »Die alten Leutchen nimmt das natürlich mit. Nichts für ungut«, sagte er, als er ihr angespanntes Gesicht sah. Dann fiel sein Blick auf den Koffer. »Soll ich Ihnen damit helfen?«, fragte er.

»Äh, nein«, entfuhr es Katia. »Nein, danke, meine ich.«

Bogdan legte die kleine Spraydose auf dem Rolltisch ab und kam auf sie zu. »Kommen Sie. Der Impresario wird sich bestimmt aufregen, wenn das hier im Weg liegt. Ich kenne ihn doch.«

Katia wich unwillkürlich ein wenig zurück, als er näher kam. Sie spürte die kalten Umrisse des Koffers in ihren Kniekehlen. Verzweifelt wünschte sie, dass die übrigen Schauspieler endlich auftauchen würden.

Bogdan ging um sie herum und hob den Koffer an. »Ist ja nicht so, als würde Sieglinde ihr Zeug hier zum ersten Mal rumstehen lassen. Ups. Der ist aber heute schwer.«

Katia schloss die Augen. Doch es war nichts zu hören als das Rumpeln, mit dem das Bassgeigenfutteral ins Regal gehievt wurde. Sie öffnete die Augen wieder.

Bogdan ging zurück zu seinem Wagen, unendlich langsam, wie Katia fand, die ihn zu gerne losgeworden wäre. Dann drehte er sich um. »Ich komme wieder«, sagte er mit Grabesstimme.

Katia riss die Augen auf.

»Schwarzenegger. *Terminator eins*«, sagte er. »Kleiner Scherz.«

Katia vermochte nur zu nicken.

Kaum war er fort, zerrte sie den Koffer wieder aus dem Regal. Mit zitternden Fingern versuchte sie, die Schnallen zu öffnen. Etwas blockierte den Mechanismus. Sieglinde musste definitiv etwas hineingestopft haben, das dort nicht hineingehörte. Demente taten so etwas manchmal, sie horteten Dinge wie die Eichhörnchen und vergaßen hernach ihre Verstecke. Wie Herr Abendrot den Camembert in seinem Kleiderschrank. Doch Katia ahnte schon, dass sie nicht auf Camembert stoßen würde.

Hinter ihr quietschte die Kammertür. Katia fuhr herum.

Hans Grünsteudl stand dort, die erhobene Hand umklammerte einen Plömpel.

»Ist er weg?«, fragte er. »Was haben Sie? Was schauen Sie mich so an?« Dann fiel ihm seine Verteidigungswaffe ein. Er ließ sie fallen und kam näher.

»Hans«, sagte Katia, »Sie haben mir gesagt, dass Sie überfallen wurden, als Sie das Geld ausgruben.«

»Ja?«

»Dass man Sie bewusstlos schlug.«

»Ja doch.«

»Dass Sie nicht wissen, wo das Geld geblieben ist.«

»Das habe ich doch schon alles erklärt.« Ratlos schaute er sie an. »Ich verstehe nicht.«

Ohne einen weiteren Kommentar öffnete Katia den Deckel des Koffers. Es war wirklich ein Riesenhaufen Geld. Ein Meer von Scheinen, grüne, gelbe und lilafarbene, wild durcheinandergeworfen. 1,5 Millionen, wenn sie richtig vermutete.

»Hans«, sagte sie und verstummte wieder. Gemeinsam starrten sie auf das Mysterium.

Wieder klopfte es an der Tür. Diesmal war es das vereinbarte Zeichen.

»Bitte«, sagte Hans und schaute sie flehentlich an. »Bitte sagen Sie es keinem.« Er suchte nach Worten. »Geld verändert alles auf eine furchtbare Weise.«

»Sie werden das am besten wissen, Hans«, erwiderte Katia. Dann schlug sie den Deckel des Bassgeigenkoffers zu.

42

Als die Schauspieler hereinströmten, lag der Koffer unauffällig zu Füßen des Regals. Hans Grünsteudl hatte seinen Stuhl davorgestellt und Platz genommen, nervös, aber gefasst. Doch nicht für lange.

Irma, die als Erste hereinstürmte, trug noch immer ihren Hexenhut aus schwarzem Tonpapier. »Hundemörder!«, rief sie, kaum dass sie Grünsteudls ansichtig wurde. »Haltet mich, oder ich vergesse mich!« Theatralisch warf sie sich in die Arme des verdatterten Zahnarztes, auf dass der sie daran hindere, ihrerseits eine Mordtat zu begehen.

Katia atmete tief ein. Und schon nahm das Drama seinen Lauf. Sie lief zur Tür, schlug sie zu und schloss ab. »Leise!«, ermahnte sie die anderen. »Sonst hört die Polizei uns noch. Und nein, Irma, er ist kein Mörder. Lasst ihn doch bitte mal zu Wort kommen.«

Doch niemand hörte auf sie. Jeder hatte eine Frage, eine Meinung, eine Ansicht, der er Luft verschaffen musste. Die Aufregung kochte schon zu lange in ihnen. Das Chaos aus den Gängen war in die Köpfe gewandert. Das Stimmengewirr wurde immer lauter.

»Sein oder Nichtsein«, donnerte da Friedhelm Klemp. »Das ist hier die Frage.«

Alle schwiegen verblüfft.

Der Impresario betrachtete sie, seine Schauspieler, einen nach dem anderen, mit einer gewissen Müdigkeit. Es würde wieder keine Probe geben, so viel hatte er schon begriffen. Man hatte ihn auf dem Herweg über das nächtliche Abenteuer der Truppe aufgeklärt, diese ganze absurde Posse. Sie alle waren jetzt bis zur Halskrause in diesen Kriminalschwank involviert, der sich offenbar so wenig abstreifen ließ wie einst Ophelias Häufchen vom Schuhhacken. Das war höchst ärgerlich.

Aber so leicht war er nicht zu entmutigen. Als altes Zirkuspferd wusste er: In jeder Inszenierung gab es diesen einen kritischen Moment. In dem das Chaos um sich griff und alles auseinanderzufallen drohte. Aber war das nicht Teil des großen Abenteuers der Theaterkunst? Und vielleicht, dachte Friedhelm, war es ja sogar ihr bester, lebendigster Teil. Er jedenfalls war bereit, die Herausforderung anzunehmen. Er würde die Pfeile und Schleudern des wütenden Geschicks nicht klaglos erdulden, wie Hamlet das erwog. Sondern sich wappnen gegen eine Flut von Plagen. Und selbstverständlich scharf zurückschießen.

Im Moment suchte er noch nach einem geeigneten Ziel. Als Regisseur war man der Mann mit dem Plan. Auch wenn man keinen hatte, musste man zumindest so tun, musste flexibel reagieren, um alles in der Hand zu behalten. Und alle. Noch einmal musterte er seine Truppe. Und schloss kurz die Augen. Friedhelm Klemp war kein Anhänger der These, dass man nur mit dem Herzen gut sah. Manchmal war der Augenschein einfach nur schwer zu ertragen. Sei's drum. Er straffte sich.

Gleich würde sich zeigen, ob sie eine eingeschworene Gruppe von Mimen sein würden oder ein Haufen verstrittener Straftäter, Beihelfer und Zeugen, die bestenfalls vor einem Gericht würden auftreten können. Ihm war vollkommen klar, was er vorzog: Verschworene Gefährten, die es fertigbrachten, nächtens eine Leiche zu bergen, die würden auch ein Monster wie *Hamlet* auf die Bühne stemmen, ohne mit der Wimper zu zucken. Er musste zugeben, im Grunde war er sogar ein klein wenig stolz auf sie. Diese Idioten.

»Na schön«, sagte er so überraschend sanft, dass alle zusammenzuckten.

Jeder Regisseur musste mit dem Material arbeiten, das ihm gegeben war. Er arbeitete mit Secondhand-Darstellern. Dies hier war ihr zweites Leben, wenn nicht schon ihr drittes oder viertes, was tat's? Er würde sie schon upcyceln. Aber sie mussten eine Gemeinschaft bleiben, durften sich nicht verlieren in gegenseitigen Vorwürfen und Anklagen. Wenn er klug verfuhr, würde am Ende aus dem »Tarnmanöver« *Hamlet* noch ein richtiges Stück werden, ein besseres, als er je zu träumen gewagt hatte. Was er jetzt tun musste, war Zeit gewinnen.

»Würde mich bitte jemand aufklären«, sagte er sehr würdevoll und schaute von einem zum anderen. Es wurde still. »Katia?«, fragte er.

Die setzte sich. »Herr Grünsteudl kann das besser als ich«, sagte sie für ihre Verhältnisse doch ein wenig spitz.

»Wenn ich bitten darf.« Friedhelm Klemp nahm gespannt Platz.

Dann also Hans Grünsteudl.

Dritter Akt, zweite Szene: Die große Beichte.

43

Grünsteudl hatte an dem Tag, als er den Anarchisten ankommen sah, gewusst, dass sein Aufenthalt in Haus Silberblick beendet war. Ständig in Angst, entdeckt und enttarnt zu werden, hatte er sich nur noch einmal auf die Flure gewagt, um der Heimleiterin das Märchen von seinem Urlaub zu erzählen. Dann hatte er mit gepackter Tasche auf die Nacht gewartet. Als endlich alles still gewesen war, hatte er sich in den Park geschlichen, um sein Geld zu holen.

»Mensch, Kumpel, du hättest mich doch ansprechen können.« Der Anarchist räkelte sich. »Ist ja nich so, dass ich je ein Freund der Bullen gewesen wäre.«

Friedhelm musste laut mit dem Stock auf den Boden klopfen. Keine Abschweifungen mehr so kurz vor dem Höhepunkt einer Geschichte, bitte.

Grünsteudl grub also in jener Nacht, unter dem Rhododendron, nicht weit von der Dahlie, die er vor Jahren als Erkennungszeichen gepflanzt hatte, als er unter den Bäumen Stimmen hörte. *Eine* Stimme vor allem.

»Also doch!«, rief die Gräfin. »Ich habe mich nicht getäuscht.«

Grünsteudl war hinter den Rhododendron abgetaucht. Zu spät fiel es ihm ein, die Taschenlampe auszumachen.

»Dabei ist sie mir vor lauter Aufregung runtergefallen«, bekannte er. »Rollte durch die Büsche. Der Lichtstrahl tanzte überall herum. Sie hatten mich keine fünf Sekunden später.«

Vom Anarchisten kam ein wissendes »Hah!«.

Grünsteudl versuchte, ihn nicht anzusehen. »Es waren zwei, und sie trugen Masken. Einer hatte eine Pistole. Und er zielte auf mich.«

Die andere Gestalt hatte sich im Hintergrund gehalten und ihn mit der Taschenlampe geblendet. Gründsteudl, wie ein Reh im Scheinwerferlicht, stand nur da und ließ es zu, dass sie die halb ausgegrabene Reisetasche an sich nahmen, sein Geld fanden. Der mit der Pistole lachte und fluchte. Der andere sagte nichts, aber er ließ das Taschenlampenlicht jetzt weg von Grünsteudl wandern, richtete es erst auf die Scheine, dann auf das Gesicht des Pistolenmannes.

»War das unser Toter?«, fragte der Zahnarzt.

»Wie gesagt, sie trugen beide Strickmasken«, sagte Grünsteudl und starrte einen Moment ins Leere, als sähe er alles direkt vor sich. Dann fuhr er in seiner Erzählung fort. »Es gab einen Moment angespannter Stille zwischen den zwei maskierten Männern. Es war klar, dass das Geld alles zu verändern begann.« Er schaute seine Zuschauer an. »Was immer die zwei Fremden hier zusammengeführt hatte: Der Anblick der Millionen brachte sie auseinander.«

»Moment mal, Millionen?«, warf der Anarchist ein. »Plural etwa?«

»Das klären wir später«, sagte Katia rasch, die bemerkte, wie nervös ihr Freund angesichts dieses lebhaften Interesses wurde. Krampfhaft vermied sie es, in Richtung des Bassgeigenkoffers zu schielen. »Hans, bitte.«

»Dann wanderte auch der Pistolenlauf«, fuhr Hans fort. »Weg von mir, hin zu dem Mann mit der Taschenlampe. Die beiden Maskenmänner standen einander wie Duellanten gegenüber.«

Ein Seufzer war zu hören. Er kam von Friedhelm Klemp, der nicht umhinkonnte, wenn auch widerstrebend, die narrative Kompetenz von Grünsteudl zu bewundern. Wahrhaftig, der Mann wusste zu erzählen. Beinahe begriff er Katia Horenfelds Neigung für ihn. Das war eine Eins-a-Spannungskurve. »Machen Sie doch bitte weiter, mein Lieber.«

»In dem Augenblick betrat der Mops die Szene.«

»Ophelia!«, rief Irma und sprang auf. Sie musste ihren papierenen Hexenhut festhalten.

»Wie ein Geschoss kam der Hund durch die Büsche und verbiss sich mit dem richtigen Gespür in das Bein des größten anwesenden Schurken. Der Pistolenmann schrie auf.«

»Das tapfere Tier!«

»Er hat den Hund sofort erschossen.«

»Oh schwere Last!« Irma sank zusammen. Sie barg ihr Gesicht an des Zahnarztes Brust.

»Es war so gespenstisch, ganz ohne Laut«, sagte Grünsteudl.

»Der Schalldämpfer«, grollte die Gräfin. »Feiger Hundemörder. Und dann?«

Grünsteudl hatte nicht mehr viel zu berichten. Der Mops schaffte es nur noch ein paar Schritte, bis er umfiel. Der Pistolenmann zielte erneut, diesmal auf seinen Komplizen, der die Situation hatte ausnutzen wollen und nach der Tasche gegriffen hatte. Doch ehe der Bewaffnete noch einmal abdrücken konnte, erklang ein anderer Schuss, diesmal laut. »Ich war bereits so schockiert, ich bin nicht einmal mehr zusammengezuckt.«

»Das war meine Winchester«, bestätigte die Gräfin. Sie verzog keine Miene. »Und wie es aussieht, hätte sie keinen größeren Schurken treffen können.« Mit der Erkenntnis strömte die lebendige Röte zurück in ihr bislang an diesem Vormittag so gipsernes Gesicht.

»Sie hätten mich treffen können!«, rief Hans Grünsteudl entsetzt.

Die Gräfin blickte ihn, den Terroristen, ohne irgendeine Regung an.

»Damit hätten wir nun auch das geklärt«, sagte Friedhelm schadenfroh. »Herr Grünsteudl, weiter bitte.«

44

Grünsteudl betrachtete einen Moment lang seine Hände, die stärker denn je zitterten. »Da ist nicht mehr viel zu sagen. Nach dem Schuss brach der Pistolenmann zusammen, der andere Mann trat vor und zog mir etwas über den Schädel.« Er tastete durch seine Haare, die noch immer erstaunlich voll waren und ein wenig lockig, nach der Beule. »Ich schätze, es war meine Taschenlampe«, sagte er.

Als Grünsteudl wieder zu sich kam, war er allein: kein Toter, kein Angreifer, keine Schaufel, kein Geld. Nur der Mops lag nicht weit von ihm unter einer Blume; er konnte das schwarz-weiß gefleckte Fell im Mondlicht erkennen. Er hatte sich aufgerappelt und war in sein Zimmer geflüchtet, an den einzigen sicheren Ort, der ihm einfiel. Und hatte es nicht mehr verlassen, bis Katia ihn dort aufspürte. »Es war wohl Schicksal, dass Sie mich dort fanden«, sagte er zu Katia und deutete einen Handkuss an.

»Nun, nun«, meinte Friedhelm und räusperte sich, »wir wollen nicht gleich übertreiben. Trotzdem.« Er stand auf. »Das ist doch alles recht erfreulich.«

»Friedhelm!«, fuhr Katia auf. »Wie können Sie so etwas sagen?«

Sie schaute in die Runde. Das Fazit war im Gegenteil erschütternd. Irma hatte ihre Ophelia verloren, die Gräfin war zur Mörderin geworden, Hans hatte man niedergeschlagen. Fast alle hatten sich der Vertuschung einer Straftat schuldig gemacht. Und der Vogelkundler, der noch immer schwach und ungewohnt stumm in seinem Rollator kauerte, litt offensichtlich unter einem enormen Kater und hatte es zweifellos mehr denn je mit dem Darm.

»Aber meine Liebe«, entgegnete der Impresario. »Es hätte doch weit schlimmer kommen können.« Er wandte sich dem gesamten Kreis zu. »Keiner von uns hat den Hund erschossen, was ja unsere erste Sorge gewesen war.« Er hob einen Finger. »Unsere werte Gräfin hier hat Ophelia würdig gerächt und darüber hinaus einen Schuft seiner gerechten Strafe zugeführt.«

Irma griff nach der Hand der Gräfin. »Danke«, sagte sie innig.

»In der Tat«, murmelte die Gräfin.

»Der wahre Übeltäter ist über alle Berge«, fuhr Friedhelm fröhlich fort. »Er hat das Geld mitgenommen, was uns auch von dieser Ablenkung befreit.«

An dieser Stelle warfen Hans und Katia sich unwillkürlich einen Blick zu.

Friedhelm bemerkte nichts davon und fuhr fort: »Fürderhin steht einer fruchtbaren Probearbeit also nichts mehr im Wege. Oder sieht das jemand anders?«

»In der Tat«, wiederholte Katia schwach. Sie brachte es nicht übers Herz, zu sagen, dass es doch ein wenig anders war. Aber wie genau sich alles verhielt, darüber wusste sie im Moment erschreckend wenig. Ihr war nur klar, dass hier etwas ganz und gar nicht stimmte.

45

Der Anarchist meldete sich zu Wort. »Was machen wir mit dem Becker?«

»Er übernimmt den Horatio«, erklärte Friedhelm. »Der hat wenig Text.«

Der Anarchist war nur einen Moment lang verblüfft.

Dafür öffnete der Zahnarzt dem Mund; immerhin war der Horatio bislang seine Rolle gewesen, sein erster Auftritt im Leben als Held. Der gestrige im Park war vielleicht origineller gewesen, doch hatte er vor arg wenig Publikum stattgefunden.

Friedhelm winkte ab. »Ihnen, Herr Doktor Hänfling, würde ich dafür die Aufgabe antragen, den Schauspieler zu geben.«

»Soll das ein Scherz sein?«, fragte der Zahnarzt. Schauspieler waren sie doch mittlerweile alle.

Friedhelm seufzte und klärte ihn darüber auf, dass es im *Hamlet* die berühmte Theater-auf-dem-Theater-Szene gab. »Eine der wichtigsten Szenen überhaupt. Eine Theatertruppe kommt auf die Königsburg. Und Hamlet engagiert sie für ein Stück, das er selbst verfasst. Es soll den Königsmörder aus der Reserve locken und überführen. Sie, Doktor, sollen ihn überführen.« Als er den Zahnarzt zögern sah, bemerkte er: »In der Verfilmung wird er übrigens von keinem Geringeren als Charlton Heston gespielt. Also?«

Der Zahnarzt dachte an *Ben Hur*, an *Planet der Affen* und Hestons Brustkasten. Er nickte.

»Sehr schön«, stellte Friedhelm fest. »Dann wäre ja alles geklärt. Nicht wahr?« Er lächelte väterlich in die Runde.

Hans Grünsteudl hob die Hand.

»Ja, bitte?«, fragte Friedhelm Klemp. In seiner Stimme lag ein drohender Unterton. »Was können wir denn noch für Sie tun? Einen eigenen Maskenbildner engagieren? Auf unsere Schwerter schwören?«

»Ich fürchte«, sagte Hans Grünsteudl, »mir ist nicht gut.« In der Tat sah er sehr bleich aus.

»Der wird uns gleich aufs Parkett kotzen«, rief der Anarchist in Erwartung des Schauspiels.

Katia stand auf und packte Grünsteudl am Arm. »Kommen Sie.«

Das Musikzimmer verfügte über keinerlei sanitäre Einrichtungen. Die Probleme bei dem Versuch, ein rettendes Bad zu erreichen, begannen direkt an der Tür, wo ihnen sofort das Summen der Schaulustigen ans Ohr schlug, die sich noch immer im Ostkorridor herumtrieben. Da Hans Grünsteudls Zimmer an dessen Südende lag, konnten sie sich dort nicht blicken lassen, auch wenn seine Tür keine zehn Meter entfernt lag.

»Sie können mein Badezimmer benutzen«, sagte Katia und schob ihn nach links, in den Südkorridor hinein. Angespannt hasteten sie los. Sie waren noch zehn Meter von Katias Refugium entfernt, als von vorne Schritte und lauter werdende Stimmen vernehmbar wurden. Gleich würde jemand aus dem Westtrakt auf ihren Korridor einbiegen und sie unweigerlich sehen. Sie waren zwischen zwei Gefahrenherden gefangen.

»Rasch«, rief Katia und drückte auf die Klinke derjenigen Tür, vor der sie in dem Moment standen. Ein Kranz aus Immergrün schmückte sie zum Zeichen, dass der Tod hier zu Gast war. Apollonia Eckart hatte hier gewohnt. Sie konnten wohl davon ausgehen, dass sie nichts gegen einen Besuch einwenden würde. Ohne viele Umstände packte Katia Hans und schob ihn hinein. »Das war knapp.«

Im nächsten Moment begriffen sie, dass sie hier nicht allein waren.

Die Bewohnerin lag auf ihrem Bett, noch im Nachthemd, so, wie der Frühdienst sie vorgefunden haben musste, als er nach dem Frühstück herumging, um diejenigen zu versorgen, die nicht im Speisesaal erschienen waren. Die Zudecke war bis zu ihren Schultern hochgezogen und glatt gestrichen worden. Auf dem Nachttisch flackerte eine Kerze in einem großen Glas. Der einzige Spiegel war verhängt.

»Man muss sie hiergelassen haben, weil in der Kapelle noch zu viel los ist.« Unwillkürlich flüsterte Katia. Apollonia Eckarts Augen waren geschlossen und eingesunken. Jemand hatte ihr die Hände auf der Brust gefaltet und das dünne Haar notdürftig gekämmt. Der Mund stand leicht offen, als atmete sie noch.

Statt ins Bad zu gehen, war Hans Grünsteudl neben dem Bett der Toten stehen geblieben. Er schaute sie an. Möglicherweise erinnerte sie ihn daran, dass es noch schlimmer kommen konnte. Seine Übelkeit verging. Endlich röteten seine Wangen sich wieder ein wenig. Er fuhr sich mit allen zehn Fingern durch die Haare und wandte sich zu Katia um.

Die verschränkte kampflustig die Arme. »Also?«, fragte sie. Und schob gleich hinterher: »War überhaupt irgendetwas von dem wahr, was Sie da gerade erzählt haben? Was Sie *mir* letzte Nacht erzählt haben?«

Hans Grünsteudls Augen wurden groß. »Was denken Sie denn?«, fragte er zurück. »Dass ich mein Geld ausgrabe, die Zeugen erschieße und dann was tue? Zurückkomme?«

Er schaute sie bittend an. Die Antwort musste doch auf der Hand liegen?

Katia biss sich auf die Lippen. Er hatte recht, es ergab keinen Sinn, aber sie hatte nicht die geringste Lust, das zuzugeben, dazu war sie viel zu wütend auf ihn.

»Warum«, fuhr Grünsteudl also selbst fort, »sollte ich alles in einen Bassgeigenkoffer packen und wieder zurückkriechen?« Etwas schien ihn zu bedrücken, er schaute sich um, fand die Serviette, die von Apollonia Eckarts Frühstückstablett zurückgeblieben war, und legte sie über ihr kaltes Gesicht. Das erlöste ihn vom Anblick der Toten, nicht von Katias Blick. »Ich wäre schon längst in Südamerika.«

Katias Ärger wuchs. »Oh ja«, rief sie. »*Sie* wären damit über alle Berge gegangen. Genau, wie Sie es ursprünglich geplant hatten. Ohne ein Wort des Abschieds. Ohne jede Erklärung.« Ihre Stimme war unwillkürlich immer lauter geworden.

Er hielt dagegen. »Und was genau werfen Sie mir gerade vor? Dass ich also kein Mörder bin?«

»Dass Sie ein Feigling sind!«, rief Katia. Mehr konnte sie nicht gegen ihn vorbringen, und das machte es noch schlimmer. Wäre er ein Schurke, alles wäre viel einfacher. Dann könnte sie sagen: weg mit Schaden.

Hans Grünsteudl wischte sich übers Gesicht. »Ich will hier nicht bleiben«, sagte er. Schweißtropfen traten auf seine Stirn. »Es war eine Schnapsidee. Die anderen werden mich verraten. Wenn es einer nicht schon getan hat.« Er schaute sich um. »Ich werde verschwinden.«

»Weil das ja schon einmal so gut geklappt hat.« Katias Stimme klang verächtlich. »Nur zu«, fuhr sie fort, als er nichts sagte. »Hier.« Sie ging zum Fenster und öffnete es. »Machen Sie. Der Achtzigjährige, der aus dem Fenster steigt und sich verpisst. Sie haben ja schon Übung darin. Lassen Sie alles und jeden zurück. Wie Sie das immer tun.«

Sie wartete.

Hans Grünsteudl sank auf einen Stuhl und verbarg das Gesicht in den Händen. »Es tut mir leid«, sagte er nach einer Weile.

Katia sagte nichts.

Er hob den Kopf. »Sie dürfen nicht glauben, dass es mir leichtfiel.«

»Ich glaube, Sie haben nicht einen Gedanken daran verschwendet, was Sie zurücklassen. Oder wen.« Katia stellte es so sachlich fest, wie sie konnte. Sie vermied es, »ich« zu sagen.

»Sie sind noch nie von Bewaffneten gejagt worden«, wandte er ein.

Dieser Punkt, gab sie zu, ging an ihn. Es hatte gewisse Sachzwänge gegeben.

»Ich war in Panik«, fuhr er fort, als sie nicht gleich aufbegehrte. »Ich machte einen dummen Fehler – und dann, dann gab es auf einmal keine Möglichkeit mehr, ihn zu korrigieren. Ich saß einfach fest.«

Etwas leiser und ruhiger fragte sie: »Warum haben Sie sich mir denn nicht anvertraut?«

Es dauerte eine Weile, ehe die Antwort kam: »Sie haben so gut von mir gedacht.« Sein Lächeln war traurig. »Das wollte ich nicht verlieren.«

»Indem Sie kommentarlos verschwanden?«

»Ich hatte wohl nie ganz das Gefühl, dass ich Ihre gute Meinung auch verdiene.« Er zuckte mit den Schultern. »Ich bin nun mal kein Held. Ich war nie einer. Jetzt bin ich dreiundachtzig und habe Arthrose. Wem will ich noch etwas vormachen?«

Shakespeare fiel Katia ein: »›Bist ein so wackrer Mensch, Horatio, wie je im Umgang ich nur einen traf.‹« So weit die Literatur. Das Leben war eine andere Baustelle.

Hans Grünsteudl starrte lange auf seine Hände. »Das klingt schön«, sagte er.

»Wäre schön, wenn es stimmen würde.«

Sie schwiegen beide.

Endlich stand er auf. Er fühlte sich steif. Und seine Beine zitterten, als er sagte: »Dann wäre die Zeit des Weglaufens also vorbei.« Es war zur Hälfte noch immer eine Frage, doch er versuchte sich an einem Lächeln.

Katia erwiderte es vorsichtig. »In unserem Alter läuft es sich nicht mehr allzu gut. Da lohnt es schon, über Alternativen nachzudenken.«

Hans Grünsteudl ging zu dem Fenster, das Katia aufgerissen hatte, und schloss es. »Also keine Fluchten mehr.«

Katia erhob sich. Sie standen einander gegenüber. Verlegen wandte sie sich ab. »Dann gehen wir wohl besser wieder hinüber zu den anderen«, meinte sie. Sie lief zur Tür, öffnete sie. Und schloss sie gleich wieder.

»Was ist?«, fragte Hans Grünsteudl besorgt.

Katia schaute ihn an. »Die Polizei ist da.«

46

Katia hatte durch den Türspalt gerade noch gesehen, wie die Beamten an der Tür des Musikzimmers klopften und eintraten. Bei dem Gedanken, was dort gleich vor sich gehen würde, wurde ihr ganz anders. Man konnte Friedhelm Klemp unmöglich unbeaufsichtigt mit diesen Männern lassen, das würde Tote geben. Sie musste hinüber, und das rasch. Niemand dort drüben hatte zudem eine Ahnung, wie ernst die Sache war. Grünsteudl musste unter diesen Umständen im Zimmer der Toten bleiben.

»Falls Sie bei meiner Rückkehr weg sind«, drohte sie, »dann verbrenne ich das ganze Geld im Garten.« Sie wartete seine Antwort nicht ab. Ins Musikzimmer trat sie, ohne anzuklopfen, ein.

Zwei Neuankömmlinge drehten die Köpfe nach ihr um, die beiden Männer, auf die sie von Apollonias Tür aus nur einen kurzen Blick hatte werfen können.

Der eine Beamte war ein Mann Mitte vierzig in Anzughose und Windjacke, der eine schwarze Mappe unterm Arm trug, als hätte auch er seinen Text bei sich. Hinter ihm stand ein junger, übergewichtiger Mensch mit blasser Haut und Turnschuhen, der heftig auf etwas kaute.

»Sie sperren hier ab?«, fragte der mit der Windjacke gerade.

»Oh, es ist nicht, wonach es aussieht«, schnurrte Friedhelm. »Lediglich ein wenig Laien-Shakespeare. Aber jede Kunst, auch die bescheidenste, benötigt zu ihrer Entfaltung Ruhe und eine gewisse *Intimität.*« Er betonte das letzte Wort scharf.

Das ging ja gut los! Katia huschte rasch an seine Seite und setzte sich, ganz gespannte Aufmerksamkeit.

»Intimität?« Der Beamte fixierte den Impresario misstrauisch. »Polizeihauptkommissar Döbereiner«, stellte er sich schließlich vor und wies auf seinen Begleiter. »Und das ist mein Kollege, Polizeikommissar Schmitz.« Der Turnschuhträger nickte und schob sich den Kaugummi in die Wange, ehe er laut sagte: »Also.«

Den beiden Beamten bot sich ein verdächtig friedliches Bild. Katia versuchte zu sehen, was sie vermutlich sahen: einen Kreis von Senioren, klein, grau, krumm und offenbar kurzsichtig, tief über ihre Textblätter geneigt. Ein Kirchenchor oder ein Strickkränzchen konnte nicht unschuldiger sein.

»Sie wissen, dass in diesem Haus eine Leiche gefunden wurde«, stellte Döbereiner fest.

»Hier wird viel gestorben, Kommissar.« Das war der Zahnarzt. »Jeder von uns könnte der Nächste sein.« Er lächelte melancholisch und fuhr sich über seine Platte. »Ich zum Beispiel habe Krebs.«

»›Du weißt, 's ist alln gemein: Was lebt, muss sterben, kommt kurz zur Erd, um Ewiges zu erwerben‹«, deklamierte Friedhelm und fuhr in sachlicherem Ton fort: »Deswegen wollten wir die Proben auch nicht aussetzen. Wir können uns keine *Verzögerungen* erlauben.«

Döbereiner ging nicht auf diesen zarten Hinweis ein. »Wir müssen Sie dennoch aufhalten.« Er wandte sich an den gesamten Kreis. »Kennt einer von Ihnen einen gewissen Hajo Vierheilig?«

Die Frage fiel in den Kreis wie ein Stein in Wasser. So also hieß der Mann, den sie gestern Nacht so fröhlich auf einer Schubkarre durch den Park geschoben hatten. Er hatte einen Namen besessen.

»Ist das der Tote?«, wisperte endlich Irma unter ihrem Hexenhut aus Tonpapier hervor. Sie klang wie ein kleines Kind.

Der Hauptkommissar nickte. Er wartete, doch niemand meldete sich.

»Ist er niemandes Enkel, Neffe, Nachbar oder vielleicht, was weiß ich, Gartenarbeiter, Fußpfleger, Pizzajunge gewesen? Denken Sie nach.«

Sie spielten das Nachdenken schwach, fand Katia, ganz und gar laienhaft, mit zum Himmel verdrehten Augen, an die Lippen gelegten Fingern und Händen an den Schläfen. Aber die Polizisten schienen nichts zu bemerken. Und auch Friedhelm Klemp ließ es seiner Truppe für diesmal offenbar durchgehen. Immerhin knickte niemand ein, keiner meldete sich. Es gab auch keine gewagten Improvisationen, die alles verdorben hätten. Nicht einmal der Anarchist muckste sich. Katia fand das sehr erleichternd.

»Sie erkennen dieses Gesicht nicht wieder?« Döbereiner zog den Ausweis hervor, den der Tote bei sich gehabt hatte, und zeigte ihn herum.

Alle betrachteten der Reihe nach pflichtschuldigst das Passbild. Die Gräfin setzte sogar ihre Lesebrille auf, um die Züge des Mannes zu studieren, den sie blindlings über den Haufen geschossen hatte. »Nie gesehen«, sagte sie hernach mit fester Stimme und gab die Karte weiter. Gelogen war das nicht. Sie hatte ihn schließlich nach Gehör erschossen.

Sie reichte den Ausweis dem Lehrer hinüber. Der zeigte ihn der Psychologin. Gleichzeitig schüttelten sie den Kopf. »Nie im Leben begegnet.« Auch für die beiden stimmte das letzten Endes; die Begegnung hatte erst im Tode stattgefunden. Auch keiner der anderen bekannte sich zu dem nächtlichen Rencontre mit Vierheiligs Leiche.

»Na gut«, sagte der Kommissar. Nicht, dass er etwas anderes erwartet hätte. Das sagte der Blick, den er seinem Kollegen zuwarf. Die Sache mit dem Heim war ganz offensichtlich eine Sackgasse. Immerhin kam hier bis 22 Uhr jeder rein, der wollte, fast ohne Risiko, gesehen oder gehört zu werden.

Der, der Schmitz hieß, nickte leise. Ganz seine Ansicht. Die meisten hier schienen ihre fünf Sinne nicht mehr recht beieinander zu haben. Allein die Alte mit dem Papphut. Am liebsten hätte er sein Smartphone gezückt und ein Foto gemacht. So was glaubte einem später ja keiner. Dennoch musste man nach Vorschrift verfahren.

Darum bat Döbereiner diejenigen, die am Ostkorridor wohnten, sich in ihre Zimmer zu begeben. Sie würden dort in Kürze Besuch von ihm oder seinem Kollegen erhalten und zu der Mordnacht befragt werden. »Es wurde eine Leiche durch das Haus getragen. Jemand könnte etwas gesehen oder gehört haben.«

Katia atmete innerlich auf. Da konnte sie unbesorgt sein; was bei dieser Befragung herauskommen würde, das wusste sie schon.

»Was hat er gesagt?«, fragte da die Gräfin, die ausgezeichnet hörte. Offenbar waren ihre Lebensgeister vollständig zurückgekehrt.

Der Anarchist neigte sich ihr zu. »Er sagt: Wir sollen alle auf unsere Zimmer gehen«, brüllte er begeistert. »Weil jemand tot ist.«

Die Beamten zuckten ein wenig zusammen.

»Der Tod ist immer eine große Herausforderung.«

Erstaunt drehten sich alle zur Psychologin um. Es war das erste Mal, dass sie länger am Stück sprach. »Korrelationsstudien zeigen«, zitierte sie wie aus einem Lehrwerk, »dass bei Nicht-Sterbenden eine mäßige inverse Beziehung herrscht zwischen der Angst vor dem Tod und solchen Persönlichkeitsmerkmalen, die psychische Gesundheit ausmachen.«

Der Anarchist gluckste vergnügt. Das wurde ja immer besser. »Was hat sie gesagt?«, verlangte er zu wissen, obwohl er seinerseits nicht das Geringste an den Ohren hatte. »Eine inverse was? Ist das Schweinkram?«

»Was hat er …?«, fing Friedhelm an, wurde von Katia aber durch einen Fußtritt daran gehindert, die Sache auf die Spitze zu treiben.

Döbereiner presste die Lippen zusammen. Er hatte einen ersten Eindruck von den speziellen Herausforderungen dieses Einsatzes bekommen. In einem kurzen Stoßgebet bat er seinen Schöpfer, ihn nicht alt werden zu lassen. Er wechselte einen Blick mit seinem

Begleiter und räusperte sich. »Fangen wir doch ...« Er konsultierte eine Liste, die Schmitz ihm reichte. »Mal sehen, Grünsteudl im Urlaub, Spohn der Nächste. Fangen wir also mit Herrn Spohn an.« Er blickte fragend in die Runde.

Der Anarchist fletschte die ruinösen Zähne. »Immer die gleiche Geschichte mit den Bullen. Wissen Sie überhaupt, wie oft ich rausgewunken worden bin, damals bei der Schleierfahndung? Nur wegen der langen Haare? Dabei bin ich Diabetiker.«

Der Vogelkundler stand mühsam auf. »Mich müssen Sie entschuldigen«, jammerte er. »Ich hab's nämlich mit dem Darm.«

»Wohnen Sie auch am Ostkorridor?«, fragte Schmitz scharf. Als er erfuhr, dass der Vogelkundler im Westkorridor residierte, beherrschte er sich nur mühsam. »Dann brauchen wir Sie doch gar nicht, guter Mann.«

Halb erleichtert, halb beleidigt schob der Vogelkundler ab. Verdächtigt zu werden, war eine Sache. Nicht gebraucht zu werden, eine ganz andere.

»Dennoch begeben sich jetzt der besseren Übersicht halber bitte alle auf ihre Zimmer. Auch diejenigen, die auf anderen Korridoren leben. Auf Ihre Zimmer, bitte.« Er klatschte, wie Agnes Vogeltanz es nicht besser gekonnt hätte.

Gehorsam brachen alle auf.

Katia warf im Vorbeigehen einen Blick zu Apollonia Eckarts Tür, die ein wenig angelehnt war. Sie nahm das als Zeichen, dass Hans noch da war und die Lage im Auge behielt. Er würde ins Musikzimmer zurückkehren, sobald die Beamten fort wären. Den Schlüssel hatte er ja. Plötzlich dachte sie daran, dass, sobald die Luft rein und er zurückgeschlüpft wäre, nichts ihn daran hindern könnte, mit seinem Geld tatsächlich einfach zu verschwinden. Sie entschuldigte sich bei den anderen und drehte noch einmal um.

Einen Moment stand sie ratlos mitten im Zimmer. Dann klappte sie das Klavier auf und räumte, so schnell sie konnte, das ganze Geld hinein. Sie musste viele Male hin- und hergehen, sich nach umherflatternden Scheinen bücken, alles zusammenraffen. Endlich war es vollbracht. So. Dieses Mal würde er sich bei ihr verabschieden *müssen*.

Auf dem Gang kam sie an Kommissar Döbereiner und seinem Kollegen vorbei, die sich in leisem Ton miteinander austauschten. »Und hak sie sorgfältig auf der Liste ab«, hörte sie den Kommissar sagen, »damit es keine Verwechslungen gibt.« Sie sah seinen Blick den Gang entlangschweifen. »Herrje, die sehen alle irgendwie gleich aus: keine Haare, keine Zähne …«

»… kein winziges Restchen Vernunft mehr«, bestätigte Schmitz. »Geht in Ordnung, Chef. Mit denen werden wir schon fertig.«

Nun, das würde man sehen. Katia unterdrückte ein grimmiges Lächeln.

47

Als sie schon beinahe ihr Zimmer erreicht hatte, bemerkte Katia ein Winken von der Speisesaaltür her. Da war ja Friedhelm, und bei ihm die anderen, offenbar versteckten sie sich, wo man am weitesten entfernt war vom Ort des Leichenfundes und der Aufregung, an einem Platz, den vorläufig jedermann vergessen zu haben schien. Und vergessen hatte man ihn gründlich, bemerkte Katja, als sie eintrat.

Da hockten einsame Greisinnen und Greise über ihre Bastelarbeiten gebeugt, die einfach keine Gestalt annehmen wollten. Scheren schnippten ins Leere; Klebestifte fuhren über den Tisch. Krepppapier segelte zu Boden wie Blätter im Herbst, ohne dass jemand sich darum kümmerte.

»Wie gequälte Seelen im Fegefeuer«, sagte Friedhelm. »Sinnbilder des Sinnleeren, Hüllen und Wahn.« Er stand aufrecht, umgeben von der restlichen Schar der Schauspieler. Sogar der Vogelkundler hockte dabei. Nur der Anarchist war bereits mit den Beamten auf seinem Zimmer und bereitete ihnen mit seiner Vernehmung mutmaßlich wenig Freude.

Katia schaute sich um. Das Büfett schien gänzlich geplündert. Gläser klebten von Eierlikörresten. Apfelstrudelstücke lagen auf dem Boden, zerquetscht von Rollstuhlrädern. Ein gesundes Abendessen war ebenso wenig in Sicht wie irgendeiner von den Pflegern. Alle waren viel zu beschäftigt, die Fragen der Polizei und der Reporter zu beantworten. Kein Mensch, der die Bastler hätte von ihrem Unglück erlösen und zurück auf ihre Zimmer begleiten können.

»So hab ich mir die Hölle vorgestellt«, stellte Friedhelm fest. »Basteln für immer. Rasch, lassen Sie uns das Wesentliche besprechen und dann dieses danteske Szenario wieder verlassen.« Er klopfte mit dem Stock auf den Boden.

»Die Beamten werden der Reihe nach vorgehen. Das verschafft uns ein wenig Zeit, um die Gräfin aus der Schusslinie zu holen. Wenn diese Metapher erlaubt ist.«

»Friedhelm!«, rief Katia erstaunt. So um andere besorgt kannte sie ihren Freund gar nicht.

»Was denn, was denn«, fragte er erstaunt. »Erwarten Sie von mir, dass ich eine wertvolle Darstellerin kampflos hergebe?«

Katias Rührung ließ schlagartig nach. »Natürlich nicht«, sagte sie.

Falls Friedhelm den Wechsel in ihrem Tonfall bemerkte, kommentierte er ihn nicht. »Irma«, kommandierte er stattdessen. »Sie werden die Nächste sein.«

Irma stand erwartungsvoll stramm.

»Sie müssen diese Männer irgendwie ablenken«, erklärte Friedhelm.

Irma stemmte die Hände in die Hüften und wechselte das Standbein mit so viel laszivem Schwung, wie es ihre künstliche Hüfte hergab. Sie wandte sich Friedhelm zu, und auf ihrem Gesicht erschien ein Lächeln, das besagte, sie wüsste schon, wie man Männer ablenkt.

Katia trat vor, nahm ihr den Papphut vom Kopf und drückte ihn der verblüfften Irma vor die Brust. »Da. Erzählen Sie lieber von Ihrem verschwundenen Hund«, empfahl sie.

»Der Hilflosigkeit!«, rief Friedhelm, der den Umriss der Rolle zu erfassen begann. »Der ratlosen Trauer. Eine ausgezeichnete Idee.«

»Der Verzweiflung«, bot Irma an. »Der Ausweglosigkeit. Dem Delir.« Drunter tat sie es nicht.

»Verlangen Sie, dass alles getan wird, um den Fall aufzuklären«, suchte Katia sie auf den Boden zurückzuholen. »Aber erwähnen Sie um Himmels willen nicht das Begräbnis. Und nichts von Schusswunden.«

Irma protestierte »Ich bin doch keine Anfängerin.«

Friedhelm trat vor, fasste Irma bei den Armen und spuckte ihr dreimal über die Schulter. »Machen Sie uns stolz«, sagte er.

Glühend vor Freude rauschte Irma hinaus.

»Was?«, fragte Friedhelm unschuldig, als er Katias Miene sah.

»Sie erstaunen mich«, sagte sie. »Das ist alles.«

Er verneigte sich. »Ich bin nur ein bescheidener Dramaturg und tue, was Dramaturgen tun. Ich gestalte das Stück.« Damit wandte er sich an den Vogelkundler. »Sie verfügen doch über diverse Pamphlete?«

Der Vogelkundler musterte ihn kalt. »Ich hätte Beitrittsanträge für den Vogelschutzbund.«

»Ausgezeichnet«, frohlockte Friedhelm. »Die tragen Sie den Kommissaren an. Seien Sie wie immer. Seien Sie einfach Sie selbst.«

Der Vogelkundler verschränkte die Arme. So standen sie eine Weile da, fast wie bei ihrer ersten Begegnung.

»Tun Sie's für die Kunst«, bot Friedhelm an.

»Und was tut die Kunst für mich?«, wollte der Vogelkundler wissen. Als Friedhelm nicht antwortete, forderte er: »Lebenslange Fördermitgliedschaft.«

»Normale Mitgliedschaft. Einjährig«, hielt Friedhelm dagegen.

»Zehn Jahre, und Sie übernehmen eine Patenschaft.«

»Zwei Jahre, einfach. Und Sie geben uns zusätzlich den Geist von Hamlets Vater.«

»Ihnen ist schon klar«, sagte Katia, »dass die Zeit vergeht?«

Wie um ihre Worte zu unterstreichen, tauchte der Anarchist auf und erklärte, dass man mit ihm bereits fertig sei. Er griff nach einem kleinen Kürbis, warf ihn hoch und fing ihn wieder auf. Also hielt Irma die Herren von der Polizei jetzt beschäftigt. Nach dieser verfügten sie über keine weitere Verteidigungslinie. Katia befürchtete, dass sie mit Herrn Abendrot und seinen Wichteln in den Wänden nur allzu schnellen Prozess machen würden. Sie gab Friedhelm einen Stoß mit dem Ellenbogen.

Friedhelm und der Vogelschützer einigten sich auf drei Jahre und den Geist.

Der Vogelschützer packte seinen Rollator, um den Beamten entgegenzutreten, die ihn so schmählich übergangen hatten.

Blieb die Gräfin. »Sie haben einen Mann erschossen«, konstatierte Friedhelm.

Sie nickte trotzig. »Über Kimme und Korn.«

»Aber das werden wir leugnen, was das Zeug hält«, sagte der Lehrer an ihrer Statt. Herausfordernd schaute er Friedhelm an. »Gelt?«

»Ich sage das ungern«, ließ Friedhelm sich vernehmen. »Und ich sage es unter dem Vorbehalt des äußersten Protestes gegen die gewählte Form. Aber es stimmt. Wir werden nichts zugeben.« Er wandte sich an die Gräfin. »Natürlich müssen wir dazu die Tatwaffe aus Ihrem Zimmer entfernen.«

»Ohne gerichtliche Erlaubnis dürfen die das Zimmer gar nicht durchsuchen«, fiel der Zahnarzt ein. »Das weiß ich von einem Motorradkumpel, der Anwalt war.«

»Aber sie werden den Waffenschrank bemerken«, gab Katia zu bedenken. »Das könnte sie auf unpassende Gedanken bringen.« Sie schaute die anderen an. »Was, wenn sie nur höflich bitten, ihn mal öffnen zu dürfen? Dann könnten wir uns schlecht weigern. Und sie werden die Tatwaffe finden. Danach finden sie den Tatort. Das eröffnet die Frage, warum Vierheilig da nicht mehr liegt. Und dann geht die Suche nach dem Motiv los.«

»Wir dürfen nichts riskieren«, stellte Friedhelm fest. Vor allem nicht einen Laertes in Untersuchungshaft. »Ihren Arm, werte Gräfin.«

48

Als alle fort waren, schlich Hans Grünsteudl mit der gebotenen Vorsicht in das verwaiste Musikzimmer zurück und drehte den Schlüssel hinter sich zweimal im Schloss. Jetzt konnte er für den Moment aufatmen.

Eine Weile stand er vor dem Bassgeigenkoffer. Dann wandte er sich ab, streifte die Regale entlang, fuhr mit den Fingern beiläufig über die Tasten des Klaviers. Verstimmt, das war nach all der Zeit zu erwarten. Er nahm seinen Rundgang wieder auf. Vor der Kammertür, hinter der er vor Kurzem noch ein Versteck gefunden hatte, erinnerte er sich seines Handgepäcks, das er am Morgen hierher mitgebracht hatte, es umfasste nicht viel, eine Thermoskanne Tee, ein paar Bücher, Gedichtbände vor allem, den geliebten *Don Quijote*. Ohne seine Bücher ging er nirgendwohin. An ihnen hatte er immer mehr gehangen als an den Menschen seiner Umgebung. Bisher.

Er öffnete die Kammertür. Und hielt inne. Eingezwängt vom Gerümpel, starrte ihn eine Leiche an. Vorhin, als er sich auf der Flucht vor Bogdan samt seiner Tasche hier hineingezwängt und nach dem Erstbesten gegriffen hatte, das einer Waffe ähnelte, da hatte er dem Durcheinander keine Beachtung geschenkt. Aber da war sie: Sieglindes Bassgeige, hingemordet.

Irgendjemand hatte das arme Instrument brachial zu den Putzsachen gestopft. Der Steg war angebrochen und hing, von den Saiten lose gehalten, herab. Er schreckte vor dem geschändeten Instrument zurück wie vor einem echten Toten. Wenn er je den Verdacht gehegt hatte, dass es am Ende Sieglinde selbst gewesen war, die sein Geld in den Instrumentenkoffer gestopft hatte, dann war dieser Verdacht jetzt ausgeräumt. Sieglinde war schlank und nicht klein, genau wie der Maskenmann im Park. Sie war unberechenbar. Im Gegensatz zu Katia hatte er nie viel Sympathie für sie gespürt, eher ein leichtes Gruseln. Aber das hier hätte sie niemals selbst getan.

Doch irgendjemand hatte. Hans Grünsteudl stand vor diesem weiteren Opfer der Gewalt, die neuerdings im Heim herrschte, und fasste sich an die Beule. Der Kopfschmerz meldete sich wieder. Für einen Moment stürzte er zurück in seine Erinnerungen, in jenen Tag vor über vierzig Jahren, als alle Sirenen jaulten, alle mit Waffen in den Händen auf die Bank zustürzten. Und der Schweiß brach ihm aus.

»Unmöglich«, flüsterte er. Er konnte nicht bleiben. Katia würde das verstehen müssen.

Wenn er einen Stuhl vor eines der Fenster stellte, würde es ihm sicher gelingen, hinauszuklettern. Dann trennten ihn nur noch ein Rosenbeet und eine Hecke von der Stichstraße, die an der Südseite des Heims entlangführte. Hier gab es nur Besucherparkplätze und Mülltonnen, beide um diese Zeit wenig frequentiert. Er käme in wenigen Minuten an die Hauptstraße, zur echten Bushaltestelle, und von dort wäre er im Handumdrehen verschwunden. Argentinien. Das Land hatte ihm lange gefehlt.

Er nahm seine Reisetasche, holte die Bücher heraus, den ganzen Rest. Ein Teil des Geldes würde gut hineinpassen. Er war bereits auf halbem Weg zum Bassgeigenkoffer, als er innehielt.

Nein, sie würde es nicht verstehen.

Hans Grünsteudl seufzte, als ihm klar wurde, dass er zwar über achtzig war, ein Feigling dazu, das mit der Arthrose war ein mildernder Umstand. Aber das Verständnis von Katia Horenfeld war ihm andererseits keineswegs gleichgültig. Mit ihrer Verachtung wollte er nicht leben. Er fand, das war eine bemerkenswerte Entdeckung.

Klare Entscheidungen, große Gesten, das war nicht sein Ding. Wäre es anders, er hätte dem Anarchisten vorhin ins Gesicht gesagt, was er von ihm hielt. Aber dazu hätte er von sich selbst mehr halten müssen. Ganz sicher war er sich nie gewesen, wer dieser Carlos Becker eigentlich war. Und dann war unversehens ein Grünsteudl draus geworden. Er hatte nie dagegen aufgemuckt. Aber jetzt? Jetzt wurde dieser Grünsteudl tatsächlich gemocht und vermisst.

Es klopfte. Da, dada, da. Eilig stopfte er die Tasche in die Kammer zurück. Das war sie! Sie schien ihn erneut zu vermissen. Eilig ging er öffnen.

Doch nicht Katia kam herein, es war Friedhelm Klemp.

Friedhelm schwieg einen Moment. Betrachtete seinen Widersacher. Das stolze Hidalgo-Profil, das kaum ergraute Haar. Locken, dachte Friedhelm, sahen an einem Mann seines Alters lächerlich aus. Er würde nie verstehen, was Frauen daran fanden. Er streckte Hans Grünsteudl eine Mappe hin. »Ich habe Sie kennengelernt als einen Mann, der Trost aus der Poesie zu ziehen vermag«, sagte er.

Grünsteudl nickte und nahm die Mappe in aufrechter Haltung entgegen, wie einen Fehdehandschuh.

»Dies«, fuhr Klemp fort, »sind die Worte eines der größten Poeten aller Zeiten. Lesen Sie. Lernen Sie. Wir zählen auf Sie als unseren neuen Horatio.« Er klopfte Grünsteudl auf die Schulter. Er war schon fast wieder weg, als er den Kopf noch einmal zur Tür hereinstreckte. »Ach ja, und Hände weg von Katia.«

Hans Grünsteudl starrte lange auf die Tür, die hinter dem Impresario ins Schloss fiel. Seine Kiefer mahlten. Dann setzte er sich hin, schlug die Mappe auf und begann, den Text zu studieren. Diese Herausforderung würde er annehmen. Horatio mochte in dem Stück nicht mehr als ein Stichwortgeber sein, aber er war es, der am Ende noch aufrecht stand. Er hatte das letzte Wort. Immerhin das Wort Shakespeares.

Nur einmal sprang Hans Grünsteudl noch auf, um die Tür abzuschließen. Sicher war immer noch sicher.

49

Die Gräfin ermahnte ihre Besucher, vorsichtig mit dem Porzellan in der Vitrine zu sein und keine Kratzer ins Kirschholz zu machen. Dann holte sie die Waffe aus dem Schrank. Unwohl starrten sie auf den Lauf. Jede Untersuchung würde bestätigen, dass aus diesem Lauf vor Kurzem gefeuert worden war. »Was also jetzt?«, fragte sie.

Katia überlegte. »Können Sie sie zerlegen?«

Mit dem richtigen Werkzeug, erklärte die Gräfin, sei das ein Kinderspiel. Im Grunde genüge ein Schraubendreher.

Der Anarchist holte einen aus seinem Zimmer. »Ist das Ding auch nicht mehr geladen?«, fragte er, als er das Werkzeug dem Zahnarzt überreichte, der mit zusammengekniffenen Augen an einer Schraube ansetzte. Noch ehe er den ersten Dreh tun konnte, bekam er den Lauf auch schon weggerissen.

Es gab ein gänsehauterregendes metallisches Geräusch. Dann ein Plopp.

»Jetzt nicht mehr«, sagte die Gräfin.

Katia sammelte die herausgesprungene Patrone ein und gratulierte sich zu der Umsicht, auch die zugehörige Schachtel aus dem Schrank zu entfernen. Sie entschied sich für einen großen Pompadour-Beutel aus Stoff mit Petit-Point-Stickerei, um alles hineinzustopfen. Hinzu kamen nach und nach alle Metallteile der Winchester, in der Reihenfolge, in der der Zahnarzt sie ihr anreichte. Sogar der hölzerne Schaft fand darin Platz. Mary Poppins konnte keine vielseitigere Tasche besessen haben.

»Passen Sie doch mit der Schlagfeder auf«, sagte die Gräfin. »Das sind Teile eines Kunstwerks.«

Der Vogelkundler steckte den Kopf zur Tür herein. »Noch zwei Türen«, sagte er. »Sind Sie so weit?« Er musste sich auf seinen Rollatorsitz setzen. »Mein Gott, dass mein Darm das mitmacht.«

Übrig blieb der Lauf des Gewehrs. Katia nahm das metallene Rohr und hielt es, nach einigem Umhersehen, an das Rollatorgestänge des Vogelkundlers. Es hatte dieselbe Farbe, und man entschied, dass es für eine Verstärkung der Hauptstrebe durchgehen mochte. Sie würden nur etwas Kabelbinder benötigen, um es zu befestigen. Auch damit konnte der Anarchist dienen.

Doch als der Zahnarzt mit dieser OP fertig war, ragte das Ende mit dem Verschlussgehäuse noch immer verräterisch über den Handgriff hinaus. Unglücklich, doch ohne Idee, schauten alle es an.

In diesem Moment griff die Psychologin nach dem kleinen Kürbis, mit dem der Anarchist unbewusst die ganze Zeit herumgespielt hatte. Sie schnappte ihn ihm aus der Hand und rammte ihn entschlossen auf das Laufende. Es gab ein schmatzendes Geräusch. Da saß der leuchtend orangefarbene Kopf und lächelte mit seinem aufgemalten Zwinkerauge in die Welt.

»Verstörend«, murmelte Friedhelm. »Aber es könnte funktionieren.«

Katia deponierte den prallvollen Pompadour im Korb des Gefährts. »Ich gratuliere zu dem Saison-Modell Rollator des Grauens.«

Als letztes Problem blieb noch die offensichtliche Lücke im Waffenschrank zu lösen. Zum Glück fiel der Gräfin ein, dass sie eine Muskete unter dem Bett liegen hatte. »Ein französisches Modell von 1777, ein reines Museumsstück. Nein, nicht das gelbe Futteral, da ist der Wandwäschehalter drin. Das andere.«

Katia ging auf die Knie und zog den gewünschten Behälter hervor. Mit einiger Mühe brachte sie die darin befindliche Waffe im Schrank an, trat zurück und betrachtete ihr Werk, ehe sie die Metalltür schloss. Sollten die Beamten sich ihren Reim darauf machen. Jedenfalls würde es keine offenen Fragen mehr geben.

»Sie wissen schon«, meinte Katia leise, als sie wenig später Arm in Arm mit Friedhelm an Döbereiner und Co. vorbeimarschierte, »dass wir dem armen Ornithomanen gerade eine Tatwaffe untergejubelt haben? Ein bisschen tut er mir ja leid.«

Friedhelms gute Laune war ungebrochen. »Seinetwegen bin ich jetzt Mitglied in einem Naturschutzverein. Strafe muss sein.«

»Sie reimen schon fast wie unser Lehrer.«

Er lachte. »Das muss der Stress sein.« Aber diese Art von Stress war sein Lebenselixier. Sie kamen zum Musikzimmer, und Katias Schritt wurde unwillkürlich langsamer.

Friedhelm stellte sich wie von ungefähr zwischen sie und die verschlossene Tür. »Wissen Sie«, begann er, »ich wollte Ihnen schon lange etwas sagen.« Er zögerte einen Moment. Er sah, dass sie nicht lächelte. Vielmehr wanderte ihr Blick erneut zur Tür. »Es geht um die Rolle«, fuhr er daher fort. »Um den Hamlet.«

»Was ist denn mit dem Hamlet, Friedhelm?« Sie klang weich, aber ein wenig müde.

Er nahm ihre Hand. »Ich wollte nur eines sagen: Für mich sind Sie in der Tat wie Hamlet, geboren, um die Welt wieder einzurenken. Meine Welt jedenfalls.« Er küsste ihre Hand. »Das Schlimmste ist vorbei«, fuhr er dann rasch fort. Er versuchte, dabei möglichst gelassen zu klingen. »Lassen Sie ihn ein wenig ruhen. Morgen sieht die Welt schon wieder anders aus.«

Katia überlegte. Lassen wir es also vorerst, dachte sie schließlich. Lassen wir Hans und das Geld, wo sie sind. Morgen war auch noch ein Tag. Dann würde sie weitersehen. Sie nahm Friedhelms Arm und ging weiter.

50

Eine Leiche in einem Sarg verstecken zu wollen, hatte sich als Fehlschlag erwiesen. Die Tatwaffe vor aller Augen spazieren zu fahren, gelang dagegen ganz ausgezeichnet. Der Vogelkundler bekam jede Menge Komplimente für sein geschmücktes Gefährt und seinen, wie man allgemein fand, unerwarteten Sinn für Humor. Drei Tage lang fuhr er täglich mehrfach unangefochten zwischen seinem Zimmer, dem Speisesaal und dem Musikzimmer hin und her. Dann war der Kürbis verfault, der letzte Beamte war fort, und sie brachten das Gewehr an seinen Platz zurück.

Derweil gingen die Proben weiter. Friedhelm, der alle Probleme für gelöst hielt und auf keine Widerstände mehr traf, nutzte die Gunst der Stunde und trieb die Arbeit gnadenlos voran. Das Stück musste Gestalt annehmen. Die Texte wollten gelernt, die Szenen geprobt, der Umgang mit der von ihm erdachten Kulisse aus Yogahockern geübt werden. Sogar diesen Grünsteudl hatte er im Griff. Denn der spielte eine Rolle, und er, Friedhelm, war der Regisseur, der die Fäden zog. Im Moment hatte er allen Grund, gut gelaunt zu sein.

Katia spielte mit. Doch sie war nicht mit ganzem Herzen bei der Sache. Das lag hauptsächlich an der Anwesenheit von 1,5 Millionen in großen Scheinen im Bauch des Klaviers. Sie hatte mit niemandem mehr über dieses Problem gesprochen. Im Wesentlichen, weil genau das das Problem war: Sie konnte mit niemandem darüber reden. Denn alle waren sie verdächtig. Mit Ausnahme von Hans, der sich auf diesen Status nicht wenig zugutehielt.

Er war, als alles sich beruhigt hatte, ganz nach Plan und mit Katias Zustimmung, doch noch aus dem Fenster gestiegen, aber gleich darauf durch die Eingangstür wieder hereingekommen, ein nunmehr offiziell wieder heimgekehrter Urlauber, von dem niemand groß Notiz nahm. Sie hatten, zu Friedhelm Klemps Leidwesen, ihre nachmittäglichen Teestunden wieder aufgenommen. Nur ging es mittlerweile nicht mehr um Gedichte. Sondern um die Frage, wer Hans Grünsteudl im Garten aufgelauert und ihm sein Geld abgenommen hatte.

Beide hatten sie zunächst geglaubt, dass es jemand von außen gewesen wäre, ein Verbrecher, der irgendwie in den Park eingedrungen und nach dem Tod seines Kumpans auf demselben Weg wieder verschwunden wäre, nachdem er Vierheilig notdürftig verscharrt hatte. Aber so war es nicht.

»Es ist einer von uns.« Das stand für Katia mittlerweile absolut fest. Der Täter war nicht geflüchtet, sondern ins Heim hineingegangen, um das Geld dort zu verstecken. Dafür gab es nur die eine Erklärung, dass er sich dort auskannte. Er musste von allem gewusst haben: dem Musikzimmer, dem Bassgeigenkoffer und seiner Besitzerin, die sicher nichts bemerken, und wenn doch, dann niemandem davon erzählen würde. »Selbst wenn«, spann Hans Grünsteudl den Gedanken weiter, »würde niemand ihr auch nur ein Wort glauben. Es ist infam.«

Dennoch blieb er bei seiner ersten Überzeugung, die er sehr schnell gefasst hatte, nämlich dass der Anarchist derjenige welcher sein musste. Der kannte ihn. Er wusste alles über den Bankraub und das Geld. Der Anarchist hatte ihn, Hans, bestimmt gleich bei seiner Ankunft im Heim wiedererkannt und ihm aufgelauert. »Er muss es gewesen sein.«

Katia sah das ein wenig anders. Der Anarchist war neu im Heim. Konnte er wirklich so rasch begriffen haben, wie alles zusammenhing: Hans, die Vergangenheit, der Park als einzig mögliches Versteck? Und wie sollte er von der Eignung der Bassgeige als Versteck wissen, nach nur einem Tag? Das war doch beinahe unmöglich.

Grünsteudl wandte ein, dass es dazu nicht viel brauchte, zumal der Anarchist ein neugieriger Mensch war. Genau genommen benutzte er das Wort »aufdringlich«. Und noch einige andere Wörter.

»Sie lassen sich zu sehr von Ihrer Antipathie leiten«, meinte Katia.

»Trotzdem«, fuhr Hans Grünsteudl unbeirrt fort, »wer sagt denn, dass er das Versteck aus Schlauheit gewählt hat? Er könnte das erstbeste genommen haben in jener Nacht. Und jetzt stellt sich heraus, dass er einfach Glück hatte.«

»Vorhin haben Sie ihn noch für infam gehalten.«

Grünsteudl verzog das Gesicht, infam oder ein dämlicher Glückspilz, egal, er hasste den Mann. Laut sagte er: »Ich hasse den Gedanken, dass das Geld die ganze Zeit vor seiner Nase liegt, wie auf dem Präsentierteller.«

»Friedhelm hält den Raum immer abgesperrt«, beruhigte Katia ihn. Sie hatte dem Impresario ihr Schlüsselexemplar zurückgegeben. Grünsteudl hatte sich von seinem nicht trennen wollen. Katia fragte sich, was wohl passieren würde, sollte ihn eines Tages die Panik überkommen und er einen neuen Fluchtversuch starten – um dann zu bemerken, dass sein Geld nicht mehr im Bassgeigenkoffer war. Sie blies auf ihren Tee und lächelte leise in sich hinein.

Hans Grünsteudl missdeutete dieses Lächeln. »Ihnen scheint der Gedanke ja weniger Sorgen zu machen«, stellte er fest.

»Ist das Geld denn wirklich so wichtig, Hans?«, fragte sie. »All die Jahre, die es in der Erde lag, hat es doch keine Rolle gespielt, oder?«

»Ich hab ja die Rente«, gab er zu. »Und mehr brauche ich eigentlich nie.« Er runzelte die Stirn. »Aber dem Spohn gönne ich es nun wirklich nicht.«

Katia seufzte. »Mir scheint, er wäre die beste Option«, sagte sie, und als er erstaunt dreinschaute, erklärte sie ihm, dass die Alternative weit unangenehmer wäre. Denn wenn der Anarchist es nicht war, der Neue, dann war es ein Alteingesessener und damit einer von ihnen. Leider war diese Alternative nicht von der Hand zu weisen.

»Es hat damals in allen Zeitungen gestanden«, sagte sie. »Mit Ihrem Bild, Hans. Jeder konnte Bescheid wissen, der 1979 den *Spiegel* las, oder die *Zeit*, die *FAZ*, die *SZ*, Sie haben die freie Auswahl. Jeder, der damals Zeitungsleser war, kann Sie erkannt haben, vielleicht hat er sich lange nur seinen Teil gedacht, hat geglaubt, er könnte sich auch irren. Hat Sie beobachtet. Gewartet. Dann kam der Anarchist, und Sie sind in Panik verfallen, sind nachts mit einer Schaufel in den Park gelaufen. Da wusste er Bescheid und schlug zu.«

Bei dem Wort »zuschlagen« fasste Hans Grünsteudl sich wieder an den Hinterkopf. Die Beule war abgeschwollen, aber eine Empfindlichkeit war zurückgeblieben. Noch immer bereitete die Sache ihm Kopfschmerzen. Und dass er am Ende selbst schuld sein sollte, weil er überreagiert hatte, wollte ihm auch nicht schmecken. »Und der Vierheilig?«, fragte er. »Wie käme der ins Bild? Der konnte 79 ganz sicher noch nicht lesen, zwanzig Jahre vor seiner Geburt.«

Katia zuckte mit den Schultern. »Er war ein stadtbekannter Kleinkrimineller. Genau der Typ, den jemand anheuert, wenn er einen Mann fürs Grobe sucht.« So hatten zumindest die Erkenntnisse der Polizei gelautet, die in einer Pressekonferenz verkündet worden waren. In Verbindung mit dem Heim hatten die Beamten ihn während ihrer Ermittlung nicht zu bringen vermocht. Haus Silberblick passte nicht ins Bild und wurde am Ende als ein Zufallselement abgetan. Man befand, Vierheilig sei andernorts getötet und – vermutlich durch die bis 22 Uhr frei zugängliche Eingangstür – in das Heim gebracht worden. Vielleicht war das Ganze ein

Ablenkungsmanöver, vielleicht gar ein übler Scherz, wie eine Zeitung mutmaßte.

Dass es mal übel enden würde mit Vierheilig, daran hatte niemand je gezweifelt. Dass er ausgerechnet in einem Sarg im Altersheim landen würde, war für seine Verhältnisse zwar originell, würde, so der Tenor des Artikels, jedoch letzten Endes als eines der uninteressanteren Rätsel in die Annalen der deutschen Kriminalgeschichte eingehen.

»Es muss jemand sein«, fasste Katia ihre These zusammen, »der in unserem Alter ist, 1979 alles über Sie gelesen hat und Sie kennt. Der lange genug im Heim lebt, um sich hier gut auszukennen, und mobil genug ist, um in der Stadt Bekanntschaften zu machen. Mit einem wie Vierheilig. Vielleicht jemand, der Sportwetten abschließt.« Ihr schien, es sollte nicht so schwer sein, die betreffende Person herauszusieben.

»Und kriminell genug, um jemanden mit einer Pistole anzuheuern«, gab Hans Grünsteudl zu bedenken.

Katia wiegelte ein wenig ab. Die Pistole war möglicherweise nur als Theaterrequisit gedacht gewesen. Ophelias Tod war nicht geplant. Vierheilig war von der Gräfin erledigt worden, mithin eher Opfer als Täter. Und ihn, Hans, hatte man »nur« niedergeschlagen.

»Es war eine echte Waffe«, beharrte Grünsteudl. »Mit einem Schalldämpfer. Dem Vierheilig war es ernst. Und demjenigen, der mich geschlagen hat, auch.«

»Also, wer kommt dafür infrage?«

Sie verbrachten einen Nachmittag damit, eine Liste aufzustellen. Das richtige Alter hatten praktisch alle Bewohner von Haus Silberblick. Lange genug im Heim lebten ebenfalls die meisten. Der Anarchist war der einzige Neuzugang im letzten halben Jahr, doch Hans bestand darauf, dass er auf der Liste blieb. Dann begann das Abstreichen.

Zunächst war es einfach: alle, die nicht selbstständig gehen konnten. Das waren schon mal eine Menge. Alle, die wesentlich kleiner als Hans waren. Denn er war sich fast sicher, dass der Maskenmann und Vierheilig in etwa seine Größe besessen hatten. Allerdings war seine Erinnerung an die Nacht nicht allzu deutlich. Und er hatte ins Licht einer Taschenlampe blinzeln müssen.

»Alle, die ihre fünf Sinne nicht mehr beisammenhaben«, meinte Katia und strich die Bassgeige. Und auch Herrn Abendrot.

Alle, die nicht mehr in die Stadt gingen. Das führte zu weiteren erheblichen Kürzungen.

»Er könnte Vierheilig online kennengelernt haben«, wandte Hans ein.

»Auf Kleinkrimineller-dot-com?«, stichelte Katia. Aber sie strichen alle, die nicht mit einem Computer oder Smartphone umgehen konnten.

Es blieben nicht allzu viele übrig. Die Stürmanns etwa, Herr Feudl, den sie mal was von Fußballtoto hatte reden hören. Frau Hammerlindl konnte gehen, wenn sie nüchtern war, und ihr toter Papagei war eindeutig gruselig.

Die meisten Verdächtigen waren Mitglieder ihrer Theatergruppe. Dort trafen sich nun einmal die, die fit waren, aufgeschlossen und im Vollbesitz ihrer geistigen Kräfte. Bislang hatten sie all das für Tugenden gehalten.

»Der Vogelkundler und die Psychologin benutzen Gehhilfen«, wandte Katia ein.

»*Sie* hab ich schon ohne gesehen«, widersprach Grünsteudl. »Neulich ging sie am Arm des Lehrers spazieren, ohne alles. Ohne Krücke, meine ich.« Er wurde rot.

»Ach«, sagte Katia, »die beiden gehen spazieren? Das ist ja interessant.«

Grünsteudl nickte. »Ich hab ihn an ihrer Tür klopfen sehen. Hochrot im Gesicht. Er hatte einen Zettel dabei, den er vorher gefaltet und weggesteckt hat. Ich wette, er hatte eine Rede vorbereitet.« Wider Willen musste er grinsen.

»Bestimmt gereimt«, mutmaßte Katia. »Wie fing sie an?«

Grünsteudl lehnte sich zurück. »Er sagte, soviel ich hören konnte, ›Äääh.‹«

Katia kicherte. »Schwer, da noch einen Vers draus zu machen.«

»Sein nächstes Wort lautete ›Spzrchch‹. Er meinte wohl: Spaziergang.«

Sie lachten unwillkürlich Tränen.

Dann hielt Hans Grünsteudl inne. »Da fällt mir ein: Durch die offene Tür konnte ich deutlich sehen, dass sie einen großen Computer hat, eine ziemliche Anlage sogar.«

Die Psychologin blieb auf der Liste.

»Aber Friedhelm können wir vergessen«, meinte Katia. »Der liest von einer Zeitung nur das Feuilleton.«

»Sie mögen ihn«, stellte Hans Grünsteudl fest. Es klang ein wenig anklagend. Katia zog es vor, das nicht zu kommentieren. »Und die Gräfin«, sagte sie stattdessen. »Sie hat immerhin auf die Übeltäter geschossen.«

»Vierheilig war drauf und dran, auf seinen Partner zu schießen«, gab Grünsteudl zu bedenken.

Katia hob die Brauen. »Wollen Sie damit sagen …«

»… dass wir nur ihr Wort dafür haben, dass sie wirklich von ihrem Zimmer aus geschossen hat. Vielleicht hat sie ja gelogen und war in Wirklichkeit draußen im Park, an der Seite ihres Kumpans.«

Eine Weile sagte sie beide nichts. Sah es so also aus, das »Dings«, wie die Krimi-Liebhaberin Irma es nannte. Das, was übrig blieb, wenn man das Unmögliche ausgeschlossen hatte, und das dann, so unwahrscheinlich es klang, die Wahrheit sein musste? Kam man am Ende dahin, alle und jeden zu verdächtigen, selbst die eigenen Freunde?

»Es ist im Grunde wie bei Hamlet«, meinte Hans Grünsteudl. »Der hat keinem vertraut, nicht mal seiner Mutter. Ihrem Friedhelm würde es vermutlich gefallen.«

Aber Katia gefiel es nicht. Sein oder Nichtsein, das hatte sie sich anders vorgestellt.

»Ich bleib dabei, es ist der Anarchist«, sagte Hans. »Noch Tee?«
Katia hielt ihre Tasse hin und hoffte beinahe, er hätte recht. Denn andernfalls wäre es womöglich jemand, den sie wirklich mochte. Sie würde die Augen offen halten müssen.

51

Katia lief wacher denn je durch die Gänge von Haus Silberblick. Sie notierte im Geist, wer im Café nach den ausgelegten Zeitungen griff. Sie merkte sich, wer kundig mit seinem Mobiltelefon hantierte, wer rüstig ausging und wer abends spät nach Hause kam. Sie bemerkte Wettscheine auf Herrn Feudls Abendbrottisch, auf die sie ihn ansprach, um zu erfahren, dass der wahre Kenner Platzwetten bevorzuge, Cheltenham überschätzt werde, dass er einmal über zweitausend Euro gewonnen hatte und dass er ihr »Honeybunch« beim Rennen in Hongkong auf dem zweiten Platz sicher empfehlen könne, wenn sie ihm das Geld anvertrauen wolle.

»Ist Mr. Honeybunch ein guter Reiter?«, fragte Katia unschuldig.

»Er ist das Pferd«, entgegnete Herr Feudl. Danach war das Gespräch endlich beendet.

Es entging Katia auch nicht, dass der Zahnarzt und der Anarchist neuerdings gemeinsame Abende verbrachten. Sie legten Platten auf und klopften mit ihren knotigen Greisenfäusten den Rhythmus dazu. Katia fragte sich, ob sie dabei wohl nur über Musik redeten. Die meiste Zeit redeten sie allerdings gar nicht, soweit Katia das durch das Fenster beurteilen konnte, an dem sie vorbeikam, wenn sie über den Parkplatz des Heims lief. Nicht, dass sie dort etwas zu tun gehabt hätte. Sie tat, als läse sie im Schein der Laternen die Gebührenordnung und lauschte den Klängen dissonanter Gitarrenriffs. Gelangweilt studierte sie das Angebotsschild auf dem Mercedes Coupé der Stürmanns, neben dem sie gerade stand. Achttausend Euro; die ursprünglich geforderten zehntausend waren durchgestrichen und durch die niedrigere Summe ersetzt worden. Sie brauchten offenbar Geld. Möglicherweise, weil die schon sicher geglaubten Millionen im Bauch des Klaviers im Musikzimmer verschwunden waren.

Zum ersten Mal dachte Katia daran, dass das plötzliche Verschwinden des Geldes den Maskenmann möglicherweise nervös machte. Vielleicht sogar übelgelaunt. Am Ende war er auf der Suche nach seinen Millionen, so wie sie auf der Suche nach ihm war. Der Parkplatz kam ihr plötzlich sehr dunkel vor, und sie sah zu, dass sie wieder ins Heim zurück ging. Der Anarchist und der Zahnarzt legten *Spectres* von Blue Öyster Cult auf und drehten die Lautstärke hoch.

»Frau Horenfeld.«

Katia zuckte zusammen, als der Vogelkundler sie unvermutet in der Eingangshalle ansprach. Sie war nicht in der Stimmung für weitere Recherchen und wollte ihn schon kurz abfertigen. Doch da er um Hilfe bei seiner Rolle bat, konnte sie seine Einladung schlecht ausschlagen. Es gehe, erklärte er, vor allem um ihre gemeinsame Szene. Widerwillig folgte sie ihm in sein Zimmer.

Als Hamlet hatte sie ihn, den Polonius, durch einen Vorhang hindurch zu erstechen, ein Vorgang, der ihm körperlich einiges abverlangte. Friedhelm wünschte, dass er zu Boden ginge, am liebsten wie ein Stein.

»Aber wenn ich liege, komm ich nicht mehr hoch. Ich schlafe doch sogar im Sitzen«, erklärte er ihr und führte stolz seinen Hightech-Schlafsessel mit der Fernbedienung vor. Wie viel so ein Ding wohl kostete?, fragte Katia sich. Nach allem, was man hörte, hatte er früher als Versicherungsvertreter gut verdient. Aber das hatten die meisten hier im Heim. Jetzt wurden sie älter und älter, das Geld musste lange reichen. So mancher konnte sich das eigene Alter vielleicht am Ende gar nicht mehr leisten?

»Und dann zurück auf Anfang«, sagte der Vogelkundler und

drückte den nächsten Knopf, der den Stuhl wieder in die Ausgangsposition brachte.

Schön, wenn es so einfach wäre, dachte Katia. Sie einigten sich schließlich darauf, dass Polonius im Sitzen sterben solle. Er würde in seinen Rollatorsitz fallen. Und darin so pittoresk schief hängen, wie es ihm orthopädisch eben möglich wäre.

»Gehen wir es doch mal durch«, sagte sie. »Also, ich rufe: ›Wie? Was? Eine Ratte! Tot, ich wette einen Taler, tot!‹ Und dann steche ich zu.« Sie streckte den Arm aus.

Der Vogelkundler sank in den Rollator. »Tiefer kann ich nicht mehr sinken«, stöhnte er. »Glauben Sie, ich habe nicht bemerkt, dass man mir die Rolle des größten Deppen im ganzen Stück gegeben hat? Ich weiß doch, wofür Sie mich halten.«

Katia dachte, dass das angesichts der anderen Rollen, die noch unausgefüllt im Raum standen, wie etwa Räuber oder Erpresser, nicht die schlimmste Variante darstellte. Laut sagte sie: »Wir schätzen Ihr Engagement alle sehr.«

»Von wegen«, widersprach er. »Dieser Spohn lacht mich aus.«

Katia fiel dazu nichts ein. »Kennen Sie ihn eigentlich näher?«, fragte sie.

Der Vogelkundler schnaufte abfällig. »Er klaut.«

»Also das ist …« Katia fehlten für einen Moment die Worte.

»Und diese rothaarige Walküre«, fuhr der Vogelkundler fort, »die nimmt heimlich alles auf, was ich sage.« Düster fügte er hinzu: »Die DDRler waren schon immer Meister im Abhören.«

»Also, das«, sagte Katia endlich, »ist nun wirklich absurd.« Der Mann hatte tatsächlich einen Vogel. Erleichtert stand sie auf.

»Sie glauben mir nicht«, sagte der Vogelkundler anklagend. »Sie kennen die Menschen nicht. Meine eigene Frau hat das mit mir gemacht. Hat mich von einem Privatdetektiv bespitzeln lassen. Dann hat sie die Scheidung eingereicht. Und dann abkassiert.«

Katia wusste nicht, was sie dazu sagen sollte. Sie hielt schon die Türklinke in der Hand.

»Seitdem hab ich mich an die Vögel gehalten. Um auf meine alten Tage die Welt ein klein wenig besser zu machen.«

Katia fragte sich, ob ihn das zu einem guten Aspiranten auf 1,5 Millionen machen würde. Offenbar konnte er Geld gebrauchen, und sei es, um die Welt damit zu verbessern. Menschen mochte er nicht. Würde er deshalb über Leichen gehen? Aber er würde rollen müssen. Das schloss ihn wohl von der Liste der Verdächtigen aus.

52

Katia betrachtete ihre eifrig sich warm machenden Freunde, die im Musikzimmer umherliefen, sich räusperten, die Arme schwangen, sich einstimmten auf einen weiteren Probenmorgen. Alle wurden aufgefordert, sich in ihre Charaktere sinken zu lassen.

Friedhelm Klemp ging von einem zum anderen, korrigierte Körpersprache und Mimik.

»Perfekt, Katia!«, rief er, als er vor ihr stand. »Diese Mischung aus Misstrauen, Abscheu und Kummer. Das ist es, was ich auf der Bühne sehen will.«

Die anderen spendeten höflichen Applaus.

Katia verneigte sich und lächelte schmal. Es war wohl der Beweis, dass Method-Acting funktionierte. Seit sie sich gezwungenermaßen in der Situation eines Menschen befand, der sich von allen Seiten von Mördern und Heuchlern umgeben sah, war sie als Hamlet besser denn je. Leider konnte sie sich nicht so recht darüber freuen, wenn das das Ergebnis war, wie Friedhelm ganz richtig bemerkte: Misstrauen, Abscheu und Kummer.

Ihr war mehr nach den positiven Dingen des Lebens. Nach Vertrauen, Zuneigung und, ja, nach ein wenig Spaß. An Letzterem mangelte es gerade. Ob der verstorbene Graf Spaß an seiner Arbeit als Detektiv gehabt hatte? Sie könnte die Gräfin fragen. Aber dazu müsste sie erst einmal klären, ob die Dame keine kaltblütige Mörderin war. Die Arbeit riss nicht ab. Katia seufzte.

Friedhelm rief alle zusammen. »Ich glaube, wir sind so weit.« Mit leuchtenden Augen kündigte er an, heute erstmals den berühmten letzten Akt angehen zu wollen, den großen Auftritt im Thronsaal, den Action-Höhepunkt des Stückes, den Grund, warum alle zu Frühgymnastik und Spaziergängen verdonnert worden waren. Alle waren beteiligt, außer Irma und dem Anarchisten, die es als Ophelia beziehungsweise als Rosencrantz & Guildenstern bereits erwischt hatte und die es sich deshalb gemütlich machen durften als Zuschauer des Massensterbens.

»Die zweite Szene beginnt zwischen Hamlet und Horatio«, erklärte Friedhelm und winkte Katia und Hans Grünsteudl zu sich. »Noch geht es gemächlich zu. Das wird Sie nicht überfordern, Grünsteudl.« Er tat, als zwinkere er ihm unter Männern zu.

Katia verdrehte die Augen.

»Also, Hamlet offenbart seinem Freund, dass der König versucht hat, ihn töten zu lassen. Der König schickt ihn nach England, zusammen mit seinen angeblichen Freunden Rosencrantz & Guildenstern sowie einem ebenso angeblichen Empfehlungsschreiben, in dem aber steht: ›Überbringer sofort hinrichten lassen‹.« Friedhelm wandte sich kurz zum Anarchisten. »Wie ihr alle wisst, liest Hamlet den Brief, schreibt ihn um und steckt ihn seinen heuchlerischen Freunden zu. Die den Brief brav in England übergeben und somit dort hingerichtet werden«

Er drehte sich wieder vom Anarchisten weg, der hinter seinem Rücken so tat, als stürbe er in einer Schlinge.

Der Impresario fuhr fort. »Hamlet dagegen kehrt heimlich nach Dänemark zurück.« Er nickte Katia zu.

Diese hob das Kinn.

»Und kaum ist Hamlet wieder da, lässt der König ihn auch schon holen. Es gäbe da ein Ehrenduell mit Laertes.« An dieser Stelle winkte er die Gräfin heran, die vortrat. »Der König sagt, er rechne damit, dass Hamlet den Wettkampf gewinne, er habe schließlich auf ihn gesetzt. Eine harmlose Sportwette. Alles ganz freundschaftlich, schmeichlerisch. Aber es ist eine Falle.«

Der Impresario schaute seinen Darstellern tief in die Augen. »Laertes Degenspitze ist vergiftet. Sogar der Pausenwein ist vergiftet. Hamlet soll nicht entkommen. Der Prinz weiß, dass nicht alles mit rechten Dingen zugeht. Doch weiß er nichts Genaues. Bitte sehr.« Mit einer Bewegung voller Grandezza gab er seinen Darstellern die Bühne frei.

Hans Grünsteudl als Horatio trat an Katias Seite und blickte besorgt drein. »Wenn Sie irgendein ungutes Gefühl haben«, deklamierte er für seinen Hamlet, »gehorchen Sie ihm. Ich werde diese Versammlung verhindern und sagen, Sie fühlten sich nicht wohl.«

Der Anarchist neigte sich zu Irma und flüsterte: »Der Mecker-Becker, wie er leibt und lebt. Immer am Bedenken tragen.«

»Aber niemals!«, widersprach Katia in Hamlets feurigem Ton. »Wir lehnen Zukunftsschau ab. Es herrscht eine Vorsehung über dem Fall eines Sperlings. Soll es jetzt sein, soll's nicht dereinst sein. Soll es jetzt nicht sein, wird's doch dereinst einmal kommen. Bereitsein, das ist alles.« Bekräftigend nickte sie. Sie hätte es als Yogalehrerin nicht besser sagen können.

Grünsteudl senkte ergeben den Kopf und trat beiseite. Die Gräfin ging in Position und hob die Waffe, einen Spazierstock ihres verstorbenen Gatten, mit Wappen auf dem Silberknauf.

Die anderen drängten sich unwillkürlich näher heran.

»Ist das aufregend«, sagte Irma mit roten Wangen zum Anarchisten. Seine Augen funkelten, während er sich an das Klavier lehnte.

An das Klavier?, durchzuckte es Katia.

Da rief die Gräfin: »Ran, mein Prinz!«

Katias Kopf fuhr vom Anarchisten zu ihr herum. Hatten die beiden einander eben zugenickt? Sie betrachtete ihre Gegnerin, die grimmig den Spazierstock hob, den sie als Degenersatz verwendete. Was – Katias Gedanken arbeiteten rasend schnell – was, wenn Hans recht und die Gräfin ihnen allen ein Märchen aufgetischt hatte, um sich von jedem Verdacht zu befreien? Wenn sie an jenem Abend nicht in ihrem Zimmer, sondern im Park gewesen war, wo das Schussfeld sehr viel freier war? Die Frau hatte ihr, ohne mit der Wimper zu zucken, bei einem Einbruchdiebstahl sekundiert und besaß Nerven wie Drahtseile.

»Sie tändeln bloß!«, rief Katia und hob ihrerseits die Waffe.

Lehrer und Psychologin bezogen hinter der Gräfin Stellung; als König und Königin warteten sie in sicherer Deckung darauf, wie die Sache ausgehen würde. Er hatte seine böse Hand im Spiel, sie war unschuldig oder tat doch mit aller Macht so. Im Stück jedenfalls, sagte Katia sich. Doch wohl sicher nur im Stück? Ihr Blick huschte noch einmal zum Anarchisten. Jetzt lag seine Hand auf den Tasten, wenn er nun bemerkte, dass sie nicht richtig tönten? Im nächsten Moment traf ein Hieb sie schmerzhaft am Arm.

»Sie haben Ihre Deckung vernachlässigt«, stellte die Gräfin fest.

Der Anarchist wollte sich ausschütten vor Lachen.

»Schön, schön, Gräfin, sehr viel Feuer«, lobte Friedhelm. »Aber genau wie Katia noch nicht wirklich sicher im Text.« Er hob spielerisch mahnend den Finger. »Da wurde doch einiges ausgelassen. Also noch einmal, bitte. Ab: ›Verräterei, spürt sie mir auf.‹ Katia, das ist Ihr Text.«

Sie nickte entschlossen und ging wieder in Position. Verräterei! Friedhelm hatte ja keine Ahnung, wie recht er hatte.

53

Am Ende der dritten Woche, die Kapelle war von der Polizei wieder freigegeben und gründlich gereinigt worden, fand die Aussegnungsfeier für die inzwischen längst kremierte Apollonia Eckart statt. Frau Vogelsang hatte es mit großer Freude angekündigt. Endlich ging in Haus Silberblick alles wieder seinen gewohnten Gang und es wurde nach der Ordnung gestorben.

Die Schauspieler saßen in der letzten Reihe und lauschten der ergreifenden Rede Stürbichlers, der nach dem Pfarrer nach vorne getreten war, um »ein paar Worte zu unserer lieben Freundin und Nachbarin« zu sagen.

»Von wegen: ›der Last der Jahre erlegen‹«, kommentierte Friedhelm seinen Vortrag. »In Wahrheit ist die Gute wohl eher unter der Last ihres Namens zusammengebrochen: Apollonia Smaragda. Wussten Sie, dass sie mit zweitem Namen Smaragda hieß?«

»Sie ist vor uns gestorben und hat uns damit alle zu Überlebenden gemacht«, gab Katia knapp zurück. »Das muss ihr wohl angerechnet werden.« Ophelia und Hajo Vierheilig hatten weniger Glück gehabt.

Sie hatte noch immer nicht mit Friedhelm über ihren Verdacht gesprochen. Er ging so ganz und gar in seiner Inszenierung auf, dass sie nicht einmal sicher war, ob er ihr überhaupt zuhören würde. Und seine dauernden kleinen Spitzen gegen Hans ließen ihn nicht als idealen Dritten in ihrer kleinen Verschwörung erscheinen. Hans andererseits …

Ihr Blick wanderte zu Grünsteudl, der auf der anderen Seite neben ihr saß und dem Gottesdienst versonnen folgte. Er wirkte trotz allem ausgeglichen und beinahe froh. Der Schock jenes Abends im Park verblasste zusehends; er war ein ganz anderer Mann als der, der ihr eingesperrt in seinem Zimmer entgegengetreten war. Vielleicht weil er sich entschieden hatte, das Richtige zu tun. Vielleicht aber auch, dachte Katia ein wenig bissig, weil er sein Geld jetzt in Sicherheit wusste. Katia hatte ihn außerdem im Verdacht, dass er vollkommen zufrieden damit war, im Anarchisten einen Bösewicht zu sehen. Wie in der guten alten Zeit. Darüber hinaus zeigte er viel Freude an ihren Unterhaltungen, aber wenig Neigung, den Fall aktiv aufzuklären. Die Rollen waren verteilt. Die Welt war zwar nicht in Ordnung, aber man kannte sich zumindest in ihr aus.

Als hätte der Anarchist gespürt, dass sie an ihn dachte, neigte er sich zu ihnen nach vorne. »Komischer Typ, dieser Stürbichler, oder? Mögen Sie ihn?«

»Warum?«, fragte Katia gereizt. »Finden Sie sein Verhalten etwa *ungehobelt* und *verstörend*?« Sie drehte sich um und schaute dem Anarchisten direkt in die Augen: »Glauben Sie, er hat Geheimnisse?«

Alles, was sie erntete, war ein breites Grinsen.

»Dass die Dennisse jetzt schon so groß sind«, staunte derweil der Lehrer. »Ich kannte sie als Schulkind.«

»Was ist, Gräfin?« Der Anarchist konnte es offenbar nicht lassen, gegen den Stachel zu löcken. »Wollen Sie nicht in die Trauerbande eintreten. Sich den Vierheilig rausexorzieren?«

»Eher hacke ich mir die Hand ab.« Elisabeth von Tzetwertyński gab ihm einen Klaps wie einem störrischen Dackel. »Und jetzt bringen Sie mich gefälligst in den Speisesaal.«

Das war für die Gruppe das Zeichen zum Aufbruch.

»Ah, liebe Frau Horenfeld.« Dennis Stürbichler, der an der Tür Aufstellung genommen hatte, um seine Fangemeinde persönlich zu verabschieden, streckte Katia die Hand hin, als sie ihn passieren wollte. »Haben wir beide nicht noch einen Termin?«

»Ich war in letzter Zeit sehr beschäftigt«, sagte Katia. »Ich musste das Jahr nachschlagen, das wir gerade haben, und den Namen des Bundeskanzlers recherchieren. Wie geht es übrigens Frau Wieprecht? Hat *sie* den Demenz-Test bestanden?«

»Ja, genau«, fiel der Anarchist ein. »Wie geht es der eigentlich?«

Der Psychologe lächelte, ohne darauf einzugehen. Sein Blick blieb auf Katia gerichtet. »Ein Vögelchen hat mir gezwitschert, dass ich mich wohl umsonst um Sie gesorgt habe. Sie sollen im Gegenteil für viele hier eine sehr gute Gesprächspartnerin sein.«

»Ich weiß wirklich nicht, was Sie meinen«, sagte sie abweisend.

Dennis Stürbichler neigte den Kopf vor. »All diese Geheimnisse«, sagte er. »Sie können schon eine Last sein.« Er richtete sich wieder auf und schaute ihr fest in die Augen. »Wenn Sie sich selbst einmal aussprechen möchten, stehe ich Ihnen gerne zur Verfügung.«

Katia dankte süßsäuerlich und machte, dass sie davonkam.

»Was hatte das denn zu bedeuten?«, fragte Friedhelm, als sie draußen im Flur standen.

»Ich weiß es nicht«, sagte Katia. »Vielleicht redet er von Frau Wieprecht. Ich hatte ihr ja seinerzeit geraten, ihr Diadem zu tragen. Wenn sie jetzt dement ist, bin ich wahrscheinlich wegen Mittäterschaft dran.«

Der Anarchist lachte. »Da wette ich drauf, dass er von dem Diadem gesprochen hat.« Damit zwinkerte er der Gräfin zu, reichte ihr seinen Arm und ging in Richtung Speisesaal davon.

Nein, dachte Katia, irgendetwas stimmte ganz und gar nicht mit diesem Mann. Am Ende würde Hans Grünsteudl recht behalten. Nur dass sie sich nicht damit zufriedengeben würde, den Mann nicht zu mögen. Sie wollte es schon gerne genau wissen.

54

Katia setzte ihren Plan noch am selben Nachmittag in die Tat um. Sie folgte dem verdächtigen, höchst ungleichen Paar aus Anarchist und Adliger bis zum Café Kanne, wo es sich zu ihrem Erstaunen bei Kaffee und Schwarzwälder Kirsch niederließ. Jetzt, da jemand ihm die Kuchenstücke zahlte, schien der Anarchist die letzten Bedenken diabetischer Art über Bord geworfen zu haben.

Katia versuchte die beiden, die in ein lebhaftes Gespräch vertieft schienen, durch die Kannenregale hindurch unauffällig im Auge zu behalten. Sie tat, als studiere sie die Ankündigungstafel mit ihren Aushängen in der Nähe des Eingangs. Ein Plakat drohte für den nächsten Nachmittag ein Konzert an: Nordstadt-Nelli und ihr Schifferklavier. Friedhelm würde sich im Kulturprogramm auf harte Konkurrenz einstellen müssen.

Da glitt die Eingangstür auf, und das Ehepaar Stürmann kam herein. Beide wirkten gleichermaßen aufgewühlt, was den Eindruck einer seltenen Einmütigkeit erzeugte. Soweit Katia sie kannte, wurden die Stürmanns nie von denselben Gedanken oder Gefühlen bewegt.

»Er hat gesagt, unter die Bank«, beschwerte Herr Stürmann sich, eindeutig seine Frau adressierend.

Sie erwiderte. »Sie muss doch ihre Medikamente bekommen.«

Es schien die übliche, thematisch zerfahrene Kommunikation zu sein, doch irgendetwas war heute anders, der Ton wirkte weniger lakonisch. Fast schien es, als reagierten sie aufeinander.

»Polizisten sind keine Unmenschen«, erklärte Herr Stürmann.

Frau Stürmann konterte: »Ja, aber Dänemark.«

Das konnte beinahe als Dialog durchgehen. Jetzt war Katia wirklich alarmiert. Und bekanntlich war im Staate Dänemark etwas faul. »Entschuldigen Sie bitte«, sagte sie.

Frau Stürmann wandte sich zu ihr um. »Unsere Tochter macht nämlich Urlaub«, erklärte sie ungebeten.

»Ja, das glaube ich verstanden zu haben«, sagte Katia. Ihr Gehirn arbeitete rasend schnell. »Und ich vermute, dabei hat es ein Problem gegeben?« Irgendwie kam die ganze Sache ihr vertraut vor.

»Sie hat einen Unfall verursacht.« Herr Stürmann ließ sich zu einem erstaunlich sachdienlichen Hinweis herab. »Und jetzt braucht sie Geld für eine Kaution.«

Endlich wurde Katia der Zusammenhang klar. Und im nächsten Moment begriff sie auch, wo sie diese Geschichte schon einmal gehört hatte: der Unfall, die Geldforderung. Das ähnelte doch frappierend dem, was die Gräfin erlebt haben wollte. Nur dass es sich bei ihr um die Nichte gehandelt hatte, die in der Türkei Ferien machte. In letzter Zeit hatte Katia ja der Ansicht zugeneigt, dass all das eine Lüge gewesen sein könnte. Ein Täuschungsmanöver, das den Schuss erklären sollte, den die Gräfin in Wahrheit aber gar nicht aus ihrem Fenster abgegeben hätte, sondern im Park, maskiert und Seite an Seite mit Vierheilig. Diese Vorstellung brach nun mit einem Mal zusammen. Es gab, wie es aussah, tatsächlich einen Erpresser. Auch die Stürmanns waren sein Opfer geworden.

»Aber das ist doch nur ein Trick!«, brach er aus Katia heraus. »Ein ganz gemeiner Betrug.« Sie lächelte das Ehepaar an. »Sie haben ihm doch sicher nicht Ihr Geld gegeben.«

Verdutzt schauten die beiden sie an.

»Das kann nicht sein.« Herr Stürmann schüttelte den Kopf. »Es hat alles gestimmt. Sie haben alles gewusst. Sabines Namen, ihr Alter.«

Seine Frau nahm seinen Arm und tätschelte ihn. »Ein Glück, dass wir genau die Summe dahatten, die er verlangte.«

»Unser Auto«, bestätigte Herr Stürmann. »Gepflegt, aus erster Hand.«

Katia erinnerte sich an ihren Abendspaziergang über den Parkplatz, als sie peinlicherweise versucht hatte, einen Blick ins Fenster des Zahnarztes zu erhaschen. Hatte sich also doch ein Käufer für das alte Stück gefunden. Nicht für zehntausend, aber für acht. Nun, zweifellos hatten eine Menge Leute gewusst, dass die Stürmanns im Moment just über diese Summe verfügten. Zumindest Leute, die im Heim verkehrten.

»In abgezählten Scheinen. Wir haben es gerade unter der Bank an der Haltestelle deponiert.«

»Aber …«, wollte Katia einwenden. Dann besann sie sich und lief stattdessen hinaus. Es war noch kälter als an dem Tag, an dem sie mit Sieglinde an der Haltestelle gesessen hatte. Katia zog die Kragenenden ihrer Bluse zusammen. Was für einen Anblick musste sie bieten, in Rock und dünner Bluse, mit Hausschuhen hier im Freien. Und wie ihr Herz dabei klopfte. So schnell sie konnte, eilte sie zur Bushaltestelle. Sie lag verwaist da. Von einem Umschlag, einer Tasche, einem Geldschein keine Spur. Katia drehte sich einmal um die eigene Achse. Kein Mensch war zu sehen. Er musste sofort reagiert haben. Er war bestimmt noch in der Nähe.

Die Tür des Heims ging auf, und Katia erkannte die besorgten Mienen des Ehepaars Stürmann, das zu ihr herüberblickte. Im selben Moment kam ihr der Gedanke: Was, wenn auch er sie alle sah?

55

Als Katia zurückkam, plingte gerade Frau Stürmanns Handy.

Frau Stürmann aktivierte es und starrte darauf. Langsam runzelte sie die Stirn.

Katia neigte sich über ihre Schulter. Es war eine SMS mit Bild. Eine junge Frau winkte in die Kamera, hinter sich einen Strand. »Hvide Sande am Morgen und viel frischer Wind«, verriet die muntere Bildunterschrift. Zweifellos genoss die Stürmann-Tochter ihren Urlaub.

»Entschuldigen Sie mich.« Katia ließ das Ehepaar mit seiner Verwirrung allein. Sie hielt sich nicht im Foyer auf, sondern stürmte weiter ins Café. So heftig war ihr Auftritt, dass sie im Vorbeigehen eine Kanne vom Büfett fegte.

»Sie jetzt auch?«, fragte die Besitzerin und kam mit dem Kehrbesen. »Ich kann Ihnen die Sahne aber nicht dauernd umsonst geben.«

Katia ignorierte das und steuerte direkt auf die Gräfin und den Anarchisten zu. Etwas hatte nicht gestimmt mit der Erzählung der Gräfin. Das hatte sie die ganze Zeit gespürt, und dieses Gefühl hatte Katia beunruhigt. Aber es war nicht so, wie sie gedacht hatte. Es war ganz anders.

»Ihre Nichte«, sagte sie, ohne Umschweife zur Sache kommend. Die Gräfin musterte sie mit gerunzelter Stirn. »Was soll mit ihr sein?«

»Sie war doch vor Kurzem in der Türkei im Urlaub?«

Die Gräfin warf dem Anarchisten einen raschen Blick zu. »In der Tat«, gab sie dann zu. »Das war sie.«

Katia atmete durch. »Stimmt. Sonst hätten Sie dem Mann am Telefon nicht eine Sekunde lang geglaubt, nicht wahr?«

Die Gräfin maß Katia mit Blicken. »Darf ich fragen, was Ihr Verhalten zu bedeuten hat?«

Katia ließ sich nicht beirren.

»Und als Sie uns sagten, der Anrufer habe erzählt, dass Ihre Nichte Maja in Schwierigkeiten sei: Haben Sie da den Namen Ihrer Nichte erwähnt, oder hatte der Anrufer ihn tatsächlich genannt?«

Die Gräfin starrte Katia an. »Warum nehmen Sie nicht einfach Platz?«, sagte sie schließlich.

»Sie ist drauf gekommen«, stellte der Anarchist fest. »Ein bisschen hat's ja gedauert.«

Katia, die ihn ganz vergessen hatte, drehte sich überrascht zu ihm um. Er wusste es also auch! Dann dämmerte es ihr. »Darüber also haben Sie hier die ganze Zeit miteinander geredet.«

»Worüber?« Er grinste sie an. »Dass wir hier einen Erpresser haben, der uns alle ganz genau kennt?«

Katia lehnte sich in ihrem Stuhl zurück. Natürlich, das war das fehlende Puzzleteil gewesen. Ein Erpresser, der sie kannte! Der Maskenmann im Park und sein Kumpan Vierheilig – sie waren nicht da gewesen, um Hans aufzulauern. Sie waren simple Enkeltrickbetrüger, die schon eine ganze Weile hier zugange waren. Hans war ihnen nur vor die Füße gelaufen. Vermutlich hatten sie ihr Glück nicht fassen können, als sie die Geldtasche sahen.

Katia war beinahe zum Lachen zumute. Sie hatte die ganze Zeit in der völlig falschen Richtung gesucht.

Und doch in der richtigen: Denn in beiden Fällen führte die Spur zurück ins Haus Silberblick.

Die Bedienung brachte ihren Tee.

»Aber«, begann Katia nach dem ersten Schluck, »warum haben

Sie nicht schon viel früher etwas gesagt, Gräfin? Und warum haben Sie sich ausgerechnet ihm anvertraut?« Sie nickte in Richtung Anarchist.

»Sie können mich nicht leiden«, stellte der Anarchist vergnügt fest.

»Aber Kindchen, ist das nicht offensichtlich?«, fragte die Gräfin.

Sie streckte ihren Arm aus und tätschelte mit ihren siegelberingten Fingern das schmuddelige Jogginghosenknie des Anarchisten. »Weil er der Einzige ist, der als Verdächtiger ausscheidet.«

56

Katia musste zugeben, dass die Gräfin recht hatte. Der erste Anruf des Erpressers bei ihr lag auf jeden Fall vor dem Eintreffen des Anarchisten. Und auch danach konnte er unmöglich so schnell so viel Wissen über alle Bewohner des Heims erworben haben. Nicht einmal er.

»Ich kann Sie nicht *nicht* leiden«, sagte Katia zum Anarchisten. »Hans kann Sie nicht leiden und ich …«

»Sie mögen den Mecker-Becker.«

»Ich empfinde eine gewisse Verantwortung …«, begann Katia.

»Und den Impresario mögen Sie auch.« Der Anarchist trat wirklich ungemein gern in Fettnäpfchen. Er liebte es, wenn es spritzte.

Katia blinzelte. Dann musste sie lächeln. »Ich glaube nicht, dass das ein Widerspruch sein muss«, sagte sie.

»Sie meinen, Sie haben nicht vor, sich zu entscheiden«, stellte der Anarchist fest. Er entblößte seine Zähne. »Ich mag Ihre Einstellung.«

Katia wusste noch nicht, ob sie seine Einstellung mochte. Sie ließ sich von ihm und der Gräfin erklären, was sie bislang herausgefunden hatten und welche Vermutungen sie umtrieben. Das ungleiche Paar hatte in der Tat einen Verdacht. Der Anarchist hatte etwas beobachtet.

»An dem Tag, als alle meschugge waren wegen dieser Eckart«, begann er seine Erzählung, »da stand ich lange im Flur rum, länger als Sie. Ich hör mich gern um.«

Was er damals bemerkte, war Dennis Stürbichler, der im Treppenhaus des Ostkorridors stand, umgeben von einer Schar seiner Gruppenbesucher. Die Heimleiterin versuchte gerade, ihnen klarzumachen, dass sie für ihre Gruppensitzung in die Gymnastikräume über dem Musikzimmer auszuweichen hätten, weil der Kapellen-Pavillon ja noch immer gesperrt sei durch die Polizei. »Offenbar war der Trauerbedarf enorm«, lachte der Anarchist. »Die flatterten alle nur so herum. Herr Stürbichler, Herr Stürbichler! Er schien ganz schön unter Druck, schwitzte, der Gute. Die Wieprecht war auch dabei.«

Gunilla Wieprecht hatte den Psychologen am Ärmel gefasst. »Es ist doch wegen meinem Diadem«, sagte sie. »Weil Sie doch selbst immer sagen: Verlust ist Verlust. Und dass ich es in die Kapelle legen soll.«

Der Anarchist schaute vielsagend. »Das hat er gar nicht gerne gehört. Hat behauptet, mit ihrem Diadem nix zu tun zu haben. Sie dagegen bestand drauf: Sie hätte nur seinetwegen ihr Diadem in die Kapelle gebracht. Und eine Kerze dazu angezündet. Und jetzt wär es weg.« An der Stelle musste er wieder lachen. »Der Stürbichler hat nur was gemurmelt von wegen, jeder Verlust hätte seine Würde, und ein Ritual wäre eine gute Idee. Aber er blieb dabei: Seine Idee sei das nicht gewesen. Was ich ihm fast abnehme. Eine Kerze für ein Diadem, so blöd ist nicht mal der.«

»Ich möchte mich da nicht festlegen«, meinte die Gräfin. In ihren trüben Augen funkelte es.

»Nee, nee, blöd ist der ganz und gar nicht«, beharrte der Anarchist. »Irgendwann hat er mich bemerkt und mich gefragt, ob ich auch trauere. So ganz pikiert und misstrauisch.«

»Und was haben Sie gesagt?«, fragte Katia.

Der Anarchist grinste, wie er es damals getan hatte. Und wie damals steckte er die Hände in die Hosentaschen. »Ich sagte: ›Nö, wieso, ich guck bloß.‹«

Katia konnte sich ein Lachen nicht verkneifen.

Dennis Stürbichler hatte sich offenbar mit dieser Auskunft zufriedengegeben, es aber eilig gehabt, seine Gruppe in den Aufzug zu dirigieren. Allerdings passten nicht alle auf einmal rein. »Er hat alles getan, damit die Wieprecht mit ihm in der ersten Gruppe mitfährt«, sagte der Anarchist. »Als wollte er nicht, dass ich mit ihr rede.« Er seinerseits hatte sich dumm gestellt, stand ein wenig im Weg herum und hatte so dafür gesorgt, dass Frau Wieprecht diesen Aufzug nicht bekam. Gemeinsam warteten sie also darauf, dass der Fahrstuhl wieder auftauchte.

»Sie fing ganz von alleine wieder damit an«, sagte der Anarchist. Meinte, die Kinder brauchten plötzlich Geld. Und dass sie es eh nie viel getragen hätte, früher. Sie sagte«, und er ahmte Frau Wieprechts zerstreute Stimme nach, »›mein Mann war Metzger.‹«

Jetzt lachte die Gräfin.

Der Anarchist zuckte mit den Schultern. »Ich sagte: ›Mein Beileid.‹«

Katia überlegte. Sie konnte sich noch keinen Reim auf diese Geschichte machen. »Also: Sie glaubt, ihre Kinder brauchen Geld. Ihr fällt es schwer, das verdammte Ding herzugeben. Das erzählt sie dem Stürbichler. Und der sagt ihr, sie soll es in die Kapelle legen.« Katia schaute ihre beiden Mitstreiter an. »Das klingt ganz nach ihm. Aber es klingt nicht nach dem Erpresser. Der würde doch anonym angerufen haben. Statt das Risiko einzugehen, ihr persönlich so eine Geschichte aufzutischen.«

»Das hab ich Uwe auch schon gesagt«, meinte die Gräfin. »Sie reden nie persönlich mit ihren Opfern. Mein Mann hätte Ihnen genau dasselbe gesagt.«

»Von einem Mann am Telefon hat die Wieprecht aber auch gesprochen«, wandte der Anarchist ein. »Er hätte ihr das mit dem Diadem befohlen, sagte sie. Dann sagte sie wieder, es wäre doch der Stürbichler gewesen. Als ich sie direkt fragte, wusste sie gar nichts mehr. Nur dass irgendwer ihr gesagt hatte, sie solle das verdammte Ding irgendwohin legen.« Ratlos hob er beide Hände.

»Die arme Gunilla«, sagte Katia. Der nächste Demenz-Test bei Herrn Stürbichler würde so oder so nicht gut ausgehen.

»Ich konnte ihr am Ende nur raten, zu den netten jungen Polizeibeamten zu gehen und zu fragen, ob sie nicht ein Diadem gefunden hätten, 18 Karat Weißgold mit Pavé-Diamanten.« Uwe Spohns Augen funkelten vergnügt. »Die Gesichter hättet ihr sehen sollen.«

Verwirrend war die Sache allemal. Frau Wieprecht passte ins Bild. Ein Erpresser, der von hier kam, würde von dem Diadem und seinem Wert gewusst und es gezielt gefordert haben. Ebenso wie von den Stürmanns und ihren achttausend Euro. Es musste ein Kenner der Verhältnisse im Heim sein, mit Zugang zu den Akten. Oder zu den Gesprächen auf den Gängen, bei denen alle möglichen Angelegenheiten besprochen wurden. Vor allem über die Kinder. Ja, die Kinder, erinnerte Katia sich. Manche redeten über nichts anderes: Wie oft sie vorbeikamen. Was sie beruflich machten. Wohin sie in den Urlaub fuhren. Wer hier wohnte, der wusste nach einer Weile beinahe alles, was es über die Familien der anderen zu wissen gab.

Dennis Stürbichler wusste zweifellos mehr als die meisten.

»Dieser Vierheilig ist laut Polizei ein kleiner Fisch«, meinte der Anarchist. »Paar Muskeln, wenig Hirn. Hat als Geldeintreiber gearbeitet. Oder Bodyguard in Wettbüros, solche Sachen.«

»Das klingt doch, als hätte ihn jemand angeheuert, der ein wenig Schmutzarbeit zu vergeben hat«, meinte die Gräfin sehr würdevoll. »Typisch.«

Katia ließ sich die Sache durch den Kopf gehen. »Er war wohl derjenige, der Ihnen mit Erhängen gedroht hat. Und er hat den Hund erschossen.«

»Und der andere hat immer stumm dabeigestanden«, ergänzte der Anarchist und tippte sich ans Auge. »Warum wohl.«

»Weil wir seine Stimme erkannt hätten.« Sie dachte an Dennis Stürbichlers dunkle, verständnisvolle Stimme, die auf so viele Heimbewohnerinnen eine fast hypnotische Wirkung ausübte. Am Ende so hypnotisch, dass Gunilla Wieprecht sie mit der eines Erpressers verwechselt hatte? Oder hatte sie sie vielmehr erkannt und unbewusst genau den richtigen Mann angesprochen, nämlich denjenigen, der ihr das mit dem Diadem am Telefon eingeredet hatte? Enttarnt von einer Dementen! Das hätte Dennis Stürbichler in der Tat ins Schwitzen gebracht.

»Ich glaube ja nicht dran«, meinte die Gräfin. »Dieser dumme Rat mit dem Trauerritual, das klingt doch ganz nach Stürbichler. Den Tipp hat er ihr vermutlich wirklich gegeben.«

»Was nicht ausschließt, dass es außerdem eine Erpresserforderung gab und sie das nachträglich durcheinanderbrachte. In dem Fall allerdings wäre Stürbichler unschuldig.« Katia grübelte.

Draußen standen noch immer die Stürmanns. Er telefonierte jetzt, zweifellos mit der Tochter. Sie weinte in ihr Taschentuch. Hinter ihnen ging die Tür auf, und die Bassgeige kam herein. Vermutlich hatte sie wieder an der Bushaltestelle gewartet. Auf den Anrufer, der das Geld aus ihrem Bassgeigenkoffer haben wollte! Aber das Geld, das hatte ja Katia.

»Was ist?«, fragte der Anarchist, als er Katias veränderte Miene sah.

Es riss Katia förmlich, als sie den Zusammenhang erkannte. Natürlich, Sieglinde war ein weiteres Opfer des Erpressers. Sie war benutzt worden, um das Geld von Hans am hellen Tag aus dem Heim zu schaffen, direkt an ihnen allen vorbei. Der Täter hätte es dann an der Bushaltestelle abgeholt. Er hätte es nicht nötig gehabt, noch einmal nachts im Heim herumzuschleichen und sich dabei ertappen zu lassen. Der Einsatz der Bassgeige war der endgültige Beweis dafür, dass der Erpresser und derjenige, der Hans überfallen hatte, ein und dieselbe Person waren.

»Sieglinde ist auch betroffen. Aber sie passt nicht ganz ins Bild«, sagte Katia atemlos. »Sie hat keine Kinder. Jeder weiß das.«

»Natürlich hat sie Kinder«, widersprach die Gräfin. »Einen Sohn.

Sie hat ihn gleich nach der Geburt ihren Eltern überlassen. Sie spricht nie von ihm. Sprach nie von ihm«, verbesserte sie sich. »Nicht mal, als sie sich noch erinnern konnte. Was sie nicht hat, ist Geld.«

Dass dem nicht ganz so war, behielt Katia für sich.

»Und?«, fragt die Gräfin. »Was machen wir jetzt?«

»Wir nehmen ihn aufs Korn«, meinte der Anarchist und legte pantomimisch eine Flinte an. »Oder?«

»Wir müssen etwas unternehmen«, stimmte die Gräfin über Katias Kopf hinweg zu. »Sonst wird er uns einen nach dem anderen holen, wie der Wolf die Lämmer.« Sie sah aus wie jemand, der wusste, was man mit Wölfen tat.

57

»Wir müssen uns wehren!«, verlangte der Impresario.

Agnes Vogeltanz hatte am Musikzimmer geklopft und ihre Position eindeutig dargelegt: An diesem Nachmittag würde es keine Proben geben. Die Heimgemeinschaft hatte solidarisch anzutreten zu dem angesetzten Konzert. Einzelne Rückzüge wären verständlich, eine Konkurrenzveranstaltung sei der Künstlerin jedoch nicht zuzumuten. »Wir haben auch das Gehirnjogging verschoben.«

Friedhelm Klemps Einwand, dass sie hier nicht joggten, sondern eher geistigen Zehnkampf betrieben, fruchtete nichts.

»Wir streiken!«, rief Friedhelm Klemp daraufhin.

Musste aber erleben, dass der Lehrer die Hand hob und vorsichtig erklärte, dass er dem Konzert eigentlich ganz gerne beiwohnen würde. »Die schönen alten Lieder, die hört man gerne wieder.«

Friedhelm Klemp schloss die Augen, um die Beherrschung nicht zu verlieren. Als er sie wieder öffnete, war auch die Psychologin fort.

Der Vogelkundler stand ebenfalls auf und rollte in Richtung Ausgang.

»›Auch du, mein Sohn Brutus‹«, knurrte Friedhelm. Dass er wieder auf *Julius Caesar* zurückgriff, war kein gutes Zeichen.

»›Ich bitte dich: Das sind Posen, die leicht zu spielen sind‹«, flüsterte Katia dem Impresario zu.

Aber offenbar waren sie das nicht. Stattdessen spielte Friedhelm Klemp den geschlagenen Feldherrn. Es dauerte Katia, den imaginären Staub seinen eingebildeten Umhang beschmutzen zu sehen, als er selbst schweren, ja schwersten Schrittes zur Tür ging. Zugleich war seine Dramatik ein bisschen enervierend. Sie hatte zudem eigene Pläne. Ein wenig Freizeit kam ihr gut zupass. Sie musste im Grunde Frau Vogeltanz und ihrer Initiative dankbar sein. Sie ersparte es ihr, Friedhelm ihrerseits zu enttäuschen.

Die Heimleiterin wartete, bis alle das Zimmer verlassen und Friedhelm abgesperrt hatte. Danach verlangte sie den Schlüssel.

Katia, die Zeuge von Friedhelm Klemps innerem Kampf wurde, als er den Schlüssel übergab, hätte ihm zu gerne gesagt, dass er sich keine Sorgen zu machen brauchte. Sie verfügten ja über einen Zweitschlüssel; der Zutritt zu dem Zimmer war ihnen jederzeit sicher. Aber sie behielt diesen Umstand lieber noch für sich, denn in ihrem Gehirn hatte ein Plan zu reifen begonnen.

Katia bemerkte die nervöse Miene von Hans Grünsteudl. Der Gedanke, dass nunmehr noch jemand anderer Zutritt zu dem Raum mit seinem Geld hatte, machte ihn verständlicherweise nervös. Doch auch ihn konnte sie in diesem Moment nur zappeln lassen. Sie hatte eine Lösung auch für seine Sorgen. Aber der Plan, der ihr vorschwebte, würde ihm vermutlich nicht besonders gefallen.

Es blieb ihnen also nichts anderes übrig, als sich geschlagen zu geben, den Rückzug anzutreten und so zu tun, als plane man, bald brav den Klängen von Nordstadt-Nellis Schifferklavier zu lauschen.

Ehe Katia den Impresario noch einmal ansprechen konnte, hatte er auf dem Absatz kehrtgemacht und war in sein Domizil gerauscht. Katia hatte keinen Zweifel daran, dass er seinen Rückzugsort den gesamten Nachmittag nicht mehr verlassen würde, umrauscht von etwas Dramatischem, vermutlich einem Requiem. Sie überließ ihn seinem privaten Exorzismus.

Blieben die Gräfin, der Anarchist, Hans und der Zahnarzt, der in diesem Moment zum Glück ankündigte, sich ebenfalls zurückziehen zu wollen, um, wie er sagte, »richtiger Musik« zu lauschen. Vermutlich keinem Requiem. Katia ließ auch ihn ziehen. Die Übrigen lud sie in ihr Zimmer ein.

»Es ist an der Zeit«, erklärte sie den verfeindeten Parteien, »dass wir uns zusammentun. Wir sind diejenigen, die wissen, was hier vorgeht. Und wir sind die Einzigen, die einander vertrauen können. *Doch,* Hans«, sagte sie, ein wenig schärfer im Ton, als sie Grünsteudls Gesicht sah. »Das können wir.«

Mit zusammengekniffenen Lippen nahm er Platz. Alle setzten sich. Im Wasserkocher bullerte es.

»Ist doch nett«, sagte der Anarchist endlich. »Mal 'ne Abwechslung zu Shakespeare jedenfalls.« Er deklamierte gekünstelt: »›Doch seht, im grauen Umhang tritt der Morgen, den Tau des hohen Hügels ostwärts dort.‹ Meine Güte.« Er bleckte die Zähne und schaute in die Runde. »Warum kann er nicht einfach sagen: Es wird hell?«

Niemand antwortete ihm.

»Wir haben in der Angelegenheit bereits Schritte unternommen«, verkündete nun die Gräfin. »Wir wollen die anderen vor dem Erpresser warnen. Mit einer Plakataktion.«

»Interessant«, sagte Katia. Sie musste zugeben, dass das nicht unvernünftig klang. Die übrigen Heimbewohner aufzuklären, damit sie dem Betrüger nicht auf den Leim gingen, konnte nichts schaden. So würde es wenigstens keine weiteren Opfer geben, bis sie herausgefunden hätten, mit wem sie es zu tun hatten.

»Und Uwe hier hatte die großartige Idee, sie als offizielle Warnung der Behörden auszugeben«, fügte die Gräfin hinzu.

»Haben wir früher öfter gemacht«, meinte der Anarchist. »Dokumente gefälscht und so, was, Carlos? Ach so, ich erinnere mich, du warst ja immer gegen illegale Aktivitäten.« Er lachte lauthals. Hans schwieg grollend.

Von Vierheilig hatte der Anarchist das Foto aus einem Online-Artikel übernommen. Es war ohnehin die Reproduktion eines Fahndungsfotos. Das Polizeilogo zu kopieren war ebenfalls keine

Sache. »Hauptsache ist, wir warnen die Heimbewohner, dass da jemand ist, der sich mit allem auskennt, der private Details über sie weiß.«

»Ja, aber was, wenn ihn das nervös macht?«, gab Hans Grünsteudl zu bedenken. »Überlegt doch mal: Wenn er das Gefühl hat, jemand ist ihm auf der Spur, wer weiß, wozu der fähig ist?« Er griff nach Katias Hand. »Er könnte noch immer die Pistole in seinem Besitz haben. Die mit dem Schalldämpfer. Das wird zu gefährlich. Es gefällt mir nicht.«

»Der Mecker-Becker!«, rief der Anarchist. »Hat immer was auszusetzen. Hat immer Angst vor dem Risiko.«

»He, habe ich eine Bank überfallen oder du!« Hans starrte seinen alten Gegner wütend an.

»Ja, aber du hast es versaut.«

Hans stemmte die Hände in die Hüften. »1,5 Millionen«, meinte er. »Falls das deine Vorstellung von ›versaut‹ ist …«

Katia musste lächeln. Der Punkt ging an ihn. »Schwarztee oder Grüntee?«, fragte sie mit der Routine einer guten Gastgeberin. Und genauso routiniert war ihr Griff ins Regal, auf das dritte Brett, wo sie die Teedosen aufzubewahren pflegte. Sie griff ins Leere. Die Dosen standen nunmehr ein Brett weiter oben. Zweifelnd nahm Katia sie in die Hand. Sie legte sonst im Alltag nichts auf dieses Regalbrett, das für sie ein wenig zu hoch war, um bequem erreichbar zu sein. Das war merkwürdig. Sie schaute sich um.

Aus dem Spalt zwischen Regal und Bett ragte ihr Meditationshöckerchen heraus. Normalerweise tat es das nicht. Bogdan hatte etwas gegen Stolperfallen dieser Art. Sie pflegte das Möbel hochkant hinzustellen. Ob es umgefallen war? Aber dann müsste auch die Matte umgekippt sein, die sie immer davorstellte, weil sie sie auch immer zuerst brauchte. Jetzt lehnte die Matte hinten an der Wand.

Katia bückte sich, um alles wieder in die übliche Ordnung zu bringen.

Sie wandte sich zu den anderen um, die noch immer wortreich miteinander stritten.

»Dann geh doch zu den Bullen«, höhnte der Anarchist gerade. »Ach ja, ganz vergessen, das kannst du ja nicht. Du RAF-Spießer.«

»Anarcho-Depp!«

Die Diskussion ebbte ab, als die anderen Katias Gesichtsausdruck bemerkten.

»Ich glaube«, sagte sie, »jemand hat mein Zimmer durchsucht.«

Mit wem immer sie es zu tun hatten, er war offenbar bereits nervös. Er wollte das Geld wiederhaben. Und wie es aussah, hatte er schon eine leise Ahnung, bei wem er es finden konnte. Das, was Hans befürchtete, war bereits geschehen: Der Verbrecher war ihnen auf der Spur.

58

»Drucken Sie dieses Plakat«, sagte Katia. Sie hatte einen Plan und würde nicht davon abweichen. Nur beeilen würde sie sich. »Wir hängen es gleich diesen Nachmittag auf, wenn die anderen alle beim Konzert sind, da sieht uns keiner.« Mit einem Handschlag verabschiedete sie die Gräfin und den Anarchisten, damit sie ihr Werk beginnen konnten.

Katia wandte sich zu Hans Grünsteudl. »Geben Sie mir den Schlüssel«, sagte sie sanft.

Er schüttelte den Kopf.

Sie streckte die Hand aus. »Bitte, Hans.«

»Sie müssen sich keine Sorgen machen«, haspelte er. »Ich werde nicht flüchten. Ich, ich mach keine Dummheiten mehr.« Jetzt, wo Agnes Vogeltanz den Schlüssel besaß und ihn eventuell in die Portiersloge hängte, ihn an Putzfrauen oder Pfleger weitergab, war das Geld nicht mehr sicher. Er hatte schon darüber nachgedacht. Er wollte es holen, heimlich während des Konzerts. Es zurückpacken in die alte Tasche. Aber was dann? Ein Schließfach vielleicht. Er könnte auf eine Bank gehen – könnte er? Allein bei dem Gedanken fühlte er sich bereits, als wäre eine Grippe im Anzug.

Katias Drohung fiel ihm ein: einfach alles zu verbrennen. Das wäre eine Lösung. Aber eine, die ihm den Schweiß auf die Stirn trieb. »Was?«, flüsterte er. »Was haben Sie vor?«

Katia lächelte. Ihr Entschluss war gefasst. Der Unbekannte hatte sich nicht umsonst mit einer Yogalehrerin angelegt. Sie würde die

Sache auf ihre Weise regeln. Fast musste sie lächeln ob der Schönheit des Gedankens, den sie entwickelt hatte. Sie würde den Druck aufbauen. Und dann würde sie einfach loslassen.

Die Idee war im Kern ebenso elegant wie simpel: Bisher hatte sie das Geld vor dem Zugriff des Verbrechers verborgen, es ihm entzogen. Nun würde sie es ihm anbieten. Wie es im buddhistischen Gleichnis hieß: Wenn das Schilfrohr der Flut nicht standhalten konnte, beugte es sich, statt zu brechen. Sie würde die starre Abwehr also aufgeben.

Sie brauchte nur aufzuhören, die Tür des Probenraums verschlossen zu halten. Und dann abwarten. Früher oder später würde jemand kommen, um sich den Koffer zu holen!

Wenn sie sich das blasse Gesicht ihres Freundes so anschaute, dann erzählte sie ihm wohl besser nichts von alledem. Noch einmal streckte sie die Hand aus.

Er legte den Schlüssel hinein und seufzte.

»Keine Sorge, Hans«, sagte sie nur. »Alles wird gut werden.«

Von draußen erklang das schrille Jaulen einer Rückkoppelung.

Katia sprang auf und öffnete die Tür.

»Eins, zwei«, ertönte es aus dem Lautsprecher über dem Speisezimmer. »Eins, zwei.«

»Der Abzählreim«, flüsterte Hans erschrocken. Es hatte ein neues Opfer gegeben. Dabei hing doch noch kein einziges ihrer Plakate. Konnten sie belauscht worden sein? Erschrocken schauten sie einander an.

Auch andere Bewohner waren zusammengelaufen. Zögernd näherten sie sich gemeinsam dem Speisesaal. An der offenen Tür angekommen, bemerkten Katia und Hans eine improvisierte Bühne, die aus zwei Stühlen und einem Notenständer bestand. Auf dem einen Stuhl, eher einem Hocker, ruhte das Akkordeon. Der andere wartete noch auf die Künstlerin. Vereinzelt saßen schon Schaulustige im Raum; es gab wenig zu tun im Haus Silberblick zwischen den Mahlzeiten.

Bogdan, der Pfleger, machte sich am Mikrofon zu schaffen. Offenbar war es ihm noch nicht gelungen, die Boxen für die Bühne von der Hausdurchsagen-Anlage abzukoppeln. »Eins, zwei, eins, zwei, oh Pardon«, rief er, als er seine Zuhörer in der Tür bemerkte. »Mein Fehler.« Er zwinkerte ihnen zu, dann setzte er die Mikrofonprobe mit dem unverfänglicheren Text »Test, Test, Test« fort. »Ein wenig Geduld bitte noch«, verkündete er dann. »Die Künstlerin ist bald bei uns.«

Hier und da kam Applaus von den erleichterten Umstehenden.

»Bastard«, murmelte Katia und brachte ihren Herzschlag wieder unter Kontrolle. Hans schluckte. »Einen Augenblick dachte ich schon, er hätte wieder zugeschlagen.« Er schaute sie an. »Er war in Ihrem Zimmer, Katia. Ich finde das mehr als beunruhigend.«

»Genau genommen hat er noch niemanden getötet«, tröstete Katia ihn. »Die Einzige, die einen Menschen erschossen hat, ist die Gräfin.«

Sie hoffte sehr, dass das auch am Ende dieser Nacht noch so sein würde.

59

Am Nachmittag hallten die Klänge von »Kennst du die Berge im schönen Tirol« durchs Haus. Der Auftritt der Nordstadt-Nelli war in vollem Gange.

Katia hatte sich vom Anarchisten einen kleinen Stapel Plakate geholt und sich darangemacht, sie aufzuhängen. Eins draußen vor dem Heim an die Infowand mit den Stadtplänen und Veranstaltungsankündigungen, eins drinnen im Foyer. Eins neben die Gottesdienstzeiten vor der Kapelle. Eins an die Pinnwand des Café Kanne. Je mehr, desto besser. Der Verbrecher sollte es so bald wie möglich bemerken. Damit er auch nicht versäumte, heute Nacht ins Musikzimmer zu kommen. Sollte er ruhig denken, dass es seine letzte Chance wäre.

Am Ausgang traf Katia auf den Zahnarzt, der wie für eine schnelle Flucht angezogen war.

»Hören Sie das?«, fragte er und fuhr ohne Überleitung fort. »1969 bin ich in Frankfurt zu Janis Joplin auf die Bühne gesprungen und hab getanzt, zu ›Piece of my heart‹. Können Sie heute noch auf YouTube sehen. Der mit dem weißen Hemd, das bin ich. Das war Musik.« Er schüttelte seine Faust in Richtung der Klänge. »Musik, sage ich.«

Katia hielt ihm ein paar der Ausdrucke hin, die der Anarchist aus einem seiner Drucker gelassen hatte. »Es handelt sich um eine revolutionäre Aktion«, sagte sie. »Würden Sie uns helfen, das zu verteilen?«

»Enkeltrick!«, las er vom obersten Plakat ab. »Bei uns hier im Heim, hm, hm. Das hat der Vierheilig also hier gewollt?«

Im Saal wurde dazu aufgerufen, mitzuklatschen bei der »Höllenfahrtpolka«.

»Man kriegt eine Gänsehaut von dem Gejaule.« Der Zahnarzt schüttelte den Kopf. Dann las er weiter. Katia beobachtete ihn genau. Beunruhigt wirkte er nicht. Eher verwirrt.

»Das ist von der Polizei«, sagte er. »Was soll daran revolutionär sein?«

»Das muss leider noch geheim bleiben«, sagte Katia. Sie hoffte sehr, dass nicht er es sein würde, der in der Nacht im Musikzimmer auftauchte. Aber Hoffen allein half eben nicht. »Es ist eine Art Wahnsinn, der aber Methode hat.«

»Steckt der Klemp dahinter?«, fragte der Zahnarzt.

Katia half sich damit, vielsagend zu zwinkern. »Machen Sie also mit?«

»Ich bin dabei. Hätte ich dem alten Knaben gar nicht zugetraut«, meinte der Zahnarzt.

»Ich hab auch Reißzwecken.«

Er ließ sich mit Plakaten wie Pins versorgen und brachte das erste Exemplar direkt neben der Eingangstür an. Die Zwecken drückte er so heftig in den Kork der Ankündigungstafel, als könnte er damit dem Lärm, der aus dem Speisesaal drang, den Saft abdrehen. Inzwischen gab man ›Sierra Madre‹.

Als Katia gegangen war, betrachtete der Zahnarzt sein revolutionäres Werk ein wenig nachdenklich. Und als er ganz sicher war, dass niemand ihm zuschaute, wischte er das Papier und die einzelnen Köpfe der Reißzwecken sorgfältig ab. Von wegen der Fingerabdrücke.

60

Katia hatte daran gedacht, Friedhelm doch noch ins Vertrauen zu ziehen. Aber irgendwie passte er mit seinem Jackett und dem Schal einfach nicht in die eher schäbige Szenerie eines nächtlichen Auflauerns in der Nebenkammer des Musikzimmers. Auch war sie nicht sicher, wie er auf körperliche Gefahr reagieren würde. Er führte eine hervorragende Klinge – solange es eine rhetorische war. Was würde er tun, wenn er nackter Gewalt gegenüberstünde? Katia wollte seine elegante Gestalt ungern der Furcht unterliegen sehen.

Von Hans konnte sie in dieser Hinsicht nicht enttäuscht werden; sie wusste, dass er ein Hasenfuß war. Die Gräfin war dagegen ein anderes Kaliber; ebenso der Anarchist. Die beiden würde sie vermutlich im Zaum halten müssen, wenn es hart auf hart käme. Und am Ende würden sie unter Umständen zu spät einsehen, dass auch die entschlossensten arthritischen Gestalten einen Berufsverbrecher nicht einschüchtern konnten. Nicht auszudenken, wenn die Gräfin gar heimlich ihre Duellpistolen mitschleppte. Nein, das wollte Katia nicht riskieren.

Das war der Grund dafür, dass sie sich entschlossen hatte, die Situation allein zu bestehen. Im Musikzimmer lag der Duell-Stock der Gräfin, solide Eiche mit einem Knauf aus echtem Silber. Katia traute sich zu, ihn gezielt einzusetzen, sollte das nötig sein. Jedenfalls solange das Überraschungsmoment auf ihrer Seite bliebe. Sollte wirklich ein Bewaffneter auftauchen, würde sie bleiben, wo sie war, und in Ruhe überlegen, was sie mit ihrem Wissen anfangen wollte. Die Hauptsache war es doch, diesen Menschen erst einmal zu identifizieren. Was sollte schon geschehen? Er würde den Bassgeigenkoffer öffnen und dann unverrichteter Dinge wieder abziehen. Das Geld war so oder so sicher in seinem neuen Versteck. Vielleicht hätte sie Hans das sagen sollen. Aber auch sie besaß eben eine dunkle Seite.

Am Abend stellte sie fest, dass Haus Silberblick, sonst schon kein belebter Ort, an diesem Tag wohl besonders erschöpft war von den Freuden des Schifferklaviers. Man gab sich allgemein der präsenilen Bettflucht hin. Kein Mensch war auf den Gängen zu sehen. Gut so.

Sie brauchte hinter ihrer Zimmertür nicht lange zu lauern. Gegen 20.30 Uhr brach der Anarchist zu einem seiner abendlichen Besuche beim Zahnarzt auf, um dessen Plattensammlung durchzuhören. Katia zweifelte nicht daran, dass Janis Joplin zum Einsatz kommen würde. Die beiden waren sicher eine ganze Weile beschäftigt.

Um neun kam der Spätdienst mit den letzten Tabletten vorbei. Erst in einer Stunde würde er die nächste Runde drehen, die, bei der man den Kopf in die Zimmer steckte, um zu sehen, ob alle noch atmeten. Katia, wie einige andere, hatte sich von der Liste dieser nächtlichen Inspektionen streichen lassen. Ein Schild an ihrer Tür erinnerte daran. Also würde niemand ihr Fehlen bemerken.

Das Musikzimmer lag nur vier Türen weiter. Katia hatte den Schlüssel schon in der Hand. Da entdeckte sie den Schatten einer Gestalt. Sollte er schon hier sein und Einlass suchen? Sie hielt inne. Es war ein Mann, eindeutig ein Mann. Und sie kannte ihn. Friedhelm Klemp hob den Kopf.

»Meine liebe Katia«, sagte er klagend.

Vorsichtig kam Katia Horenfeld näher. Der Impresario sah mitgenommen aus, sein Seidenschal zerknittert, das Haar zerrauft. Es schien, als habe er mehr als den üblichen einen Abend-Whiskey getrunken. Ehe Katia noch irgendetwas erwidern konnte, stolperte er auf sie zu. »Sagen Sie es mir ehrlich, Katia.«

Sie hielt den Atem an. »Ja?«

Er starrte einen Moment vor sich hin. »Sagen Sie, glauben die Menschen nicht mehr an die Kunst? Haben sie sich endgültig abgewandt von der Literatur? Ist es vorbei?«

Katia kam langsam zu sich. Sie konnte sich entspannen. Friedhelm war nicht des Geldes wegen hier. Wie hatte sie das je annehmen können? Nein, das hier war keine finanzielle Krise.

Wie zur Bestätigung warf er die Arme hoch. »Diese Ignoranten.« Sein Gesicht sah müde aus und ungewohnt alt.

Es tat Katia weh, ihn so zu sehen. Aber das Timing war wirklich schlecht. Als Theatermensch, dachte sie verärgert, sollte er das wissen. »Aber Friedhelm!«, sagte sie und überlegte. Dann nahm sie seine Hand. »Sie sagten mir doch, dass ich es fertigbrächte, Ihre Welt immer wieder einzurenken?«

Er nickte nur vage, ohne den Kopf zu heben.

»Gut«, sagte Katia, »und genau das werde ich auch tun. Gehen Sie schön ins Bett, Friedhelm. Morgen sieht die Welt anders aus.«

Der Impresario schien daran zu zweifeln.

»Sie wirken Wunder«, lobte Katia, ihre Ungeduld nur mühsam beherrschend. »Sie haben aus dem Zahnarzt einen Helden gemacht, aus dem Lehrer einen König. Die Psychologin spricht. Sogar der Anarchist macht etwas her. Und Hans ist förmlich aufgelebt.«

»Das ist natürlich besonders erfreulich«, bemerkte der Impresario gallig.

»Das ist es.« Katia hatte keine Lust auf Diskussionen. »Und morgen werden wir mit frischen Kräften an den Schlussakt gehen.«

»Danach werden alle tot sein.« Der Impresario wollte seine Melancholie so schnell nicht aufgeben.

»Wunderbar«, bestätigte Katia zerstreut. »Dann gute Nacht.«

»Katia?«

»Ja«, sagte sie nur. »Ich weiß.« Und mit Nachdruck fügte sie hinzu: »Gute Nacht, Friedhelm.«

Endlich ging er. Sie schaute ihm nach, wie er den südlichen Gang entlangwankte, bis sie seine Tür zuschlagen hörte. Ihr Schlussmonolog ging ihr durch den Sinn: »Statisten, Publikum ihr dieses Aktes, hätt ich nur Zeit, oh, ich könnt euch sagen. Doch sei's nun drum.« Sie würde es Friedhelm später erklären.

So rasch sie konnte, lief sie zum Musikzimmer vor, schloss das Zimmer auf und schlüpfte hinein. Nach einigem Überlegen klinkte sie die Tür wieder auf. Keine halben Sachen, dachte sie. Der Unbekannte sollte nicht übersehen, dass er heute Nacht seine Chance bekam.

Sie machte kein Licht; der Griff des gräflichen Spazierstocks blinkte im Mondlicht, das von draußen hereinfiel. Auch die Tür der kleinen Nebenkammer fand sie ohne Weiteres. Sie zog auch diese nicht ganz zu. Nach einer Weile gewöhnten sich ihre Augen an die Dunkelheit. Deutlich erkannte sie die Umrisse der lädierten Bassgeige. Wenn sie das Corpus ein wenig nach vorne zog und das Gerümpel dahinter auf eine Seite schob, konnte sie Platz für sich schaffen, nicht bequem, aber ausreichend. Katia war zierlich, nicht größer als 1,62 m. Und sie war schlank; sie passte perfekt in das Versteck.

Nachdem sie eine Weile so herumgestanden hatte, ging sie noch einmal hinaus und holte sich ein weiteres Requisit, einen der Yoga-Sitzhocker, die sie bei ihren Proben verwendeten. Ah, das fühlte sich gleich besser an. Wer wusste schon, wie lange sie hier würde ausharren müssen. Sie legte sich den Stock quer auf die Knie und ging im Geist den Sonnengruß durch.

Eine Weile lang geschah gar nichts. Katia versuchte, fokussiert zu bleiben, konnte aber nicht verhindern, dass ihre Gedanken wanderten. Zurück zur Körperwahrnehmung, ermahnte sie sich. Das Geheimnis jeder guten Meditation.

Was spürte sie? Den Holzhocker unter ihrem Hintern. Der erinnerte sie allerdings daran, dass es Bogdan gewesen war, der den Transport der Würfel in den Probenraum organisiert hatte. Mit in die Hüften gestemmten Händen hatte er dagestanden wie ein Feldherr und sich umgesehen. Was er nicht alles gefragt hatte! Hatte seine Neugier dem Stück gegolten, oder hatte er sich vergewissern wollen, dass der Bassgeigenkoffer noch an seinem Platz lag? »Der ist aber schwer!« Sie hatte seine Stimme noch genau im Kopf.

Dann sprangen ihre Gedanken zu Dennis Stürbichler, dem Psychologen. Der Mann, der ihr demnächst womöglich bescheinigte, dass sie geistig verwirrt war. Ein kleines Vögelchen hatte ihm also etwas gezwitschert. Nun, sie würde bald sehen, was für eine Art Vogel er selbst war.

Sie dachte an ihre Liste der Verdächtigen. An die Freunde. Sie verbat sich das Denken. Denken konnte nichts ändern. Jemand würde auftauchen. Dann würde sie es wissen. Die Zeit verging.

Es war etwas Seltsames an der Dunkelheit. Sie kroch einem mit der Zeit unter die Haut und ins Herz. Sie verhielt sich nicht still, dauernd veränderte sie die Umrisse der Gegenstände. Ließ sie größer werden, fremder. Malte ihnen Fratzen. Auch das ging vorüber.

Jetzt hocke ich also hier, dachte Katia, gefangen in meinem eigenen Geheimnis. Wie in einer Falle. Sie war gut versteckt. Aber an einen Fluchtweg hatte sie nicht gedacht.

Da hörte sie draußen ein Geräusch.

61

Katia zuckte zusammen. Dabei stieß sie mit der Fußspitze gegen den Bassgeigenbogen, der fiel um und brachte einen Stapel alter Notenblätter ins Rutschen.

Katia mühte sich, alles mit den Händen festzuhalten. Das Rutschen hörte auf, doch der Stock fiel ihr von den Knien. Gerade noch rechtzeitig klemmte sie ihn mit dem linken Ellenbogen gegen die Wand. Jetzt saß sie fest. Jede weitere Bewegung würde ein Geräusch verursachen. Sie stellte sich wirklich wunderbar diskret an! Wenn sie so weitermachte, konnte sie sich gleich auf die Bühne dort draußen stellen und mit dem Deklamieren beginnen.

Die Tür zum Musikzimmer war aufgegangen. Das Licht vom Gang fiel herein. Katia sah das Lichtviereck auf dem Boden. Und darin den Schatten. Dann ging das Licht an. Es knarrte.

Katia richtete sich im Schutz des Geräuschs so leise wie möglich auf. Ließ vorsichtig das Notenpapier los. Griff mit der Rechten nach dem Stock.

Das Licht floss durch den leicht geöffneten Kammertürspalt gleißend herein und fiel auf ihren rechten Fuß. Katia zog ihn vorsichtig in den Schatten zurück. Sie versuchte, flach und ruhig zu atmen. Immer auf drei, ermahnte sie sich. Wenn sie sich still verhielte, würde niemand sie bemerken. Draußen wurde ein neues Geräusch hörbar: das Streifen von Stoff an Stoff. Schwere Schritte. Es war kein kleiner Mensch, der das Zimmer betreten hatte.

»Ich häng dich auf!‹ Warum nur musste ausgerechnet dieser Satz ihr wieder in den Sinn kommen. Hajo Vierheilig hatte die Drohung gegenüber der Gräfin am Telefon ausgestoßen. Hajo Vierheilig war tot. Das dort draußen war sein Komplize, sein Tippgeber, vielleicht der Anstifter von alldem. Vierheilig selbst war ein kleines Licht gewesen, ein Werkzeug, das schon von vielen gebraucht worden war. Dem Menschen dort draußen gehörte die Hand, die Vierheilig geführt hatte, das Hirn, das ihm seinen Text vorgesagt hatte: Ich häng dich auf.

Katia fühlte die Gänsehaut auf ihren Armen wachsen. Sie hätte gerne darüber gerieben. Aber sie wagte es nicht. Wer immer dort draußen war, stand gerade für einen Moment still. Ob auch er lauschte? Langsam, ganz langsam hob Katia den Stock über den Kopf.

Dann erklangen die Schritte wieder. Angespannt neigte Katia sich vor, das Auge so nahe am Türspalt wie möglich.

Da kam die Gestalt in ihr Blickfeld.

»Unmöglich«, japste Katia.

62

»Nein, nein, nein, Sie müssen sich das so vorstellen«, erklärte Friedhelm seinem späten, unerwarteten Gast und nahm einen weiteren Schluck Whiskey. Ihm und Shakespeare wurde an diesem Abend also doch noch ein wenig Aufmerksamkeit zuteil. Er war in der Stimmung zu nehmen, was er bekommen konnte.

Irma, die ihm gegenübersaß, schien in Geberlaune. Sie hatte ihr Schwarz abgelegt. Dass sie eine Federboa trug, hätte ihn misstrauisch stimmen sollen. Doch er war gerade mit seinen Erklärungen beschäftigt.

»Ophelia liebt ihren Hamlet«, stellte er klar. »Sie will ehrlich und treu zu ihm halten. Aber zugleich möchte sie eine brave Tochter sein. Ein gutes Mädchen. Also lässt sie sich einspannen, ihn auszuhorchen.«

»Ein gutes Kind!« Irma lachte ihr girrendes Lachen. »In der Gefahr war ich tatsächlich nie.«

Friedhelm Klemp prostete ihr zu. »Soll man das glauben?«, fragte er mit einem Rest seiner üblichen Ironie.

Irma war für Ironie nicht anfällig. »Das dürfen Sie ruhig glauben«, erwiderte sie nachdrücklich. »Ich war ein böses Mädchen und kam wirklich überallhin, schon lange vor dem gleichnamigen Buch.« Einen Moment lang schien sie in schönen Erinnerungen zu versinken, dann umflorte sich ihr Blick. »Heutzutage ist es schwieriger geworden, dem Leben ein paar bunte Seiten abzugewinnen.«

»Versuchen Sie es doch mal mit Stil«, meinte Friedhelm mit einem Seitenblick auf ihre Garderobe.

»Stil«, schnaubte Irma. »Stil wird überbewertet. Würde ich Wert auf Stil legen, wäre ich nicht mit sechzehn mit einem Flussschiffer durchgebrannt, der ein Gott im Bett war, nebenbei bemerkt. Und ich wäre nach dem Sommer mit Yoannis nicht fünf Jahre auf Naxos hängen geblieben.« Sie kramte in ihrer paillettenbestickten Tasche und holte ein Zigarettenetui heraus. Friedhelm schob ihr galant den Aschenbecher hin. »Ein Motorradverleih«, erklärte sie, nachdem sie ihre Zigarette entzündet hatte und nachdenklich den Rauch in den Raum steigen ließ. »Lief gut, bis er zu seiner Frau zurückkehrte. Stil!« Sie spuckte das Wort mit dem Rauch an die Decke. Dann neigte sie den Kopf und musterte ihn von Kopf bis Fuß. »Hat es Ihnen denn geholfen, so verdammt stilvoll zu sein?«

Friedhelm zupfte seine Manschetten mit den echten Manschettenknöpfen zurecht; goldene Münzen mit dem Konterfei Dantes. Schon als Student hatte er die getragen, als die anderen Jungs anfingen, ihre Haare lang wachsen zu lassen. Die eine oder andere Studentin hatte das interessant gefunden; allzu viele waren es nicht gewesen. Für eine Ehe hatte es gereicht. Seine Frau pflegte manchmal zu sagen, sie könne sterben und er würde es nicht merken. Sie sollte recht behalten; er fand sie tot im Bett, als er von einer Premiere zurückkam. Und lebte danach weiter wie zuvor, im Großen und Ganzen.

»Er war mir stets ein sicherer Halt.«

Irma neigte sich vor. »Wie sicher?«, fragte sie.

Eine Minute später stand Friedhelm auf dem ganz und gar sicheren, stillen, von Nachtlichtern beleuchteten Flur und dankte seiner Geistesgegenwart, die ihm zur Flucht geraten hatte. Er zog ein Taschentuch heraus und tupfte sich den Schweiß von der Stirn. Da war er noch einmal davongekommen. Er fasste seinen Stock fester. Am besten, er würde sich einen kleinen Spaziergang genehmigen. Sie würde ja wohl nicht mehr da sein, wenn er zurückkehrte.

In diesem Moment entdeckte er die leicht offen stehende Tür des Probenraumes. Drinnen brannte Licht. Was ging da vor?

Friedhelm Klemp zupfte seine Manschetten zurecht und beschloss, der Sache auf den Grund zu gehen.

63

Als er ins grelle Licht des Musikzimmers trat, musste Friedhelm Klemp einen Moment blinzeln. Er hörte jemanden rufen. Das war doch Katia Horenfelds Stimme!

»Vorsicht!«, rief sie und sprang schon aus der Kammer, einen Stock in den drohend erhobenen Händen. Die Fechthaltung war vorbildlich. Stil, dachte Friedhelm beglückt. Wahre Eleganz, es gab sie doch.

»Passen Sie auf!«, wiederholte Katia und wies mit der Stockspitze auf etwas hinter ihm.

Ratlos drehte er sich um. »Frau Doktor Obrecht«, sagte er.

Die Psychologin starrte ihn an. Dann Katia, die neben ihn trat.

Er wollte einen Schritt auf sie zu machen, da hielt Katia ihn am Ärmel zurück. »Halt, sie ist eine Verbrecherin!«, rief sie.

Friedhelm Klemp runzelte die Stirn. Die Szene, fand er, war wenig realistisch. Trotzdem standen sie alle drei herum wie schlechte Schauspieler in einem drittklassigen Stück. Es musste sich um die traurige Realität handeln. Etwas, das er sein Leben lang vermieden hatte.

Katia blieb wachsam und angespannt. Die Psychologin jedoch unternahm keinen Versuch, einen von ihnen anzugreifen oder gar zu flüchten. Stattdessen wandte sie sich kommentarlos wieder ab und ging einfach auf das Regal mit dem Geigenkoffer zu.

»Da ist nichts mehr drin!«, rief Katia ihr nach. »Das Geld ist längst weg.«

»Geld?«, fragte Friedhelm ratlos. »Was für Geld, bitte schön? Wovon reden Sie denn da?«

»Von Grünsteudls Geld«, fuhr Katia kämpferisch fort. Die durchlittene Aufregung ließ die Worte nur so sprudeln. »Von dem Geld, das der Erpresser an sich genommen hat in jener Nacht. Das *Sie* an sich genommen haben.« Anklagend zeigte sie mit dem Bogen auf den Rücken der Psychologin. »Sie hat es in Sieglindes Instrumentenkoffer versteckt. Aber ich habe es gefunden.« Sie bemerkte, dass der Stock in ihrer Hand verräterisch zitterte, und nahm ihn herunter. Dafür rief sie laut: »Geben Sie auf!«

Mit offenem Mund schaute Friedhelm von einer Frau zur anderen.

Die Psychologin erwiderte kein Wort. Sie reagierte auch nicht auf Katias Vorwürfe, stumm und gnadenlos wie ein Gletscher bewegte sie sich weiter auf das Regal zu, griff nach dem Bassgeigenkoffer. Und zog dahinter ein kleines Kästchen aus Kunststoff hervor. Sie drehte sich um und zeigte es den beiden anderen.

Es war ein Aufnahmegerät.

Der Vogelkundler hatte recht gehabt, fuhr es Katia durch den Kopf. Eine Abhöraktion. Es war grotesk.

»Ich bin fast taub«, sagte die Psychologin. »Einiges kann ich von den Lippen lesen. Aber vieles entgeht mir. Deshalb nehme ich es auf.«

»Was nützt Ihnen das?«, fragte Friedhelm, der sich schneller fasste als Katia. »Ich meine«, geistesgegenwärtig wiederholte er seine Frage brüllend und mit deutlichen Lippenbewegungen, »wozu?«

Jetzt lächelte sie ihn an. »Mein PC hat eine stimmgesteuerte Software. Er speichert mir alles als Text. Dann kann ich in meinem Zimmer die Proben nachstudieren. Es ist sehr hilfreich.« Sie drückte einen Knopf und Friedhelm Klemps Stimme ertönte. »Der Konflikt zwischen Königin und Hamlet ist mitnichten freudianisch. Hamlet will die Mutter nicht für sich, er will nur die Weltordnung wiederherstellen, die die Erwachsenen gebrochen haben.

Er will ihre mütterliche Loyalität, nicht ihre Liebe. Er ist ein Kind, im Grunde, ein vom Erwachsensein und seiner Mission überfordertes Kind. Und als Kind benötigt er einen vernünftigen Erwachsenen auf seiner Seite. Wir alle haben so jemanden nötig.«

Katia tappte hinüber zu Friedhelm Klemp und ergriff seine Hand.

Drei Frauen in einer Nacht, die Halt bei ihm suchten. Der Impresario strahlte.

64

Friedhelm Klemp lächelte nicht mehr, als er Katia zu ihrem Zimmer geleitet hatte. Er hatte es sich nicht nehmen lassen, sie zu begleiten, angesichts der Umstände. Ein Verbrecher schlich durch das Heim, noch immer unidentifiziert. Und sie hatten weder Schlüssel noch Tor, um sich vor ihm zu schützen.

»Sie sollten jetzt nicht allein sein«, sagte er, öffnete ihre Tür und machte Licht. Dann fuhr er zurück. Auf dem Stuhl neben Katias Bett saß, ein Brotmesser in der einen Hand, ein Brotzeitbrett in der anderen, Hans Grünsteudl. Sein Kopf war in den Nacken gesunken, seine Augen geschlossen, er schnarchte leise.

Der Anblick war lächerlich, doch er wärmte Katia das Herz. »Da hat wohl schon jemand dieselbe Idee gehabt«, stellte sie fest.

»Das zeigt nur, dass sie gut ist«, murrte der Impresario. Er trat Hans Grünsteudl auf den Fuß. »Pardon.«

Der fuhr hoch.

»Gratuliere!«, schnauzte Friedhelm. »Wenn wir der Verbrecher wären, wären Sie jetzt tot.« Er klang, als wäre ihm diese Variante deutlich lieber. Dann ließ er sich auf den anderen freien Stuhl sinken.

Katia nahm die Bettkante.

Es dauerte eine Weile, bis sie Hans Grünsteudl erklärt hatte, wo sie gewesen war. Und Friedhelm Klemp, warum genau sie dort gewesen war. Wie es aussah, befanden sie sich danach wieder am Ausgangspunkt.

Friedhelm bat um Erlaubnis, sich eine Pfeife anzünden zu dürfen. Hans bat um die Erlaubnis, den Portwein zu holen. Dann stellten sie gemeinsam Überlegungen an.

»Die Psychologin war es also nicht.«

Das zumindest stand fest. Der Impresario war nicht wenig erleichtert, eine weitere tragende Rolle nicht gefährdet zu finden. Die Psychologin hatte sich als Glücksgriff in der Rolle der Königin erwiesen. Umso dringender mussten sie herausfinden, wer es denn nun war. »Noch sind es vier Wochen bis zur Generalprobe«, erklärte er. »Jetzt wäre eine Umbesetzung gerade noch möglich.«

»Dass Sie auch nur an Ihr Theater denken können.« Hans Grünsteudl nahm einen Schluck und starrte den Impresario durch den Bernstein der Flüssigkeit hindurch an.

»Und an was denken Sie? An Ihr Geld?«

»Es geht hier zuallererst um meine Haut«, gab Hans Grünsteudl beleidigt zurück.

Friedhelm Klemp lachte. »Papperlapapp.«

»Aber Friedhelm«, wies Katia ihn zurecht.

»Ach was«, beharrte der Impresario. »Es hat nie etwas dagegengesprochen, dass wir mit der Sache zur Polizei gehen.«

»Immerhin ist Carlos Becker, also Hans, ein gesuchter Terrorist«, wandte Katia ein.

»Das hätte er wohl gerne.« Friedhelm zog genussvoll an seiner Pfeife. »Kein Mensch interessiert sich mehr für ihn. Er war ein Mitläufer. Alle seine Vergehen sind inzwischen verjährt, das hab ich meinen Anwalt gefragt. Ihm würde kaum mehr drohen als eine eindringliche Befragung. Jeder Cent, den er heute besitzt, ist legal erworben. Vielleicht müsste er nicht mal die dreihunderttausend zurückgeben, keine Ahnung. Und wenn, wären das ja Peanuts für ihn.«

»Ich hab das Geld nie angerührt.«

»Vielleicht hätten Sie sich ein Theaterabonnement leisten sollen.«

»Kinder, schön spielen«, sagte Katia und kam sich schon vor wie Agnes Vogeltanz. »Das sind doch erst einmal gute Nachrichten. Hans ist außer Gefahr. Allerdings müssen wir an die Gräfin denken. Wir können einfach nicht zur Polizei.«

»Es wäre feige, sie zu opfern«, gab Hans zu.

Friedhelm nickte. »Schlimmer noch. Es wäre stillos.«

»Es würde keinen Spaß machen«, sagte Katia melancholisch. »Aber was können wir tun, wenn wir Pfeil und Schleudern des wütenden Geschicks nicht einfach erdulden wollen?«

Sie schauten einander an. Dann mussten sie lachen. In der Tat, die Lösung lag im *Hamlet*.

»Verdammt noch mal!«, rief Friedhelm. »Dieser Mensch hat von Anfang an mein Theaterstück boykottiert. Ich nehme das jetzt persönlich.«

»Also holen wir ihn uns?«, fragte Katia.

Hans Grünsteudl nickte. »›Ich bin mehr Römer alten Schlags als Däne‹«, rezitierte er seine Rolle. »Glaub ich jedenfalls. Ich bin das Angstsein leid. Ich bin dabei.«

»Dann also Shakespeare«, stellte Friedhelm Klemp fest. »Lasst mich nachdenken.« Und er dachte nach. »Hamlet überführt den König durch ein Theaterstück des Mordes.« Er sog an seiner Pfeife.

»Dann machen wir es doch auch so.« Katia schaute von einem zum anderen. »Wir spielen ein Stück, in dem die Erpressung vorkommt. Und das Geld. Und dann werden wir sehen.«

»Tja«, sagte Hans Grünsteudl und kniff die Augen zusammen. »Wie sieht es aus, Klemp, können Sie uns so ein Stück schreiben?«

65

Für ihren Plan benötigten sie die Unterstützung der ganzen Truppe. Also gaben sie ihre Bedenken auf und riefen alle zusammen, um sie über das, was geschehen war, aufzuklären.

»Was, das ganze Geld ist hier?«, rief der Anarchist, als sie an der Stelle angekommen waren, an der Bogdan den verdächtig schweren Bassgeigenkoffer ins Regal hievte. Ehe ihn jemand zurückhalten konnte, war er aufgesprungen und zum Regal gelaufen. Er klappte den Deckel auf. Dann den Mund. »Ihr verarscht uns.«

»Ich habe es umgelagert«, gestand Katia.

»Und wo ist es jetzt?« Die Frage kam von Hans Grünsteudl.

Katia wurde rot. »Im Klavier«, flüsterte sie.

Es dauerte eine Weile, den Rest der Geschichte zu erklären, weil immer wieder jemand aufstand, um zum Klavier zu gehen und das Geld zu betrachten. Endlich hatten alle die Sachlage verstanden.

Friedhelm erhob sich. »Da«, sagte er und verteilte neue Textmappen. »Ich habe die ganze Nacht daran geschrieben.« Es war der Text des Theaterstücks im Theater, das den Täter dazu bringen sollte, seine Identität zu verraten. »Wir haben nur ein paar Tage Zeit, es zu lernen. Nachher werde ich zu Frau Vogeltanz gehen und ihr sagen, dass wir eine Art Sneak Preview planen, eine Vorabpremiere eines kleinen Teils des Stücks, mit anschließendem Werkstattgespräch, sprich: Büfett. Die ganze Sache ist kurz, in einfacher Sprache, wie Sie gleich selbst sehen werden. Sie wird den Gedanken lieben.«

»Weil es danach Eierpunsch gibt.« Der Anarchist lachte.

Friedhelm nickte. »Ich sehe, Sie haben die Sache erfasst. Ich gehe davon aus, dass dieses attraktive Angebot von einem Großteil der Bewohner angenommen werden wird. Und auch des Personals. Ich werde persönlich alle, die an dem Tag Dienst haben, dazu einladen.«

»Und wenn keiner reagiert?«, fragte der Vogelschützer skeptisch. Er lud regelmäßig das ganze Heim zu seinen Vorträgen ein, konnte aber kein nennenswertes Echo auf seine Bemühungen verzeichnen. Wenn jemand von Pflegenotstand sprach, musste er immer an die leeren Stuhlreihen seiner Vortragsabende denken.

»Wir glauben also, es ist jemand vom Personal?«, fragte Irma. »Jemand, der uns die Tabletten reicht und das Bett aufdeckt? Der uns berührt?« Sie schauderte kunstgerecht.

Friedhelm wich ihrem Blick aus.

»Es könnte jeder sein«, gestand Katia. »Herrgott, es könnte Abendrot mit seinen Wichteln sein, der nur simuliert.« Sie zuckte mit den Schultern. »Bis vor Kurzem dachte ich sogar noch, es könnte jemand von euch sein.« Sie vermied es, irgendjemanden anzusehen.

Doch die Psychologin stand von ganz allein auf. »Ich möchte etwas sagen«, begann sie. »Ich kann beinahe nichts hören. Ich lese nur von den Lippen. Und ich habe nichts gesagt, weil es mir peinlich war.« Sie vermied es, den Lehrer anzusehen. »Na ja, ein bisschen auch, weil ich manchmal gar nichts hören will. Ich hab im Leben genug Dummheiten erzählt bekommen.« Sie verstummte und setzte sich wieder.

Der Lehrer saß da wie vom Donner gerührt. Er fasste es nicht. All seine Verse: in die leere Luft geschmiedet. Sie hatte sie gar nicht hören wollen!

Friedhelm, der ihm ansah, was er dachte, stützte sich auf seinen Stock und neigte sich zu ihm. »Sehen Sie es als Chance«, flüsterte sie. »Sie wird nie erfahren, was für ein schlechter Dichter Sie sind.« Mitfühlend drückte er ihm ein Blatt Papier in die Hand. »Hier. Das ist Ihr Part.«

Der Lehrer war so verblüfft, dass er das Blatt wortlos nahm. Er las. »Und das soll funktionieren?«, fragte er skeptisch.

»Bei Shakespeare hat es das«, sagte Katia. »Also?«

»Ein stilvoller Betrug«, meinte Irma und brachte Friedhelm zum Erröten, was zum Glück keinem auffiel.

»Wir schlagen hart zu«, rief der Zahnarzt und ballte die Faust.

»Und dann ist Ruh«, entfuhr es dem Lehrer. Er zuckte zusammen und warf der Psychologin einen Seitenblick zu. Sie nahm seine Hand und drückte sie fest.

»Also, wenn ich der Vogelschützer wäre«, sagte der Anarchist, »dann würde ich jetzt sagen ...«

Die Antwort kam im Chor: »Ich habe es mit dem Darm.«

Alle lachten, der Vogelschützer mit ihnen.

66

Katia blickte in die angeregten, lachenden Gesichter. Ob ihnen das Risiko bewusst war, das sie eingingen? Sie erinnerte sich an die Furcht, die sie selbst für einige Momente in der Kammer gespürt hatte, die kreatürliche Angst des Tieres, das in der Falle saß. Aber hier, bei Tageslicht, im Kreis ihrer Freunde, spürte Katia nur ihre Bereitschaft. Was hatten sie schon zu verlieren? Nichts als ihre Prothesen und die wenigen Jahre, die ihnen noch blieben. Hamlet hatte sein Leben für ein Sandkorn geschätzt und war doch melancholisch geworden über Yoricks Schädel. Menschen ihres Alters dagegen waren nicht mehr erstaunt über die Endlichkeit. Und es rührte sie nicht, dass ein Großer ebenso zu Staub wurde wie ein Geringer. Dagegen kannten sie den Wert eines guten Wortes, eines guten Witzes und den der eigenen Würde.

Die würden sie sich jetzt wieder zurückholen. Indem sie die Narren spielten.

Sie gab die Liste der Requisiten herum, auf die sie sich mit Friedhelm geeinigt hatte.

Dem Lehrer und der Psychologin war es aufgetragen, in den unerschöpflichen Bastelvorräten des Heims nach Goldfolie zu fahnden und eine Krone anzufertigen, schön groß und sichtbar. »Wie ein Kind sie bauen würde«, erklärte Katia, beide Hände über ihren Kopf in die Luft setzend. Die beiden nickten, sie hatten verstanden.

Der Zahnarzt würde die Schaufel liefern, die sie schon einmal aus dem Gärtnerschuppen im Park entwendet hatten. »Dort sind auch Forken«, bot er an. »Für einen schönen Mob.«

Aber Katia schüttelte den Kopf. Ein Mob war nicht geplant. Es würde eine schnelle, schlanke Aktion werden. Im Rahmen ihrer körperlichen Möglichkeiten.

»Hans, Sie müssten Ihre Reisetasche beisteuern. Sie sieht doch aus wie die, in der das Geld war?«

Er nickte. »Schwarzes Kunstleder mit Schnallen. Aber die an der anderen waren verrostet.«

»Ich bin sicher, das macht nichts«, tröstete Katia.

»Was füllen wir denn hinein?« Sein besorgter Blick wanderte zum Klavier.

»Das wird eine Überraschung«, meinte Katia.

Sie reichte dem Vogelkundler den für ihn gedachten Besorgungszettel, den er stirnrunzelnd studierte. »Und bitte vergesst nicht«, ergänzte Katia, »euch Gedanken zu unserem Plan B zu machen. Das ist die Anmerkung unten auf der Seite.«

Alle Augen richteten nach unten.

»Das ist aber klein geschrieben«, beschwerte die Gräfin sich und kniff die Augen hinter ihrer Brille zusammen. Verdutzt blinzelte sie. »Was soll das heißen: sechs silberne Löffel?«

»Sie, liebe Irma«, fuhr Katia, statt darauf zu antworten, fort, »müssten eine Lieferung am Haupteingang annehmen, um …« Katia schaute auf die Uhr. »Oh, es ist gleich so weit. Hier ist die Bestellbestätigung.« Sie hielt ihr den Zettel hin.

»Ich war so frei, in Ihrem Namen in den lokalen Kleinanzeigen zu stöbern«, fügte Friedhelm aufmunternd hinzu. »Es wird Ihnen gefallen.«

Irma stand nicht auf, sie erhob sich, riss den Zettel aus Katias Fingern, verlieh hernach dem Ausdruck »sich abwenden‹ eine neue, glamouröse Facette und rauschte hinaus. Es musste sie viel Mühe gekostet haben, nicht die kleinste Frage zu stellen.

Die anderen studierten solange Friedhelms Stück.

»Es hat ja fast gar keinen Text«, meinte der Anarchist.

Friedhelm bestätigte, dass es sich um eine Art Pantomime handeln würde. »Ich will große Gesten, starke Mienen«, erklärte Friedhelm. »Jedwede heroische Übertreibung. Nehmt euch – nur für den einen Abend – ein Beispiel an Irma.«

Die kam bald wieder hereingeplatzt, eine bunte, wirbelnde Schneekugel aus Schleiern und Schals und entzückten Schreien: »Duzidu!«, rief sie glucksend. »Ja Schatzimatzidutzi, komm zu Mami.«

Um sie herum quirlte und sprudelte ein Hündchen, kläffend und tanzend, das von Zeit zu Zeit wie ein Gummiball in die Höhe hüpfte. Der Hund passte zu Irma, der eine war ein perfekter Ausdruck des anderen. Gemeinsam bildeten sie ein pointillistisches Gemälde bunter, schwer zu steuernder Lebensfreude.

Katia betrachtete das Bild mit zweifelndem Vergnügen. »Ob das die richtige Wahl war?«, fragte sie Friedhelm flüsternd.

»Er wiegt nur zwei Kilo«, erwiderte der Impresario. »Und er passt perfekt in den Geigenkoffer.«

»Ja, aber wenn das alles vorbei ist, werden wir die nächsten Jahre mit ihm leben müssen, wenn nicht irgendwas gründlich schiefläuft. Und Irma sieht aus, als wäre sie zu rein gar nichts mehr zu gebrauchen. Die Konzentrationsfähigkeit von Konfetti nach dem Wurf.«

Friedhelm tätschelte beruhigend ihr Knie. Was ihn anging, konnte es für Irma Blauhut in der Zukunft gar nicht genug Ablenkung geben.

67

Die Sache mit dem Büfett richtete es. Wobei es womöglich eine Rolle spielte, dass Friedhelm sich am Ende nicht für den üblichen Eierpunsch mit Kuchen, sondern für guten Sekt und ein passendes kleines, aber feines Fingerfood-Büfett entschieden hatte, das bei einem italienischen Gastrobetrieb in Auftrag gegeben worden war. Katia machte sich ein wenig Sorgen um den Preis, doch der Impresario winkte ab. Der Bauch des Klaviers hatte mit Hans Grünsteudls gütiger Erlaubnis das Nötige gesponsert. »Wenn wir schon sterben, dann stilvoll. Und nicht mit billigem Eierlikör auf den Lippen.« Stattdessen würde es Meeresfrüchte geben und frittiertes Gemüse.

Der Besucherzustrom war ihnen jedenfalls sicher. Fast alle Bewohner wollten gerne kommen, auch das Personal freute sich über die ungewohnte kulinarische Aussicht. Friedhelm ließ unter der Hand wissen, dass zu späterer Stunde auch guter Whiskey zum Einsatz kommen würde.

»Single Malt«, meinte Bogdan. »Aus Ihrem Nachttisch. Darauf zähle ich.«

Ein wenig mehr Mühe bereitete es, den vielbeschäftigten Psychologen Dennis Stürbichler zu einem Besuch zu bewegen. Katia sah sich genötigt, eine seiner Trauergruppen zu besuchen, um eine wirksame Gegeneinladung aussprechen zu können.

Der Sitzungstermin war am späten Nachmittag. Auf dem Tisch brannten Kerzen. Darum herum schlangen sich drapierte Stoffe, zwischen denen Kastanien, Steine, Schneekugeln und andere Deko-Objekte lagen. Das Ganze sah aus wie etwas, das Irma tragen könnte, nur in Horizontal.

Da sie ein wenig zu spät kam, begrüßte Stürbichler Katia nur mit einem stummen Kopfnicken, um mit der Moderation fortzufahren, die er bereits begonnen hatte. »Kann mir jemand sagen, warum der Tisch so dekoriert worden sein mag?«, fragte er in wohlwollendem Ton.

Aller Augen richteten sich brav auf das Arrangement. Keiner sagte ein Wort.

»Frau Feudl.« Stürbichlers Stimme war weich wie Honig. »Was sehen Sie auf dem Tisch?«

Die große, schwerknochige Frau tastete aufgeregt nach ihrem Dutt. »Ich sehe«, begann sie zögernd und überlegte, »ich sehe … vielleicht einen Weg?«

»Einen Weg!«, rief Dennis Stürbichler betont lebhaft. »Sehr gut. Einen Weg.«

Frau Feudl strahlte wie ein Schulkind, das für die richtige Antwort gelobt worden war.

»Und warum habe ich uns wohl einen Weg gelegt?,« fuhr Stürbichler salbungsvoll fort. Sein Blick wanderte die hoffnungsvollen Reihen entlang. »Frau Horenfeld vielleicht?«

Heuchler, dachte Katia. Ich hoffe, du warst es.

Frau Stürmann kam ihr zuvor.

»Weil Trauer ein Weg ist?«, bot sie an. Zweifellos hoffte sie auf einen Weg, von ihren achttausend Euro im Guten Abschied zu nehmen.

»Genau.« Stürbichlers Stimme troff vor Zufriedenheit. »Trauer ist ein Weg, ein Weg, den wir alle zu gehen haben. Vom ersten Schmerz«, er hatte die Hände zum Herzen erhoben, »bis zum Einverständnis, zum Vergessen. Zum Trost.« Er hielt den Damen seine geöffneten Hände entgegen.

Gunilla Wieprecht wandte sich mit feuchten Augen Katia zu und nickte. »Ich hab mein Diadem schon fast verwunden«, bekannte sie.

Katia musste sich anstrengen, ihr zuzulächeln.

»Ach«, seufzte da ihre Nachbarin zur Rechten, »meinen Helmut werd ich nie vergessen.«

»Das müssen Sie auch nicht«, fiel Stürbichler sofort ein, »das sollen Sie auch gar nicht. Die Trauer hat viele Stationen. Sie ist ein langer Weg. Und am Ende steht nicht für alle dasselbe.« Sein wandernder Blick blieb an Katia hängen.

Hatte er etwas gemerkt?, überlegte sie. War das gar eine Botschaft? Sie schauderte bei dem Gedanken, dass er es gewesen sein könnte, der in ihrem Zimmer herumgewühlt hatte. Und was hätte er wohl für sie am Ende ihres Weges geplant?

»Dein Helmut ist doch schon zwanzig Jahre tot«, sagte da Frau Feudl. »Und auf dem Friedhof sieht man dich auch nie.«

»Meine Damen!« Dennis Stürbichler beschloss, das Thema zu wechseln. »Wir haben uns heute hier versammelt, um Apollonia Eckarts zu gedenken.«

»Ach so«, entfuhr es Frau Stürmann. Sie klang ein wenig enttäuscht.

Dennis Stürbichler fand Halt in seinen aneinandergelegten Fingerspitzen. »Der Tod ruft viele widersprüchliche Gefühle in uns wach.« Er nickte weise. »Nicht nur Trauer. Es kommt auch Verdrängtes hoch. Gefühle, die wir uns sonst versagen. Von denen wir glauben, wir dürften sie nicht fühlen. Wir haben es so gelernt: De mortuis nil nisi bene.«

Jetzt nickten wieder alle mit den Köpfen.

»Doch wir dürfen fühlen, was wir fühlen«, fuhr Dennis Stürbichler fort.

»Auch den Zorn?« Das war Katia. Sie fand seinen Blick und hielt ihm stand.

Er lächelte leicht. Sein Blick sog sie ein. »Auch den Zorn«, sagte er mit der Sanftmut eines Ghandi. »Darf ich fragen, Frau Horenfeld, welchen Toten Sie uns mitgebracht haben?«

Katia verengte die Augen. »Irmas Mops«, sagte sie endlich.

Dennis Stürbichler nickte. »Ich denke, wer das Leben eines Tieres nicht schätzt, der schätzt das Leben insgesamt nicht.«

»So sehe ich das auch«, sagte Katia. Am Ende sprach sie ihre Einladung aus. Und er nahm an. Zufrieden ging sie. Damit wären alle Verdächtigen versammelt. Die Vorstellung konnte beginnen.

68

Entsprechend dem schlichten Konzept des Stücks war kein Bühnenbild aufgebaut, kein Vorhang trennte die freigeräumte Fläche vor der Küchentür von den Stuhlreihen ab. Die wenigen Schauspieler warteten, in dunkler, schlichter Kleidung, rechts und links des Bühnenraums aufgereiht. Nur zwei Scheinwerfer erhellten und erhitzten die Spielfläche.

Friedhelm trat vor, wie immer mit seinem Stock ausgerüstet, wie ein Prologsprecher auf alten Bühnen. Er verneigte sich, und es wurde still. Mit lauter, tiefer Stimme hob er an: »Es ist was faul im Staate Dänemark.«

Katia und der Anarchist traten vor und salutierten. Sie trug eine Schaufel, er hielt eine Reisetasche vor dem Bauch. Kunstleder mit Metallschnallen.

»Der König ward ermordet«, donnerte der Impresario.

Der Anarchist setzte sich seine Krone aus Goldfolie auf. Katia hob die Schaufel und schlug sie ihm vom Kopf. Der Anarchist sank in Etappen zu Boden. Am Ende lag er ausgestreckt da.

»Norweg mit schnödem Sold kauft Truppen für den Einmarsch«, verkündete Friedhelm nun.

Katia entriss dem liegenden Anarchisten mit großer Geste die Reisetasche und warf sie in die Arme des Lehrers, der sie fest umklammerte und sich breitbeinig an den Bühnenrand stellte wie ein Söldner, der Beute gemacht hat. Friedhelm zischte ihm zu: »Grimmiger.« Der Lehrer fletschte die Zähne.

Mit lauter Stimme fuhr Friedhelm fort: »Prinz Hamlet, Sohn des Königs, rast in Wut und Wahnsinn. Jeder ist ihm verdächtig. So tötet er Polonius, des Königs kriecherischen Rat.«

Der Vogelkundler rollte von der Seite vor. Katia, die noch immer keine Miene verzog, wendete die Schaufel um und stach mit dem Griff zu. Der Vogelkundler zuckte und sank auf seinem Rollator zusammen. Der Anblick entlockte dem überwiegend gehbehinderten Publikum ein Stöhnen des Mitgefühls.

Friedhelm ließ seinen Blick übers Auditorium schweifen, ehe er fortfuhr. Er bemerkte die Vogeltanz und einige Pflegerinnen, die an der Wand standen; Bogdan saß in der ersten Reihe, neben ihm der Psychologe. Er blickte ein wenig überrascht. Friedhelm konnte es ihm nicht verdenken. Doch er hatte noch mehr auf Lager: Die würden staunen.

»Polonius' Tochter, die schöne Ophelia, die Hamlet liebt, verliert darüber den Verstand.«

Er hob den Arm, um auf die Küchentür zu weisen, hinter die Katia sich samt Schaufel zurückgezogen hatte.

»Alles in Ordnung, Sieglinde?«, fragte Katia in der Küche die Bassgeige.

Es war eine Herausforderung gewesen, Sieglinde dazu zu bewegen, die Küche zu betreten und dort für eine Weile auszuharren. Die Gründe für ihren Aufenthalt zwischen Töpfen und Pfannen waren ihr schon nach kürzester Zeit wieder entfallen. Verwirrt schaute sie jetzt auf den Instrumentenkoffer, den Katia ihr hinhielt, nicht ohne ein schlechtes Gewissen. Sie hatte Zweifel gehabt, ob man der labilen Frau das zumuten durfte.

Friedhelm hatte sie hinfortgewischt. »Sie ist ein Profi«, hatte er gesagt. »Ein altes Zirkuspferd, Sie werden sehen. Sobald sie Bühnenluft wittert, wird sie ihre Nummer zeigen.«

»Ihr Auftritt, Sieglinde«, sagte Katia nun und drückte der Frau den Bassgeigenkoffer in die Hand.

Sieglinde schloss die Hände um den Griff. Sie hob den Kopf

und lauschte Richtung Tür, aus der das vertraute Geräusch eines gedämpft murmelnden Publikums klang. Das Scheinwerferlicht ließ den Staub in der Luft flirren.

Sieglinde richtete sich auf. Ihre Gestalt begann plötzlich, eine ungeahnte Energie auszustrahlen. Auf ihrem Gesicht erschien ein konzentriertes Lächeln. Sie ging hinaus.

»Ophelia«, wiederholte Friedhelm laut.

Sieglinde blieb stehen. Sie nahm ihr Publikum wahr. Das Publikum nahm sie wahr. Etwas veränderte sich im Raum.

Leise für sich murmelte Friedhelm: »Was für eine Künstlerin.«

Sieglinde verneigte sich. Stutzte dann. Kein Stuhl, kein Notenständer. Nur der Anarchist, der rasch hervortrat und von hinten an die Schnalle ihres Instrumentenkoffers griff. Noch ehe Sieglinde begriff, was vorging, klappte der Deckel des Koffers herunter und gab sein Innenleben preis.

Friedhelms Kopf fuhr herum und fasste das Publikum ins Auge. Und er sah, was er zu sehen hoffte: Jemand schnappte beim Anblick des sich öffnenden Deckels scharf nach Luft.

Im selben Moment sprang aus dem Koffer ein kleiner weißer Hund und rannte kläffend über die Bühne. Die Menge brach in verdutzten Applaus aus. Der Hund, als genösse er seine Rolle, kläffte und hüpfte und sprang dem entgeisterten Dennis Stürbichler auf den Schoß, der alle Mühe hatte, ihn zu bändigen.

Alle lachten. Nur die Bassgeige stand starr, um im nächsten Moment von der Bühne zu eilen. Katia lehnte voll Scham die Stirn an die Küchentür.

Bogdan sprang auf. »Ich geh ihr besser nach.«

Friedhelm klopfte ihm anerkennend auf die Schulter. »Guter Junge. Tun Sie das. Guter Mann.«

Dann straffte er sich wieder. »Der Hof ist in Aufruhr!«, rief er. Und das war nicht untertrieben. Der fröhliche Lärm im Speisesaal war gar nicht mehr zu dämpfen. Der Hund hatte sich wieder vom Psychologen gelöst und tobte durch die Reihen, bei den einen Wogen des Entzückens hinterlassend, bei den anderen Wogen der Sorge.

Shakespeare hätte mehr mit Tieren machen sollen, fuhr es Friedhelm durch den Kopf. Goethe war schlauer gewesen, der alte Opportunist, und hatte als Teufel einen Pudel besetzt. Dann sah er, was er hatte sehen wollen. Das Tohuwabohu nutzend, war eine Gestalt an den Bühnenrand getreten und hatte dem noch immer mit grimmigem Blick am Rand stehenden Lehrer die Reisetasche entwendet. Sie riss den Reißverschluss auf. Heraus quollen in hohen Stapeln Prospekte des Vogelschutzbundes. Der Vogelkundler öffnete die Augen und rollte näher. »Das Braunkehlchen«, sagte er, »ist der Vogel des Jahres. Ein Wiesenbrüter und in seinem Bestand stark gefährdet.«

Agnes Vogeltanz, am Rande eines Nervenzusammenbruchs, starrte fassungslos auf das Prospektpapier. Ihr unteres Augenlid zuckte frenetisch.

»Der Hof ist in Aufruhr«, wiederholte Friedhelm, noch ein wenig lauter. »Ophelias Bruder, des Polonius Sohn, fordert Rache für seine Toten. Er duelliert sich mit Prinz Hamlet. Und in dem wüsten Kampf sterben König, Königin, Laertes und: Prinz Hamlet.«

Katia, mit ihrer Schaufel zurück in der Bühnenmitte, tat einige lakonische Schläge. Und an den Seiten fielen die aufgerufenen Toten, so gut sie es vermochten. Dann ging Katia selbst in die Knie und senkte den Kopf.

»Der Rest«, donnerte der Impresario, »ist Schweigen.«

Das Schweigen setzte ein. Es hielt knapp fünf Sekunden.

Dann kreischte Agnes Vogeltanz: »Was in aller Welt hat diese Geschmacklosigkeit zu bedeuten?«

69

Hans Grünsteudl hatte am Eingang des Speisesaals gelauert. Genau wie Horatio im Stück, der aufgefordert war, den König zu beobachten, ob er nicht Zeichen von Schuld an ihm bemerke angesichts der Theateraufführung, hatte er alle im Auge behalten. Und genau wie der Impresario hatte Grünsteudl die verräterischen Anzeichen wohl bemerkt. Er brauchte das mit Klemp vereinbarte Zeichen gar nicht abzuwarten.

Während drinnen alles zum Büfett strömte und die Heimleiterin, Vogelschutzfaltblätter zerknüllend, Friedhelm Klemp für das »zweifelhafte, morbide Spektakel« scholt, machte er sich durch die leeren Gänge auf den Weg. Sein Ziel war nun klar gesetzt: der Verwaltungstrakt im Nordwestpavillon.

Der lag ebenfalls verlassen da, kein Mensch im Haus Silberblick hatte sich das Stück und die sich anschließenden Genüsse entgehen lassen wollen. Er erreichte Frau Vogeltanz' Büro, ohne aufgehalten zu werden. Dort stand ihr Schreibtisch, da ein Aktenschrank und daneben das große Regal mit den Bastelmaterialien.

Einen Moment lang zögerte er, dann zog er die unterste Schublade des Schreibtisches auf, ein Hängeregisterfach. Hier war reichlich Raum, um das Objekt aus Plan B zu deponieren. Er zog die Lade ganz heraus. Der Anblick ließ ihn nach Luft schnappen. Auf dem leeren Boden lag zusammengeknüllt seine alte Reisetasche mit den verrosteten Schnallen. Sie hatte sie nicht einmal entsorgt! Wenn sie noch einen Beweis gebraucht hätten, hier lag er.

Umso besser. Hans Grünsteudl lächelte, trotz seiner Nervosität. Er holte aus seinem Einkaufsstoffbeutel alles, was er mitgebracht hatte, um es in die alte Reisetasche umzulagern. Dabei achtete er darauf, die Griffe und Schnallen nicht zu berühren. Sie würden zweifellos Frau Vogeltanz' Fingerabdrücke tragen.

Als er die Tasche vorsichtig auffaltete, um sie zu befüllen, bemerkte er einen Gegenstand darin: eine Pistole mit Schalldämpfer. Automatisch nahm er sie in die Hand.

»Was treiben Sie da?«, fragte eine Stimme hinter ihm. Hans Grünsteudl fuhr herum.

»Ich bin vom Urlaub zurück«, stotterte er.

Die Vogeltanz machte einen vorsichtigen Schritt auf ihn zu. Sorgsam behielt sie die Waffe im Auge, deren er selbst sich gar nicht recht bewusst zu sein schien.

Sie machte den Hals lang und musterte die offene Lade, die verräterische Tasche darin. »Lächerlich«, erklärte sie. »Das beweist gar nichts.«

»Das beweist alles«, hielt Grünsteudl dagegen. Er wollte zu seinem Mobilfon greifen. Die Pistole in seiner Hand machte das ein wenig schwierig. Ungelenk werkelte er in seiner Hosentasche herum. Dennoch drohte er markig: »Und in zwei Minuten wird die Polizei es auch wissen.«

Die Vogeltanz lachte schrill. »Was wollen Sie denen sagen? Dass Sie ein paar Millionen im Park vergraben haben?« Sie kam noch einmal näher, nervös und bedrohlich. »Das macht sicher keinen guten Eindruck.«

»Ich …«, stotterte er.

»Kommen Sie, Hans. Das ist doch nicht Ihre Art.« Sie gurrte jetzt beinahe. Ihr Lächeln war siegesgewiss. »Geben Sie mir dieses Ding.« Sie streckte die Hand nach der Waffe aus.

Sie weiß es nicht, wurde ihm klar. Sie hat keine Ahnung, woher das Geld stammt. Dass ich ein gefährlicher Terrorist bin. Er wusste nicht recht, ob er sich darüber freuen sollte.

»Und Sie«, hielt er dagegen. »Wie wollen Sie der Polizei erklären, was Sie im Park zu suchen hatten? Und warum Sie Vierheilig dort verscharrt haben? Das wird sich ebenfalls gar nicht gut machen.«

Er versuchte, sich Mut zu machen, während er krampfhaft mit der Linken die 110 wählte. Sie hatte viel mehr zu verlieren als er.

Die Vogeltanz stand da mit geblähten Nüstern und totenbleichem Gesicht. Ihre Augenlider zucken, als stünde sie unter Strom.

Grünsteudl bemerkte, dass auf dem Schreibtisch eine schwere Lampe stand, außerdem ein Briefbeschwerer, der notfalls gut in der Hand läge. Auch der Stuhl konnte zum Einsatz kommen. Sie hatte ihn schon einmal attackiert. Er dachte an den Schlag mit der Taschenlampe; sein Kopf begann zu jucken. Die Waffe in seiner Hand war unangenehm glitschig. Wenn es dumm käme, würde er sie benutzen müssen. Er wollte sie anheben.

Da traf ihn der Schlag seitlich gegen die Hand. Die Pistole schepperte auf den Boden.

Die Vogeltanz stieß einen Triumphruf aus. Erneut holte sie mit der Lampe aus. Diesmal zielte sie gegen seinen Kopf. Genau wie sie das im Park getan hatte. Hans Grünsteudl biss sich auf die Lippen vor Furcht und hilflosem Zorn.

»Das würde ich lassen!«, sagte da jemand an der Tür. Die Gräfin hinkte herein. Sie trug eine frisch gelegte Dauerwelle, dazu einen Kaschmirrock, ihre beste Schluppenbluse und eine halbautomatische Sauer SL5. »Damit schieße ich auf diese Entfernung nicht daneben«, sagte sie, sich neben Grünsteudl postierend.

Einem Wink von ihr folgend, schob er ihr einen Stuhl hin, auf den sie sich vorsichtig niederließ, ohne ihr Ziel aus dem Visier zu verlieren.

»Ich geh dann mal telefonieren«, sagte Grünsteudl und verließ das Zimmer.

»Das ist doch Wahnsinn.« Die Vogeltanz starrte auf die Waffe.

»Ja, aber es hat Methode«, sagte die Gräfin mit tiefer Zufriedenheit in der Stimme. Umso zufriedener, als sie Schritte auf dem Flur hörte. Der Rest der Schauspieltruppe traf im Pavillon ein. »Na endlich«, sagte die Gräfin. »Keine Minute zu früh.«

»Sie Hundemörderin!«, rief Irma, ihr neues Schoßtier im Arm, das sie heftig an sich presste.

»Aber, aber …«, stammelte die Vogeltanz. »Das ist ein unglaubliches Missverständnis, das war ich nicht.«

»Wir wissen, dass es Vierheilig war«, gab Katia zu.

Irma nickte. »Aber Sie waren die Anstifterin. Geistiger Hundemord ist ebenso verwerflich.«

»Und die Taschenlampe haben *Sie* Grünsteudl über den Kopf gezogen«, fügte Katia hinzu. »Und Sie hatten die Idee, uns alle hier in Angst und Schrecken zu versetzen. Sieglinde, die armen Stürmanns, Frau Wieprecht, die Gräfin hier.«

Der Anarchist nickte. »Sie haben uns gemolken wie Nutzvieh.«

Elisabeth von Tzetwertyński entsicherte ihr Gewehr.

Der Zahnarzt neigte sich zum Lehrer und flüsterte: »Sie hat das Ding doch hoffentlich nicht geladen?«

»Keine Ahnung«, gab der Anarchist an seiner statt fröhlich zurück. »Ich würde nicht darauf wetten.«

Hans Grünsteudl kam zurück. »Fertig«, sagte er. »Die Polizei kommt sofort.«

»Wollen Sie sich wirklich selbst anzeigen?« Frau Vogeltanz' Augenlider bebten. Ihre Stimme flatterte, als sie sich an die anderen wandte. »Wollen Sie das Ihrem Mitbewohner wirklich antun? Das Geld hat er doch niemals legal erworben.«

Hass, dachte Katia, das war Hass in diesem Blick. Die Heimleiterin hatte nicht nur kleine Kinder verabscheut, sie hasste alle Menschen, die ihr widersprachen, an ihren Nerven zerrten, ihre Pläne durchkreuzten. Ihrem falschen Lächeln nicht gehorsam auf den Leim gingen. Aber damit war jetzt Schluss.

»Wer sagt, dass wir irgendwem etwas antun?«, fragte sie zuckersüß. »Hans hier ist von einem kleinen Urlaubsausflug zurück. Und wissen Sie was? Er hat doch tatsächlich bemerkt, dass in seinem Zimmer zweitausend Euro fehlen, die er unter der Matratze gehortet hatte.« Sie zuckte mit den Schultern. »Sie wissen doch, wie alte Menschen sind.«

»So dumm«, bestätigte der Zahnarzt, »so vertrauensselig. Lassen ihre teuren Armbanduhren einfach so herumliegen.« Er griff sich ans leere Handgelenk. »Hoppla! Jetzt fehlt mir doch glatt meine Breitling.«

»So stocktaub, dass sie gar nicht mitkriegen, wie jemand sich ihre Perlenkette schnappt«, bestätigte die Psychologin und nahm des Lehrers Arm. »Dabei war sie ein Geschenk von ihm.«

»Noch nie was von Banksafes gehört.« Die Gräfin schnaubte. »Geben Sie mir sofort meine silbernen Löffel zurück.«

»Aber die habe ich nicht«, japste Agnes Vogeltanz, mit misstrauisch zusammengekniffenen Augen von einem zum anderen schauend. Das war doch wirklich Wahnsinn.

»Gaga, diese Alten, was?«, fragte der Anarchist und tat, als schiele er.

Katia sagte hingegen ganz ruhig: »Aber natürlich haben Sie das alles gestohlen.«

»Es liegt ja in Ihrer Schreibtischschublade«, bestätigte Grünsteudl, neben sie tretend. »Sie Und dort wird gleich alles gefunden werden. Von der Polizei.« Zur Bestätigung hob er sein Handy hoch. »Die haben versprochen, sie brauchen nicht lange.«

»Seien Sie dankbar«, riet ihr der Impresario. »Sie werden diese Nacht im Park, den Trickbetrug und Vierheiligs Leiche mit keiner Silbe zu erwähnen brauchen.«

Der Zahnarzt stimmte zu. »Damit wäre die Körperverletzung schon mal aus dem Spiel. Und die Bandenkriminalität auch.« Er hatte sich wieder einmal bei seinem Anwaltskumpel schlaugemacht. »Bleibt einfacher Diebstahl. Sie kommen locker mit zwei bis vier Jahren davon, vielleicht sogar auf Bewährung.«

Der Lehrer nickte. »Womöglich wird man hier bald auch noch

die Schrotflinte finden, mit der Ihr Komplize erschossen wurde. Natürlich von Ihnen.« Er zwinkerte seinen Mitverschwörern zu. »Und das wäre dann Mord.«

In Agnes Vogeltanz' Gesicht arbeitete es. Immer wieder wanderte ihr Blick zum Schreibtisch, zur Schublade, in der das verräterische Beweisgut lauerte. Aber der Flintenlauf der Gräfin, der unverwandt auf sie zeigte, machte klar, dass sie die Distanz nicht bewältigen würde. »Miststücke!«

Ehe jemand reagieren konnte, hatte die Vogeltanz Katia beiseitegeschubst und hastete hinaus auf den Flur.

»Weg da!« Die Gräfin legte an.

Doch es standen zu viele Menschen im Weg. Einige davon waren ihr etwas wert.

»In dem Alter sind sie schnell«, stellte der Impresario mit ein wenig Neid in der Stimme fest.

Katia trat neben ihn. »Die kommt nicht weit«, meinte sie.

Das Blaulicht, das sich in diesem Moment im Glas des Eingangskorridors spiegelte, gab ihr recht. Sie traten an die Fenster des Büros und schauten zu, wie die Heimleiterin von den Beamten erst sanft, dann nachdrücklich aufgehalten wurde.

»Ich habe am Telefon erklärt, dass ich das Diebesgut zufällig entdeckt habe«, bekannte Hans Grünsteudl. »Ich habe gesagt, ich hätte nach Tabletten fragen wollen und die Lade sei offen gewesen.«

»Der Rest«, wiederholte Friedhelm, diesmal sehr sanft und zufrieden, »ist Schweigen.«

70

Haus Silberblick kam nicht sofort zur Ruhe. Die Verhaftung der Heimleitung löste einiges Gerede aus. Es wurden plötzlich viele Gegenstände vermisst, die sich dann jedoch meist hinter Badezimmerschränken oder am Boden von Zweithandtaschen wiederfanden. Eine Weile wollte man noch nächtliche Schritte auf dem Flur gehört haben, Albträume ließen die alten Leute aufschrecken.

»Das bin nur ich«, sagte der Anarchist. »Ich laufe herum, wenn ich nicht schlafen kann. Früher bin ich bis Venedig gelaufen; jetzt marschier ich hier im Kreis. Ich hab schwere Diabetes.«

Langsam kehrte das Vertrauen zurück. Die Adventszeit kam und mit ihr die Kinderchöre und Vorlesestunden. Man stimmte sich wieder friedlich.

Für Frau Vogeltanz fand sich so schnell kein Ersatz, doch wie sich zeigte, kam man auch ohne Leitung ganz gut zurecht in Haus Silberblick. Dennis Stürbichler setzte einen neuen Kurs an, »Das Leben umarmen«, der gut besucht wurde. Katia hielt wieder ihren Sitzyoga-Kreis. Irma erlaubte einzelnen Erwählten, mit ihr und ihrem neuen Liebling spazieren zu gehen. Die Chemo des Zahnarztes endete; es wurde kein neuer Tumor gefunden. Der Gartenausschuss tagte sehr lebhaft und beschloss für das kommende Frühjahr die Umgestaltung der Grünfläche im Herzen des Heims, um Blüh- und Wiesenpflanzen eine Heimat zu geben.

Der Lehrer und die Psychologin verbrachten eine Nacht miteinander, an deren frühem Ende ein Krankenwagen kommen musste, weil ihr künstliches Hüftgelenk sich in einer fatalen Position verhakt hatte. Die Liebenden wurden gerettet. Als sie am anderen Morgen im Frühstücksaal erschienen, pfiff der Anarchist auf den Fingern und rief »Bravo«. Erst war es einen Moment still. Dann stand die Theatertruppe einer nach dem anderen auf und applaudierte. Der Saal schloss sich an. Unter stehenden Ovationen schritten die beiden zu Tisch, Königin und König in ihrem Reich.

Fast kehrte etwas wie universeller Frieden ein.

Die Proben für das Theaterstück kamen nun, da nichts mehr die Darsteller ablenkte, in großem Tempo voran.

Als es so weit war, dass die Premiere anstand, führte die vergangene Berichterstattung über Haus Silberblick in den Medien dazu, dass sich weit mehr als nur die üblichen höflich interessierten Angehörigen im Publikum befanden. Die halbe Stadt wollte das Stück aus dem Verbrecher-Heim sehen. Bogdan musste weitere Stühle aufstellen. Sogar ein Vertreter der örtlichen Zeitung erschien, saß in der ersten Reihe und machte sich eifrig Notizen.

»Der Zosig vom Feuilleton«, stellte Friedhelm zufrieden fest, als er durch den Vorhang in den Zuschauerraum linste. »Nicht bloß der Kügel vom Vermischten.« Er wandte sich zu seinen Mitspielern um. »Seid ihr bereit?« Das waren sie. »Dann macht mich stolz.« Und das taten sie.

71

Die Vorstellung wurde ein voller Erfolg. Als Horatio das Schlusswort sprach: »Gut Nacht, mein Prinz. Und singen Engelsscharen dich zur Ruh«, da blieb kein Auge trocken. All die Silberköpfe weinten um den jungen Toten wie um sich selbst, greise Kinder, die auf ihr Nachtlied warteten.

Das Feuilleton dagegen lobte anderntags die minimalistische Inszenierung, die »aus ihren begrenzten Mitteln nicht nur das Beste machte, sondern sie zu einem ästhetischen Konzept ausbaute, das unmittelbar überzeugte«.

Die Gräfin ließ sich diese Stelle wieder und wieder vom Anarchisten vorlesen. Der wiederum fiel vor Lachen beinahe vom Stuhl. »Ästhetisches Konzept«, prustete er, »ja leck mich.«

Die Gräfin sah ihn tadelnd an.

»Schon gut, schon gut«, murmelte er. »In diesem Leben nicht mehr.«

»Gut alt werden heißt weise verzichten lernen.« Die Gräfin nickte. Sie stieß mit dem Stock auf den Boden. »Los, lesen Sie weiter.«

Der Vogelschützer pinnte den Zeitungsartikel an die Mitteilungswand, direkt neben seine Vortragsankündigung für »Der Klapperstorch, ein Bewohner unserer Wiesen«. Handschriftlich hatte er hinzugefügt: Es wird ein Büfett geben. Verärgert hob er den Kopf, als laute Musik auf den Korridor drang: Der Zahnarzt hörte seit Stunden »We are the champions«.

Selbst die Psychologin konnte es hören. Das Tablet, auf dem sie ihre Spracherkennungsapp neuerdings installiert hatte, um sie überall vor Ort dabeizuhaben, übersetzte ihr wieder und wieder den Text. Wenn der Zahnarzt allerdings bei »We'll keep on fighting till the end« aus vollem Herzen mitsang, übersteuerte das Gerät.

»Singen ist Silber«, grollte der Lehrer, »Schweigen ist Gold. Das hat die Natur so gewollt.«

Was die Psychologin nicht mehr hörte, denn sie hatte das Tablet dezent abgestellt, um seine Hand zu ergreifen. Ohne Ton genoss sie Sorges schüchternes Erröten und seinen Kuss.

Der Zeitungsartikel umfasste eine ganze halbe Seite mit großem Foto. Darauf sah man die Truppe, aufgereiht für den Schlussapplaus. Männer und Frauen in dunklen Anzügen, die beiden äußersten je ein großes Glas mit einer Kerze haltend. (Fackeln mussten aus versicherungstechnischen Gründen entfallen.) In der Mitte stand der Anarchist, alias Rosencrantz & Guildenstern, die traurigen Narren. Nackt hatte er am Ende nicht auftreten dürfen. Doch als Einziger trug er nur obenherum Anzug – eine festliche Jacke mit Frackschößen, um genau zu sein. Unten steckte er in Boxershorts und Stützstrümpfen.

»Weniger Witz als traurig-tapferes Memento«, wie das Feuilleton schrieb. »Eine mutige Hommage der Schauspieler an die eigene Verletzlich- und Sterblichkeit.«

Katia ließ die Zeitung sinken. »Sie sehen zufrieden aus«, stellte sie fest.

Hans Grünsteudl pflichtete ihr bei. »Er sieht zufrieden aus.«

Sie saßen im Café Kanne und genossen den Blick auf den ruhigen Garten auf der einen Seite und auf den Eingang auf der anderen, durch den an diesem Nachmittag die Leute strömten, mit Lebkuchenpäckchen unter dem Arm und Atemwolken vor dem Mund. Nicht wenige hatten die zusammengerollte Zeitung mit der Besprechung ihres Stückes dabei. Auch die Nicht-Theatergänger waren stolz, dass ein solches Lebenszeichen von Haus Silberblick ausgegangen war. »Shakespeare statt Sauerstoffmasken«, wie es der Anarchist formuliert hatte. Es war sein Vorschlag für das Ankündigungsplakat gewesen. Der mehrheitlich abgelehnt worden war.

Der Impresario nickte. »Ich bin zufrieden«, bekannte er. Schmunzelnd fügte er hinzu: »Nicht zuletzt, weil Herr Grünsteudl sich entschlossen hat, hier als Sponsor aufzutreten. Er ist für all unsere Kosten aufgekommen.«

»Ich zahle meine Schulden«, sagte Hans. »Immer.«

»Er ist froh, dass er seinen Frieden wiederhat«, sagte Katia und tätschelte seine Hand. Morgen Nachmittag würde er für sie Calderon übersetzen: *Das Leben ist ein Traum*. Sie träumten es wieder ungestört.

»Und?«, fragte Friedhelm und hielt im Kaffeeumrühren inne. »Wissen Sie schon, was Sie mit dem Rest des Geldes machen werden, reicher Mann?«

Katia musste lächeln. Die Konkurrenz zwischen Hans und Friedhelm würde wohl nie ganz abflauen.

An Grünsteudls Stelle antwortete sie. »Er hat beschlossen, etwas davon in eine Betreuerstelle zu investieren. Für Sieglinde, die Bassgeige. Damit sie hier wohnen bleiben kann.«

»Ach, das hat *er* beschlossen?« Friedhelm ließ keinen Zweifel daran, wen er für die Urheberin dieses Entschlusses hielt.

Katia nickte. »Ich denke, das schulden wir ihr«, sagte sie. Ihr Blick wanderte durch all das Glas hinaus auf die Straße, wo Sieglinde wie so oft an der Bushaltestelle saß, den Bassgeigenkoffer zwischen den Knien, das Gesicht unklaren Horizonten zugewandt. Das Instrument darin war repariert, auch das eine Geste von Hans Grünsteudl. Und darauf, das musste sie ihm lassen, war er von selbst gekommen.

»Gute Ideen«, sagte sie, »sind das Allerbeste. Ideen halten jung.«

»In der Tat«, meinte Friedhelm Klemp. »Ich hatte in den letzten Tagen selber so einige. Ich dachte über ein neues Stück nach.«

In dem Moment kam Irma ins Café, umgeben von einer großen Schar Bewunderer. Der weiße Hund hüpfte unermüdlich kläffend um die Gruppe herum.

»Romeo«, rief Irma tadelnd. »Nun lass das, Romeo. Süßer Romeo! Platz, Romeo!«

Katia warf Friedhelm Klemp einen neckenden Blick zu. »*Romeo und Julia* am Ende? Was meinen Sie?«

»Nur über meine …«, entfuhr es ihm. Dann verbesserte er: »Nur über unsere alten, maroden und dabei noch höchst lebendigen, unausrottbar voller Ideen und Sehnsüchte steckenden menschlichen Leiber.«

»Amen«, ergänzte Hans Grünsteudl.

Romeo, der Hund, hüpfte durch das Café und stieß gegen ein Regal. Reihenweise regneten die Kannen herunter.

»Er wollte nur spielen«, sagte Irma, als die Besitzerin herbeieilte, Besen und Schaufel in den Händen und einen höchst erleichterten, beinahe glücklichen Ausdruck im Gesicht.

Katia, Friedhelm und Hans schauten sich an. Sie lachten.

Und wieder war die Welt um ein Weniges besser geworden.

FSC
www.fsc.org
MIX
Papier | Fördert gute Waldnutzung
FSC® C083411

Das bei der Produktion dieses Buches entstandene CO_2
wurde durch die Finanzierung von Klimaschutzprojekten kompensiert:
climate-id.com/17531-2110-1001/de

1. Auflage 2025
© 2025 DuMont Buchverlag GmbH & Co. KG,
Amsterdamer Straße 192, 50735 Köln, info@dumont-buchverlag.de
Alle Rechte vorbehalten.
Die Nutzung dieses Werks für Text- und Data-Mining im Sinne
von § 44b UrhG behalten wir uns explizit vor.
Umschlaggestaltung: Lübbeke Naumann Thoben, Köln
Satz: Fagott, Ffm
Gesetzt aus der Adobe Caslon Pro
Druck und Verarbeitung: CPI books GmbH, Leck
Gedruckt auf säurefreiem und chlorfrei gebleichtem Papier
Printed in Germany
ISBN 978-3-8321-6722-6

www.dumont-buchverlag.de

—

»Ein wunderbares Buch über die Kraft der Freundschaft«

NÜRNBERGER NACHRICHTEN

336 Seiten / Auch als E-Book

Im Alter zusammenziehen: Für vier Freundinnen ist das ein Traum, seit sie sich kennen. Jetzt, in den Sechzigern angelangt, scheint für alle die Zeit gekommen, in Franziskas Elternhaus auf dem Land eine WG zu wagen. Doch halten sie die neue Nähe aus? Für die vier Frauen beginnt ein wildes Abenteuer.

www.dumont-buchverlag.de DUMONT

—

»Emotional und ehrlich«

FREUNDIN

320 Seiten / Auch als E-Book

Das traurige Liebesleben von Frieda, Mitte fünfzig, Single, wird von einer Streunerkatze auf ihrem Balkon mit wissenden Blicken verfolgt. Frieda scheint keine Ahnung davon zu haben, was man bei der Suche nach dem Glück braucht. Ganz im Gegenteil zu der Katze, die entschlossen eingreift.

www.dumont-buchverlag.de DUMONT